邪行のビビウ
東山彰良
中央公論新社

邪行のビビウ　目次

ルガレ地方における死者の兵器活用に関わる一考察　7
夜行列車　9
少女と中尉　17
イフ・ユイの思い出　28
ワンダ大叔父さん　36
夜の麦畑　54
同情を寄せてはならない種類の脅迫　63
殺人者たち　74
もしも現実がマンガなら　87
ジャカランダの季節　100
すべての鳥には囀る権利がある　106
軍営異聞　115
驚くべき神の恵み　121
忌まわしい記憶　137
そこそこの爆発　145

仕事ちゅうにマンガを読んではいけません　153
まどろみ　155
ネズミの国　161
石鹸のにおい　174
夏を待ちながら　188
鳩が飛んだ日　198
ディレクター　207
はじまりの音　220
中国の肉屋　234
魔法少女にはなりたくない　244
犬たちの災難　256
カゲロウの言い分　258
凶煞の刻　266
約束のドア　276
ハリエンジュの樹の下で　288

主な登場人物

ビビウ・ニエ　ベラシア連邦ルガレ自治州に住む十七歳の邪行師。天才邪行師イフ・ユイの娘。

ワンダ・ニエ　五十一歳の邪行師。ビビウの祖母カイエ・ニエの弟で、大叔父。マンガ好き。

ケーリン・バイ　ベラシア連邦政府軍南方面軍第三旅団第七大隊の若き中尉。

ナタ・ヘイ　ワンダの幼馴染み。元邪行師。

ジロン・ジャン　ベラシア連邦の将軍にして軍事独裁政権の元首。

クエイ・リー　ベラシア連邦の軍務大臣。

レフ・ラロウ　反体制的な出版物を発行する謎の男。

ブラウ・ヨーマ　ルガレ自治州ジャカランダ市の邪行仲介人。

アイク・リン　ビビウを妹のように可愛がる若者。

邪行のビビウ

ベラシア連邦のルガレ自治州における邪行師の存在は、古くから知られている。

この地の強制労働収容所で、私はHという知己を得た。Hは私が収監されている棟の看守で、無口だが義理人情に厚い大男である。世知に長けており、かつては邪行師の修業をしたこともあった。最終的にその道に一身を捧げることはなかったものの、彼はこの呪術についてじつに多くのことを教示してくれた。

わずか五十年前には百人以上いたといわれる邪行師だが、今日では数十人にまで減じてしまった。Hによれば、邪行術の要諦は死者を歩かせることではなく、死者を従わせることにある。むかしは一度に数十体を操る手練れもいたが、いまではそれほどの法力を持つ者はすくない。ただ死者を歩かせるだけなら、邪行師の資質に関係なく、いくらでもできるのだという。

当地の呪術を信じぬ者は——その多くはよそ者だが——死者を歩かせるカラクリをなんとか解き明かそうとしてきた。邪行は基本的にふたりで行う。だから胴体に磁石を仕込んだ死者を、強力な磁石を持つふたりの邪行師が前後にはさんで歩かせているのだと主張する者もいる。もっと原始的なやり方としては、竹竿を使うというものがある。二本の長い竹竿に邪行師、死者、邪行師の順でそれぞれの両足を結わえつける。それからまた二本の竹竿を、今度は御輿を担ぐ要領で死者の両腋の下にひっかけてひょいと持ち上げる。このようにすれば、前後の邪行師が竹竿を担ぎ足並みをそろえて歩くことで、間にはさまれた死者もおのずと前進するというわけだ。

しかし、邪行術はけっしてそのようなまやかしではない。正統な邪行術はあの世から死者の霊魂を一時的に呼び戻し、複雑な術式や呪文によって骸が己が足で歩行するのを援ける。反魂した骸は、腐乱の進行が著しく抑えられる。道理をわきまえた邪行師は、死者を「冥客」と呼ぶ。文字どおり、冥境をさすらう客人という意だ。東洋の古代信仰にあっては、魂の国「トコヨ」から降臨する神、すなわち「マレビト」が俗界に幸福をもたらすと信じられていたが、おそらくはこうした信仰がルガレ地方へ伝播したものと思われる。魂の国から来たる聖なる客人ゆえ、けっして粗末に扱うことはない。「トコヨ」からやってくる「マレビト」は鳥に姿を変えることもある。それを踏まえれば、邪行師が黒長衣を身にまとうことにも得心がいく。彼らは死にかしずく黒い鳥なのだ。手順にのっとって招魂し、冥客を目的地へ送りとどけたあとは、また手順にのっとってその魂魄を「トコヨ」へお返しする。手順を誤れば、邪行師自身の魂が連れ去られることもある。

とはいえ、どんな世界にも横紙破りはいる。むかしは死者のはらわたを抜き取り、かわりに麻薬や黄金を詰めて密輸を企てる不届き者もいたそうだ。邪行師の存在は聖なるものであると同時に、もっとも忌避すべき邪でもある。不慮の死が人を選ばぬ以上、横死の後処理をする者をないがしろにするわけにはいかない。しかし、だからといってルガレ地方での邪行師の社会的地位が高かろうはずがない。サバンナの掃除屋と呼ばれるハイエナの評判が芳しくないのと同じ理屈だ。邪行師は死とともに在る。そして、死を友のように迎え入れられる者はすくない。

死を冒瀆する者たちよ。このような書物をものす私もまた、あなたがたとなんら変わるところはないのだ。

レフ・ラロウ『ルガレ地方における死者の兵器活用に関わる一考察』より

夜行列車

誰にも理解できない理由で、その日の戦闘はだらだらと長引いていた。

いつもなら、そろそろ店仕舞いという頃合いである。陽が傾くにつれて砲撃はだんだん間遠になり、運よく一日を生き長らえた者たちは、敵も味方も疲労困憊して自陣へと撤退していく。あとはせいぜい散発的な銃声を遠くに聞きながら味気のないパサついた食事をとったり、不寝番に立つ時間まで泥のように眠りこけたり、故郷からとどいた手紙を仲間どうしで見せあったり、自分の殻に閉じこもって膝を抱えたりするだけだ。

それが、長らくつづいたこの前線での不文律だった。なのに、その日はどうしたわけか、誰にも引き際がわからなかった。

燃えるような茜雲の下で、砲声はやむどころか、ますます激しさを増していく。兵士たちはうんざりしながら迫撃砲を撃っていたが、敵がいつまでも撃ってくるものだから、こちらとしても応射するしかない。砲弾に引き裂かれた肉体が、敵味方入り乱れて散らばっている。暮れなずむ夕景と、幾重にもたなびく黒煙のせいで、視界は模糊としていた。

まだ生きている街頭スピーカーがハウリングを起こし、勇ましいマーチ調の国歌を吐き出す。つづいて夕方の政府放送がはじまったが、千二百キロ彼方の首都サンソルジェークからとどく間延びした将軍様の声に注意を払う者はいなかった。

五階建ての集合住宅の陰で、青灰色の軍服を着た味方がなにかわめいている。爆音にやられた耳には、金属質な耳鳴りしか聞こえない。隊長が双眼鏡をのぞくと、そこかしこに瓦礫にうずもれている人影が認められた。ためらうことなく衛生兵を走らせたが、どれほども行かないうちに敵弾になぎ倒されてしまった。

兵士たちがどよめいた。くそったれ、やつら衛生兵を撃ちやがった！　つぶれた戦車の陰に身を潜めていた兵士が、砲撃で穴だらけになった集合住宅を指差してわめく。あのなかに狙撃手がいるぞ！　その声がカンフル剤となり、死にかけている者たちまでもが義憤に駆られて建物に集中砲火を浴びせた。コンクリートの外壁がはじけ飛び、窓枠が落下し、道端に捨て置かれた車が爆発炎上した。

かたやカーキ色の軍服に身を包んだ兵士たちの目には、その同じ光景がまったくちがうように映っていた。なぜなら彼らは、自軍が占拠しているこの廃墟同然の集合住宅の地下に民間人が多く避難していることを知っていたからだ。あの畜生どもめ、民間人を撃ってやがる！　こちらの兵士たちも切歯扼腕した。やつら罪もない人たちを殺しておれたちのせいにするつもりだぞ、政府軍の人でなしどもめ！　そんなわけで屋内にたてこもるカーキ色側も、正義は我にありと死力を尽くして応戦した。

こんな日があるのだ。予定調和がなんの前触れもなく、なんの理由もなく、誰のせいでもなく破られてしまうことが。

激しい戦闘を横目で見ながら、虫の息の傷病兵たちが倒れ伏している。彼らの喉から絞り出される泣き言や恨み節はもはや言葉として成立しておらず、ただ血液とともに押し出される原始的な咆哮にすぎない。もしも感情というものが言葉から意味をさっぴいたものだとしたら、意味という軛から脱した彼らの声は、恐怖と後悔と憤怒の入り混じった感情そのものだった。そして、じつはそれこそが戦争という行為のたったひとつの文法なのだ。

至近に着弾があれば、そんな祈りにも似た傷病兵たちの絶望はたちどころに掻き消されてしまう。爆音は大きく、人声は小さい。九死に一生を得た者たちは、真綿のように濃厚な砲煙が風に吹き流されてから、またぞろ草叢に身を潜めたコオロギのように呻きだす。古い呻きが、新しい悲鳴に置き換わる。

市街地からすこし離れた塹壕のなかにいるカーキ色の兵士たちは、地面すれすれに飛んでくる戦闘機に首をすくめた。敵方から歓声があがり、こちらはまた背中を押されて地獄の淵へこぼれ落ちそうになる。

冷たい北風を裂いてばらまかれる爆弾が、血肉混じりの土の柱をいくつも立てていく。頭を抱えた兵士たちのヘルメットに、石礫がパラパラと降りかかる。被弾した装甲車が、黒煙をあげて火を噴いた。

優雅に引き返してきた戦闘機の機関砲が、まるで大蛇のようにのたくりながら逃げ惑う反乱軍に咬みついていく。兵士たちは遮蔽物にすがり、身の毛もよだつ爆音に耳をふさぎ、同じ釜のメシを食った仲間の身を案じることも忘れて、このいっさいがっさいで神様はおれになにを伝えたいんだと訝しむ。

汝にとって勇気とはなにか？

自由とは？

独立とは？

が、じっくり考えている暇はない。恐怖や後悔が戦争の文法ならば、反撃もまたしかりだ。政府に反旗を翻した彼らにはもうあとがない。怖気をふるいつつも雄叫びをあげ、吶喊して迫り来る敵を重機関銃で撃って撃って撃ちまくる。ワルツを踊るように旋回する戦闘機に、おおわらわで高射砲の照準を合わせる。そうやって死に支配された剝き出しの感情だけで会話をする……

降りやまぬ雨はないし、明けぬ夜もない。長く激しかった昼間の戦闘もいつしか煙のように立ち消え、またしても勝者のない一日が終わった。

陽がとっぷりと暮れたあとは砲声にかわって、降りしきる細雪が兵士たちの心を慰めたり、苛んだりした。ある者は血塗られたおのれの両手を茫然と見つめ、またある者はそれも人生だとあきらめて仲間たちと残酷な武勇伝で笑いあう。

軍服の色に関係なく、見上げる夜空には冷たい星がまたたいていた。

どちらの陣営にも血の気の多いやつもいれば、肝っ玉の小さいやつもいて、向こう見ずな者もいれば、石橋を叩いて渡るタイプもいた。思慮深い者もいれば馬鹿もいて、戦争のまえには手堅い人生を歩んでいた者もいれば、戦争があろうがなかろうがどうせ破滅に一直線というギャンブラーもいた。音楽や詩を愛する芸術家がいたし、他人を痛めつけるのが三度のメシより好きな犯罪者もいた。教師と学生がいて、政治的な理想を追い求める配管工がいて、ノンポリの勤め人がいて、どちらかと言えば左寄りのポン引きがいて、覇権主義の借金取りがいて、古い革命軍の旗印を腕に刺青したタクシー運転手がいて、職業軍人やらみずから志願して銃を取った熱血漢やら、逆に政府に首根っこを押さえつけられて戦場に蹴りこまれた日和見主義者やらがいた。両軍とも農民を徴発したが、当の農民たちにしてみれば三度三度のおまんまにさえありつければ、政府軍も反乱軍もない。農民たちはこう思っていた。どうせこのくだらない戦争が終わるまで畑にゃ出られんのじゃ、カーキ色の兵隊を殺そうが青灰色の兵隊を殺そうがなんのちがいもありゃせん。標準語を話す者と、訛ってひどく聞き取りづらい方言をしゃべる者がいた。神を信じる者と、いまこの瞬間しか信じない者がいた。ありていに言えば、傍目には似たような連中がお互いに撃ちあっていたのである。

馬のような鼾をたててひと晩眠り、夜が明ければまたきりもなく敵を迎え撃つ新しい一日がはじまる。女子供の死体を目にすることもある。そんなとき兵士たちは小さな死体をねんごろに埋葬し、土の上に片膝をついて神に召された魂の冥福を祈ったが、自分と同じ色の軍服を着た者がこんな畜生働きをするはずがないので、敵の仕業だとわかるように細工をしていくことも忘れなかった。

そして、夜になると悪夢にうなされた。抑圧された欺瞞が解き放たれ、逃げ惑う善男善女に向けて機関銃を乱射する自分の姿に悲鳴をあげて跳び起きる。それだけでも充分最悪なのに、もっと最悪なのは、そんな夢を見て勃起してしまうことだった。背中にびっしょりと汗をかいた兵士は目を潤ませ、眠りを妨げられた仲間たちの罵詈雑言すら耳に入らず、まるで人格の欠陥について動かぬ証拠を突きつけられたサイコパスのようにおののきながら自分の股間を見下ろすことしかできなかった。それがもう何カ月もつづいていたので、誰の胸にも干上がった井戸のような虚無がぽっかりと口を開けていた。

昼間の戦闘が嘘のように夜のしじまは深く、濃厚だった。

身を切るような夜風が、敵陣から物悲しいハーモニカの音を運んでくる。それは敵味方関係なく、ベラシア人であれば誰もがよく知る流行歌で、若い頃の放蕩三昧を母親に詫びながら死んでいく親不孝者の哀れな人生を歌った歌だった。

たとえそれほどの親不孝をしたことがなくても、そのようなメランコリックな歌心を解さぬ者はいない。どのつまり、カーキ色の軍服を着ていようが青灰色の軍服を着ていようが話す言葉は同じで、みんな同じような家で育ち、同じような学校へかよい、同じようなものを食べ、同じような魂を持っている。両陣営でささやかれるぼやきまで似たり寄ったりだった。

「故郷かい？　うんと北のほうさ。冬になったら海まで凍っちまうようなところだよ。そんな寒いところがあるのかって？　ベラシアは南北に長い国だって学校で習わなかったのかい？　もちろんあるさ。南で春の花が咲いているころ、おれたち北の人間は橇(そり)に乗って雪原を走ってるのさ。親父(おやじ)はトナカイを二十頭も飼ってて、おれは兄貴たちといっしょにセイウチやクジラを捕ってたよ。骨まで凍りつきそうな夜には、空にそれはそれはきれいなオーロラがかかるんだ。いいところだったよ。だけど、政府はそんなおれたちの村に罪人を送りこんできた。流刑地ってやつさ。鎖につながれた罪人はどいつもこいつも青白い顔をして、痩せこけてて、たいていは寒さですぐにおっ死(ち)んじまう。兄貴のひとりが猟をやめて、監獄で働いていた。その兄貴に一度牢屋(ろうや)のなかを見せてもらったことがある。毛皮もオンドルもない牢屋のコンクリートの壁に、罪人たちの彫った詩やら志やらカレンダーやらがあった。それを見ておれは思ったよ、おれたちが幸せに暮らしているこの村は都会のやつらから見たら地獄のようなところなんだってね……わかるかい？　おれはとにかく外の世界が見たかった。だから軍隊に入った。村を出るにはそれしか手がなかったんだ。政治のことなんか、なにひとつ知るもんか。ちくしょうめ、ただもっと広い世界を見てみたかっただけなんだ。それだけさ」

兵士たちは胸に迫るハーモニカの旋律に聴き入り、いったいなにをどう間違えて戦争で人を殺す羽目になったんだと我と我が身をはかなみ、故郷に残してきたものの大きさを思って人知れず悔悟の涙を流した。

そのハーモニカの音が不意に途切れたとき、胸騒ぎを覚えた兵士はさほどいなかった。ほとんどの者は、気にも留めなかった。塹壕の壁にもたれて煙草に火をつけたり、洟をすすったり、冷たい戦車の上に大の字にひっくり返って夜空を眺めつづけたりした。

出し抜けに犬が吠えはじめたときも、あまり心配はしなかった。なぜなら犬は吠えるのが仕事だし、暗黙の了解で夜襲はないと知っていたからだ。耳をそばだてる者もいたが、雪に塗りこめられた静寂が聞こえるばかりだった。

しかし、チリーン、チリーン、という常ならぬ鈴の音が荒れ地に谺し、つづいて犬を黙らせろという上官の怒声が耳朶を打つにいたっては、思わず塹壕のなかで立ち上がったり、仲間同士で目配せをしたり、戦車の上で半身を起こしたりした。歩哨が探照灯をともすと、緊張が一気に高まった。くそったれ。方々で怨嗟の声があがった。反乱のつづきは明日にしてくれよ。

「まだ撃つな！」曹長が兵たちを制した。「まだ反乱軍かどうかわからん！　いいか、早まって発砲するんじゃないぞ！　ただの夜行列車かもしれん！」

夜行列車？　前線に送られてきたばかりの新兵たちは顔を見合わせ、まばゆい光のなかの黒いシルエットに目を凝らした。そりゃいったいなんのこったい？

彼らの目に映るのは、一列縦隊でゆっくりと戦場をよぎる人の列だった。探照灯のあたる角度のせいで、行列の影がゆっくりと円を描く。見ようによっては、長く連なった日時計のようである。チリーン、チリーン、という背筋が寒くなるような鈴の音は、どうやら先頭を行く人影が露払いのために鳴らしているようだった。

こんな夜中にあいつらはどこへ行こうってんだ？　新兵たちは首を傾げた。なかには慎重な者がいって、万一のときのために自動小銃を肩にかけてから、いちいち指を差しながら行列の人数を数えていった。

「十六、十七、十八、十九……」

そのつぶやきを耳にした古参が目を丸くした。「そんな長い夜行列車にはお目にかかったことがねえぞ」

「さっき曹長殿も言ってましたが、その夜行列車ってのは何なんです?」銀縁眼鏡(めがね)をかけたひょろ長い新兵が尋ねた。

「本当に夜行列車なら、かなり腕の立つ野郎みてえだな」べつの古参が応じた。

古参たちは口を開きかけたが、けっきょくなにも言えずじまいだった。今度は曹長を従えた中尉が大股で近づいてきたからである。青灰色の軍服を着た兵士たちはつぎつぎに気を付けをし、直立不動の姿勢で敬礼をした。

中尉が口早になにか言うと、曹長がさっと兵たちに目を走らせ、古参と新兵をひとりずつ指差した。

「そこのおまえとおまえ、バイ中尉殿についていけ!」

威勢よく返事をした古参が、土嚢(どのう)に立てかけてあった自動小銃を取り上げる。それから、目をぱちくりさせている銀縁眼鏡の背中を励ますように叩いた。

「百聞は一見に如(し)かずさ……さあ、自分の目で見てこいよ」

少女と中尉

白熱した光線が闇を切り裂き、フードのなかにまで射しこんでくる。

刺すような痛みを感じて思わず目をすがめたが、一定のリズムで叫魂鈴(きょうこんれい)をふる手は止めない。その澄んだ音色が途切れないかぎり、背後に長々とつき従う死者たちの足並みが乱れることもない。鈴をふるたびに、手首に巻いた銀色のブレスレットが揺れる。ブレスレットにはふたつの翡翠玉(ひすいだま)がついていた。

邪行師は夜動く。それはなにも邪行術が夜にしか効かないということではなく、たんに明るいうちだと人目に立つからだ。呪術によって一時的に歩行が可能になっているだけだといくら頭では理解できても、死者が生者のようにふるまうことに人は根源的な恐怖を抱く。この地の母親たちは聞き分けの悪い子供をこう言って叱る。いい加減にしとかないと、夜行列車に乗せちまうからね。歩く死者を見るのは不吉なことで、だからこそ邪行師は叫魂鈴を使って死者の行列、つまり夜行列車を導きながら、同時に生者には避難する暇(いとま)をあたえる。

どちらの探照灯だろう?

フードを頭から払い除(の)けて満天の星を見上げると、触れたら切れそうな三日月がかかっていた。死者の吐息のような湿った陰風(いんぷう)が、短く刈りこんだビビウ・ニエの赤い髪を撫(な)でていく。

どんな夜よりも黒い長衣の背には、邪行師のしるしたる「巫」の文字が灰色で染めぬかれている。どう発音するのか見当もつかないけれど、言い伝えによれば、この東洋の文字の上辺の横棒は「天」

を、下辺の横棒は「地」を、真ん中の縦棒は「呪符」を、左右の「人」は、右が邪行術の開祖たる蚩尤を、左が彼の助手をあらわしているとのことだった。

右手から人の近づく気配がする。ビビウは鈴をひときわ高く鳴らし、呪文を唱えて死者たちの歩みを止めた。ほとんど時を移さずに誰何される。たとえ死者だろうと我々の許可もなしにここをとおることはまかりならん、と言わんばかりの居丈高な声色だった。

探照灯のまばゆい光を受けた人影が三つばかり近づいてくる。ビビウは口を開きかけたが、相手の要請に応じることはできなかった。左手からもパッと探照灯が照射されたと思ったら、こちらからも兵士が駆けつけてきたからである。

両軍にはさまれるかっこうになった。

右手の兵士たちがあたふたと自動小銃を構える。それは左手からやってくる兵士たちも同じで、バタバタと駆け寄る足音に槓桿を引いて自動小銃に給弾する音が混じった。

どちらも探照灯のなかでは奇妙に引き伸ばされた長い影と化し、軍服の色をしかと見極めることができない。軍靴に蹴立てられてもうもうと舞い上がる砂塵のなかで、両軍は銃口をぴたりと敵に向け、夜行列車をはさんで睨みあった。いまにも殺しあいがはじまりそうな気配に、死者たちは小刻みに体を揺らしていた。そのようすはさながら、銃器に関する生前のトラウマが残っているかのようだった。

静寂が重みを増し、固唾を呑む音まで聞こえてきそうだったが、膠着状態は長くはつづかなかった。左陣営の指揮官とおぼしき男がやおら部下たちを制し、自動小銃を下ろさせたのである。口火を切ったのはその男だった。

「術を使っているときに邪行師様になにかあったら死人が暴れる」

「こいつがヴォルクじゃなければ、誰もいま死ぬ必要はない」右手からの声が応じる。「殺しあいは夜が明けてからはじめよう」

「外見からではヴォルクかどうかはわからんぞ」

「いいか、おれは疲れているんだ」右方の声には疲労が色濃く滲んでいた。「それにヴォルクに関してはこっちも多少のことは知っている」

邪行術はルガレ地方に古くから伝わる呪術だし、ヴォルクは土着の強盗殺人集団である。内地から送りこまれてきた政府軍とちがって、反乱軍の兵士は地元民ばかりだ。つまり邪行やヴォルクのなんたるかを心得ている左手が反乱軍、それと対峙している右手が政府軍だということになる。

むかしからこの地では下手人の知れない殺人があったとき、女子供が忽然と消えたときは、たいていヴォルクの仕業にされてきた。彼らは手品師のコインのように神出鬼没で、その正体を知る者はいない。悪名高いインドの殺人結社サグが起源と言われており、宗家に倣ってメンバーは世襲制、死の女神カーリーに捧げるために毎年すくなくともひとり殺すことが義務付けられているのだとまことしやかにささやかれていた。

もちろん真偽のほどは定かではない。まるで信仰のようにヴォルクの存在を信じて疑わない者もいれば、あんなものは人間の恐怖心がつくり出した幻影だと笑い飛ばす者もいる。神に誓ってヴォルクのメンバーを知っていると嘯く者もいるが、それはいつも兄貴の友達の叔父さんだったり、友達の友達の従兄弟だったりするのだった。

ひとつだけたしかなのは、この戦争がはじまってから、ヴォルクの名のもとに政府軍が殺されているということだ。反体制の旗印に伝説の秘密結社が利用されているのかもしれないが、いずれにせよ死屍累々たる廃墟の壁に、黒焦げの戦車の車体に、両手両足を縛られた死体がいくつも吊るされた歩道橋に残される「B」の落書きに政府軍は神経を尖らせていた。

その政府軍の指揮官が出張り、まるで肥汲みでも見るような目で睨めつけてくる。帽子はかぶっておらず、短い金髪が探照灯のせいで白っぽく発光しているように見えた。

「どこへ行く、小僧？」

「冥客を彼らの村まで送りとどけます」ビビウは答えた。

「マロウド？」

「仏様のことをわたしたちはそう呼びます」

「なるほど……ひとりひとり送っていくのか？」

「だいたいは。冥客が多いときは、決められた場所で家の方たちにお返しすることもあります」

「つまり、死者の集散地があるんだな？　へぇえ、郵便局みたいな？」

「教会があれば教会で」

「バイ中尉、ヴォルクはオオカミの牙を持ってると聞いたことがあります」政府軍の兵士が進言した。

「体をあらためましょう」

バイ中尉と呼ばれた政府軍の指揮官は指で目頭を揉みながら、おまえの馬鹿さ加減にはほとほと愛想が尽きたと言わんばかりのため息をついた。

「きみは本気でそんな噂を信じているのか？　その必要はない。たとえヴォルクだとしても、身分がばれるようなものを所持しているはずがない」

「しかし——」

「きみにはこのマロウドとやらがまだ息をしているように見えるのか？」そう言って、バイ中尉は夜行列車に向かって手をひとふりした。「この小僧は邪行師だ。念のため、全員間違いなく死んでいるか確認しろ」

命を受けた政府軍の兵士たちが夜行列車のほうへ歩いていく。ひょろりと背が高いほうが自動小銃を構え、年嵩のほうがてきぱきと死者たちの白濁した目にペンライトの光を当てていった。

「額の呪紋には触れないでください」ビビウは注意した。「冥客たちが言うことを聞かなくなります」

年嵩の兵士がふりむき、ペッと唾を吐き飛ばした。左手の反乱軍は気配を殺して静観している。

腰にさげた拳銃に手だけは添えているものの、バイ中尉は屍を点検する部下たちを熱のこもらない目で眺めていた。本当に死んでいるならばよし、もしおれの仕事を増やしたりしたらただじゃおかないぞという苛立ちがありありと見て取れた。

おそらくはじめて死者の行進を見たのだろう、眼鏡をかけたのっぽの兵士はただ度肝を抜かれておろおろするばかりだった。

死者たちはと言えば、おしなべて戦闘に巻きこまれて亡くなった善男善女であった。体に銃痕があったり頭が半分吹き飛んでいたりするが、二本の脚だけはすこぶる頑健な骸ばかりである。目に光を当てられても文句を言わず、呻き声ひとつあげなかった。

兵士たちがひととおり死者をあらため終えると、つづいて通行証の提示を求められた。バイ中尉はビビウから受け取った政府発行の通行証を開き、心から面倒臭そうに質問事項を口にした。

「名前」

「ビビウ・ニエ」

「変わった名だな。ビウの間違いじゃないのか？」

ビビウです、ビがふたつで間違いありませんと応じると、バイ中尉は首をふりふり、まあ、世界は広いからガキにへんてこな名前をつけたがるへんてこな親もいるだろうという感じでつぎの質問に移った。生年月日を訊かれ、西暦を口にしたとたん、ぴしゃりとさえぎられた。

「元号を使え」

ビビウは口ごもり、「無疆二十六年四月三日」と言い直さねばならなかった。年齢を訊かれて十七と答えると、相手はまた眉をひそめて通行証とビビウをまじまじと見くらべた。

「女か？」

「はい」

「邪行師というのは男しかなれないと聞いたが？」

ビビウは曖昧に首を横にふった。

兵士たちの輪郭を縁取る光芒は、まるで彼らの体から発せられる怒気のようだった。ようやく探照灯の光線に慣れてきた目に、政府軍の青灰色の軍服と、反乱軍のカーキ色の軍服が見分けられた。やはり右手が政府軍、左手が反乱軍だった。

「聞くところでは、死者を導くにはふたりの術師が必要だそうだが？」

「いまは平時じゃないので」

「戦時だからな」

「人が死にすぎています」

「きみたち邪行師はこれで食ってるんだろ？　商売繁盛でけっこうじゃないか」バイ中尉が嘲るよう

に両手を広げた。「そろそろ親に家でも建ててやれるんじゃないか？　いいことを教えてやろう。儲けた金でトラックも買うといい。そうすればもっとたくさん死人を運べるぞ」

反乱軍の兵士が気色ばむ。そのうちのひとりは、なぜだかヘルメットを大事そうに抱えていた。部下たちを制して口を開いたのは、彼らの指揮官だった。

「おまえを見ればホクロ政権の腐敗ぶりがよくわかるな」

バイ中尉の眉がピクリと跳ねた。国家元首ジロン・ジャンは右の頬に大きなホクロがある。「ホクロ」がジャン将軍に対する蔑称だということは誰しも知るところだが、面と向かってそう言われては聞き捨てならないのだろう。

「ホクロは端から民百姓のことなど気にかけてない」反乱軍の指揮官の声が厳かに響いた。「あんなやつに尻尾をふるおまえのような人間をこの土地から駆逐するために、おれたちは戦っているんだ」

政府軍の兵士が自動小銃を構え直すと、反乱軍の兵士も銃口を持ち上げた。ヘルメットを抱えていた兵士もあわてて自動小銃のスリングを肩からはずす。

「きみたちはこれを独立戦争だと思っている」とバイ中尉。「しかし未来において、これが戦争と呼ばれるかどうかはまだわからない」

「戦争じゃなけりゃなんだってんだ？」そう叫んだのは反乱軍の指揮官ではなく、自動小銃を構えた兵士だった。

「もしきみたちが勝てば、これは独立戦争と呼ばれるようになる。しかし、そんなことにはならない。きみたちが負ければ、我々にとってこれはただの反乱でしかない」

「この戦いがどう呼ばれようと、そんなことはどうでもいい」反乱軍の指揮官が言った。「おれたちはほとんどが無学な百姓だ。おれたちにわかるのは、ルガレはベラシアの支配にうんざりしているということだけだ」

「なにが気に食わないんだ？」

「ホクロはクソ野郎だ」

「なぜジャン将軍をクソ野郎だと思う？」

「なぜ？」兵士のひとりが声を荒らげた。「じゃあ、なんでおれたちはこんなに貧乏なんだ？　なんで首都だけ潤ってて、こっちはどこにも働き口がねえんだ？　こっちは腹をすかせてんのに、なんで食糧を輸出して食えもしねえ機械や兵器ばっか買いやがるんだ？　なんでルガレ戸籍だとサンソルジエークに住めねえんだ？　ホクロが戦争ばっかやりたがるせいだろうが！」

「なるほど。つまりこの分離独立騒ぎはルガレ人の矜持（きょうじ）の問題というより、国の方針に対するたんなる不平不満という理解でいいんだな？」

不穏な沈黙が、敵に気取られることなくこっそり拳銃に手を伸ばそうとしているかのような沈黙が流れた。

おい邪行少女、と呼びかけられて、ビビウは一瞬ひるんだ。その声音は親しげで、そのせいでよりいっそう剣呑（けんのん）に響いた。

「きみはどう思う？　ジャン将軍はもう八十九歳だ。明日にも身罷（みまか）るかもしれないのに、いま分離独立を目指す必要があるのか？」

たしかにこの中尉の言うとおりなのかもしれない。ホクロが死ねば、ベラシアはもっと自然に変わっていくのかもしれない。ルガレの人々にとっても良い方向へと。だとしたら、この内戦にいったいなんの意味がある？　同時に、腑に落ちないものもあった。理路整然とたたみかけてくるバイ中尉の揺るぎない詭弁に、まるで魂の在り処を突き止めるために人体を腑分けする医者のような狂気をビビウは感じた。

「わかりません」と正直に答えた。「でも、あなたがルガレ人の誇りを取るに足りないものにすりかえようとしていることはわかります」

バイ中尉のシルエットがわずかに揺らめいた。

「ジャン将軍が死んだところで、この国が変わるという保証はありません」あなたのような人間がいるかぎり、というひと言はどうにか呑みこんだ。「いま声をあげなければ誰にも気づいてもらえません。そうしなければあなたたちは、まだ大丈夫、ルガレ人はまだ抑えこめると思う」

「邪行少女も分離独立派ってわけだ」

「この土地の人間ですから」

バイ中尉が鼻で笑い、反乱軍の兵士がいきり立つ。

「正しい戦争なんてない」ビビウは言った。「でも間違っていることを正すためには、自分も同じくらい間違わなくては太刀打ちできないこともあると思います」

「人の業ってやつか。だとしたら、ベラシアが戦争に明け暮れてきたのも理解してもらえるはずだ。むかしの戦争に勝ったやつらが決めたルールに納得がいかないなら、おれたちだって声をあげるしかない。さもなければ、世界はおれたちの頭を踏んづけている臭い足をどけてくれない」

「つまり、あなたたちも戦争に勝ってルールをつくりたいと？」

「この世にはルールをつくる少数の人間と、それに従うしかない大多数がいるだけだ。言うまでもないことだが、ルールづくりは勝者にあたえられる特権だ。戦争に勝てば自分のケーキをいくらでも大きく切れる。ざっくばらんに言って、きみたちももっと取り分がほしいだけだろ？」

怒気含みで出張ろうとする反乱軍の兵士たちを押し止めたのは、藪から棒に呻き声をあげた死者たちだった。

邪行師の心中のぶれを敏感に察知したのか、堂々巡りのやりとりに業を煮やした死者たちがいっせいに怨嗟の声をあげたかのようだった。鬼哭は朽ち木の洞を啾々と吹き抜ける風のようでもあり、翅虫のざわめきのようでもあり、廃墟の窓から射しこむ月光のようでもあった。

これには両軍の兵士たちも肝をつぶしたが、とりわけ内地からやってきたとおぼしき銀縁眼鏡をかけた若い兵士などは色を失い、後退りした拍子になにかにつまずいて尻餅をついてしまった。

死者たちをなだめるために、ビビウは叫魂鈴を鳴らして術式を整えなければならなかった。

「邪行師様」反乱軍の兵士が近づいてきて、お椀のようにひっくり返した軍用ヘルメットを差し出しながら言った。「これでおれたちの兄弟を何人か連れていってもらえませんか？」

見ると、ヘルメットのなかには小銭がジャラジャラ入っていた。

「みんなで金を集めました」

ビビウは彼らの指揮官を見やり、ヘルメットを差し出している兵士に視線を戻し、それからしっかりとうなずいた。

「おまえたちとちがって、おれたちは仲間を戦場に置き去りにしない」反乱軍の指揮官がバイ中尉に向かって言った。「こんなところで孤魂野鬼になるのはまっぴらだ」

「おれがなにか言ったか？」バイ中尉がにやにやしながら降参のポーズを取る。「好きにすればいい。

しかし、まあ、せっかくだから言わせてもらえば……きりがないだろう？　いまさらひとりふたり連れ帰ったところでどうにもなるまい」

「自分の足で家を出たら自分の足で帰ってこい――おれたちの土地ではそう言われている。邪行師様のおかげでおれたちは安心して戦えるんだ」

「けっこうなことだ」

「おまえたちの家は遠すぎて、たとえ邪行師様がいても歩いては帰れないだろう」

「たしかにそうだ」

「自分の足で帰れるうちに帰ったほうがいい」くるりと回れ右をして自陣へ引き揚げるまえに、反乱軍の指揮官はそう言った。「自分の足で家を出たのに自分の足で帰れないのは危険なことだからな」

銀縁眼鏡の兵士が顔を強張（こわば）らせ、おずおずと年嵩の兵士を盗み見た。戦場に打ち捨てられて雨ざらしになったおのれの亡骸（なきがら）でも見ているような顔だった。しかし年嵩の兵士は舌打ちをし、ペッと唾を吐き捨てただけだった。

「ちゃんと骸どもを束ねておけ」ビビウに通行証を返しながら、バイ中尉はハエでも追い払うように手をふった。「さあ、しっかり稼いでこい」

ビビウはうなずき、反乱軍の陣地へ向かって足を踏み出した。

叫魂鈴の音に手招きされるように、死者たちもぞろぞろとそのあとにつき従った。

邪行少女に先導されてゆっくりと遠ざかる夜行列車を、ケーリン・バイは思案深げに見送った。そして、あの反乱軍の指揮官の言うことにも一理あるな、と思った。たしかに、死んでも家に連れ帰ってもらえるなら、兵士たちも安心して戦えるかもしれない。

「中尉殿、あいつらをこのまま帰していいんですか？」

「放っておけ」

採るべき道はふたつにひとつだ。きびすを返して自陣へ戻りながら、ケーリンは思案した。こちらも戦死者をちゃんと故郷へ送りとどけて人道主義をアピールするか、もしくは邪行師を駆逐して反乱軍の士気を挫くか……

イフ・ユイの思い出

東洋から邪行術がこの地に伝わった数百年前には、邪行師は男の仕事、それも女を知らない男にしかできない仕事だと思われていた。死者は女の経血を嫌う。女の体は穢れており、穢れた者とまぐわった者も穢れてしまうと信じられていた。もちろん、女が邪行師になるなど思いもよらないことだった。

そんな慣行が崩れたのには、ふたつの理由があった。まずは現政府が軍事政権を樹立した四十二年前、独裁者のジロン・ジャンが新しい元号・無疆を宣言したことによる。国家元首の座についたジャン将軍は、飛ぶ鳥を落とす勢いのこの元号に恥じぬよう、疆、つまり土地の境をなくすべく拡張主義路線を邁進した。戦争に次ぐ戦争で、領土の拡大を図った。国内の分離独立派が台頭すれば完膚なきまでに叩きつぶしたし、安全保障上必要だと思えばためらわずに他国へ侵攻した。学者たちは古文書をあさり、侵攻を正当化する歴史資料を血眼になって探した。彼の地は古来我が国固有の領土であり、たとえいかなる犠牲を払おうとも……いくら探しても見つからないときは、史料を捏造した。

相次ぐ戦争のせいで国土は荒廃し、男がたくさん死に、遺された女たちの涙が川となって滔々と流れた。

邪行術が認知されているいくつかの地でさえ、もともと死者のために童貞を貫こうなどという殊勝な男はあまりいなかった。それがいまや産めよ増やせよが国を挙げての基本方針となり、男の子を三人産めばその女性には金一封と人民の母という称号があたえられる。男たちは大手をふって女たちにのしかかった。拒まれると、彼らは口をそろえてこう言った。

「おいおい、これは国の方針なんだぜ！」

国富とはこれすなわち兵士と労働者の数である、とジロン・ジャン将軍は拳をふり上げ、テレビやラジオ、そしてあらゆる機会を捉えてはマイクに唾を飛ばした。これからは婦女子も男に後れをとらぬよう、あらゆる分野でベラシア国民としての責務をはたしてほしい！　ようするに、国の都合で女性の職業選択の幅がおおいに拡がったのである。

ふたつめは、そのような時代背景に加えて、イフ・ユイが女だてらに天才邪行師と呼ばれるようになったためである。

政府の卑劣な仕打ちのせいで母親が泉下の客となってからというもの、イフ・ユイは邪行師であるじつの叔父、ワンダ・ニエに育てられた。ワンダ・ニエは彼女の母親の弟で、ずんぐりむっくりしたガマガエルのような男である。イフ・ユイは寡黙だが利発な子で、かたわらで叔父の仕事を見ているうちに門前の小僧で邪行術を覚えてしまった。

彼女は七歳で雄鶏の首を掻き切り、その血を使って死者の額にさらさらと辰州紋を記すことができたので、さっそく叔父のかわりに呪紋を描きはじめた。九歳で叔父の許しを得たうえで、見よう見まねで呪文を唱えてみた。死者は村で独り暮らしをしているばあさんの孫だった。彼は志願して陸軍に入り、戦闘で負傷したために除隊となって村に帰ってきたところ、古くなった祖母の家の屋根瓦が頭に落ちてきて絶命したのだった。

邪行師の叔父は、ひたむきに「正気歌」を唱える姪っ子を冷ややかに眺めた。イフ・ユイは呪文の意味もわからずただ発音をまねているだけなのだが、それが驚くほど正確なことにワンダは内心舌を巻いた。しかし、すぐに首をふって姪っ子に対するそんな感嘆を打ち消し、女子供に邪行術が為せるはずがないと自分に言い聞かせた。

いっぽうのイフ・ユイは、女に対するそんな偏見などものともせず、小さな眉間にしわを寄せて瞑目し、印を結んだ両手を胸のまえに掲げて「正気歌」をぶつぶつと唱えつづけた。天地に正気あり、とりとめなきものにかたちをあたえん。下へ向かえば山河となり、上へ向かえば日星となる。正気を身に宿せば浩然の気となり、天地に満ちる——文天祥というむかしの中国の忠臣が獄中でつくった詩である。邪行師が「正気歌」を唱えるのは死者を意のままに操るためというより、むしろおのれの気構えを整えるためだ。正気とはすなわち理のことで、万物は陰と陽の二気交感によって生成され、至上の理は陰陽を統べる。ひとたび口ずさめば心頭滅却し、二度唱えれば勇気凜凜、死をものともせず、三度唱えれば鬼神さえも恐れをなし、四度唱えれば陽剛の気が死者を歩かせる。「正気歌」が伝来したのはルガレだけではない。藤田東湖や吉田松陰といったむかしの日本人も、この古詩を用いて尊王攘夷派の志士たちを鼓舞したという。

ひととおり唱え終わると、イフ・ユイは心をこめて冥客に語りかけた。死難に遭われし兄弟よ、ここはそなたの安住の地ではない、三魂七魄(さんこんしちはく)をその身に呼び戻していま一度起き上がりたまえ……カッと目を見開き、丹田から湧き上がる気合いもろとも、

「起！」

と命じた。

すると驚いたことに、古くなった屋根瓦のせいで非の打ちどころなく死んでいた若者がむっくりと起き上がったのである！

イフ・ユイは小躍りしたいほどよろこんだが、そこは死者に対して礼を失しないようにぐっとこらえ、すかさず叫魂鈴を二度ほどチリンチリンとふり鳴らした。なんの打算もないその無垢(むく)な音色が水紋のように広がると、まるで泉下から浮かび上がろうともがくが如(ごと)く、死者がぎくしゃくと手足を動かした。

ワンダ・ニエは自分の目が信じられなかった。しかし死者はたしかに孵化(ふか)したばかりのアヒルの子のように、姪っ子の鳴らす叫魂鈴のあとをついてよたよたと歩いている。なんてこった。びっくり仰天したワンダは開いた口がふさがらなかった。婦女子の社会進出はこんなに進んでいたのか！

「わかった。きみに歩行術ができるのは認めよう。だがな、イフ、邪行にはもうひとつ大事な術があるぞ」

「大事な術？　それってなんなの、ワンダ叔父さん？」

「暫停術(ざんていじゅつ)だ」

「ザンテイジュツ？」イフ・ユイは小首を傾げた。「ザンテイジュツってなに？」

「知らんだろ」ワンダ・ニエは得意げに、ふふん、と鼻を鳴らした。「歩行術は駆け出しの術師にだってなんとかなる。だけど、暫停術を習得しなきゃ邪行はできないよ」

イフ・ユイは大きな目で叔父さんを見上げた。そのうしろには屋根瓦のせいで死んだ若者が危なっかしく立っていた。

「歩行術と暫停術のふたつを合わせて邪行術と呼ぶ。歩行術は死者を歩かせる術で、暫停術とは文字どおり歩行術を暫く停める術だ。歩行術は反魂術とも呼ばれるけど、ようするにあの世から死者の魂を呼び戻す術だ。正しく魂を死者に戻してあげることで、死者は邪行師の言うとおりに歩いてくれる。だけど一度術を解くと、もう二度と使えない。理由は誰にもわからない。もしかしたら冥客が満足して成仏しちゃうのかもしれないね。だって、死んだ人は誰だってもう一度生き返りたいと思うものだろ？　もう一度自分の足で歩けたんだから、もう思い残すことはないはずさ。だからね、イフ、術を解くのはぜったいに死者を家に連れ帰ったあとじゃなきゃだめだよ」

イフ・ユイは神妙にうなずいた。

「とはいえ、邪行は長旅になることが多い」ワンダ・ニエはつづけた。「旅のあいだだって眠らなきゃならないし、トイレにも行かなきゃならないし、怪我をしたり病気になったりすることもある。心臓発作で邪行師がぽっくり逝ってしまったらどうする？　邪行をつづけられなくなったときは、冥客をほかの邪行師にまかせるしかない。そんなときは暫停術を使って歩行術を中断する」

「でも、ぽっくり逝っちゃったら術をかける暇がないよ」

「うっ……まあ、そのときはそのときだ。雨も降らないうちから傘のことを考えたってしようがない。とにかく、これだけは憶えておきなさい。暫停術をかけられた冥客は、つぎに歩行術を再開してくれた邪行師に従うんだ」

「じゃあ、ワンダ叔父さんが歩かせている冥客があたしの言うことを聞くようになるの？」

論より証拠、百聞は一見に如かずということで、ワンダ・ニエは呪文を唱えながら屋根瓦のせいで死んだ若者の経絡をパッパッパッパッと素早く指で突いた。

すると死者が丸太のようにばたりと倒れて動かなくなった。

「つぎはぼくが叫魂鈴を鳴らしてみよう。そうすれば今度はぼくがこの冥客の邪行師だ」

本当にそのとおりになった。ワンダ叔父さんが鈴を鳴らすと、死者がむっくり起き上がって彼の指示に従ったのである。

「施解同鈴（せかいどうれい）といってね、呪術を解くための鈴は、呪術をかけたときの鈴と同じものでなければならないんだ。同じ叫魂鈴じゃなければ、冥客は邪行師の言うことを聞いてくれないんだよ」

「ちがう鈴でも暫停術は解けるの？」

「それはやっちゃいけないことだ」

「でも、解けるの？」

解けることは解ける、とワンダは答えた。「だけど、冥客をコントロールできなくなる」

「冥客が暴れるってこと？」

返事のかわりにワンダが歯をガチガチ鳴らして咬みつくふりをしたので、イフ・ユイはゲラゲラ笑った。

「じゃあ、もし同じ鈴がなかったら？」と重ねて尋ねた。「なくしちゃうことだってあるかもしれない」

「そのときは、もうどうしようもないね！」

　ふつうであれば習得に五年はかかる暫停術を、イフ・ユイは経絡にしるしをつけた等身大の木偶(でく)を練習相手に、たったの一年で使いこなせるようになった。しまいには目隠しをしても正確に経絡を突けるようになった。イフ・ユイが一人前になったと判断したワンダは、彼女の手首に母親の形見であるブレスレットを巻きながら言った。

「この腕輪はぼくのお姉さん、つまりきみのお母さんが亡くなるまで身につけていたものだよ」

　イフ・ユイは目を丸くし、彼女にはまだ大きすぎるブレスレットについている翡翠玉を手でごしごしこすった。そうすれば魔法のランプみたいに魔神が現われて三つの願いをかなえてくれるのだとでもいうように。

「いつかきみに子供が生まれたら、その子にあげるといい」

　それからはワンダ叔父さんといっしょにあちこちへ出かけていっては、死者たちを歩かせた。まだ内戦は勃発しておらず、ほとんどの亡骸は病死や事故死や殺人によるものだった。

「邪行師には避けるべき屍がある」とワンダは姪っ子に教えた。「すなわち原因不明の病死者、自殺者、雷に打たれたやつは邪行してはいけない」

　原因不明の病死者を連れまわすなというのは、言うまでもなく伝染病の拡散を防ぐためである。自殺した者は重い瘴気(しょうき)を発するので、孤魂野鬼を引き寄せてしまう。かつてはそれが死者に悪さをして暴れさせるのだと考えられていた。

　そしてルガレ地方の言い伝えによれば、雷様はけっして善人を痛めつけることはない。つまり、雷に打たれるような不届き者は決まって悪党である。家族のほうもそのことをよくわきまえているので、雷に打たれて鬼籍入りした身内をわざわざ家に連れ帰って一族の恥をさらそうとは思わない。

「邪行師たるもの、ただ冥客を歩かせるだけならいくらでもできる。でも、冥客を思いどおりに歩かせるのは簡単じゃない。夏と冬でもちがってくる。夏場はどうしたって腐りやすいからね。いいかい、イフ、無責任なことをしちゃいけないよ。術を使うときは自分の力量の半分くらいを目安にしなさい。いっぺんに歩かせる冥客が多ければ多いほど、言うことを聞かないのも出てくるからね」

イフ・ユイはワンダ叔父さんの言いつけをよく守り、邪行師としての腕をめきめき上げていった。並みの邪行師がいっぺんに五、六人、多くても七、八人しか歩かせられないのに、彼女は最大で三十二人を引き連れて旅をしたことがあった。

イフ・ユイがはじめてひとりで邪行術を使ったのは、村の若者たちの出稼ぎ先だったオソ市の花火工場が引火爆発したときのことである。家には彼女しかいなかった。そのころワンダ叔父さんは、寝台列車のなかでマンガを読んでいた。キリスト教徒が聖地エルサレムへの巡礼を夢見るように、ワンダ・ニエは悲願だった国際コミック・フェスティバルを見物するために首都サンソルジェークへ向かっていたのである。

前代未聞の大爆発だった。その爆音ときたら十キロ先まで轟(とどろ)いて窓ガラスを震わせ、二十キロ先からでも夜空を彩るロケット花火や打ち上げ花火の色鮮やかな煙火が望めた。そのせいで工場の二階に寝泊まりしていた百人以上の命が失われたが、ほとんどが黒焦げだったり脚が吹き飛んでいたりで、どうあっても歩かせることができなかった。

歩けない死人は、そうではない死人よりもっと死んでいるように見えた。イフ・ユイは腰まで伸ばした燃えるような赤毛を頭のうしろでキリッと引き結び、比較的損傷の軽い亡骸に術をかけ、奇妙な熱気をはらんだ三十二の遺体を二週間かけてひとつひとつ家へ連れ帰ったのである。道中、餓えた野良犬が冥客に咬みつこうとすれば、容赦なく棒で打ちすえた。彼女の率いる死者たちは統率がとれていて、まるで祝賀パレードの儀仗兵のように足並みがそろっていた。それを見た者が、こりゃ列車のようじゃないか、と言ったかどうかは定かではない。しかし死者たちの行列を夜行列車と呼ぶようになったのはこのころからで、イフ・ユイはまだ十四歳だった。

単独で死者たちを率いることになんの問題もなかったが、邪行というものは背中の「巫」の字が戒めているように二人一組で執り行うのがしきたりだったので、彼女は女の分を守ってワンダ叔父さんの助手役に徹した。依頼があればワンダ叔父さんとふたりして出かけていき、死者をしかるべき場所へ送りとどけた。

依頼がないときは畑を耕した。春にトウモロコシの種を蒔き、秋に収穫してしまうと、冬には小麦を育てた。

ワンダ大叔父さん

ひと晩じゅう畑に出ていたワンダ・ニエは、骨身にこたえる冷気に強張った腰を伸ばし、地面に鍬を突き立て東の空をふり仰いだ。

山のほうから吹き下ろしてくる風のなかに小雪が舞っている。地べたに置いたカンテラを持ち上げると、初々しい雪の欠片が光にあつまる翅虫のように照らし出された。

「また雪か」ひとりごちる口から漏れ出た白い呼気を風が散らす。「どうりで寒いわけだ」

ぐっと冷えこむ年明けのこの時期は、人間にとっては苦行でも、小麦にとっては目覚まし時計のようなものだ。お寝坊さん、さあ、そろそろ起きる時間ですよ。この冷気のおかげで小麦は眠りから目覚め、暖かくなるにつれてすくすく育っていく。

しかしワンダにしてみれば、この寒さを味も素っ気もない目覚まし時計に喩(たと)えるよりも、ぶっきらぼうだが根はやさしい男子高校生に喩えるほうがしっくりくる。アイスグレーの髪の毛に、憂鬱と悲しみを同時にたたえた瞳を持つイケメンの転校生だ。はじめのうち、ヒロインの女子高生（さらさらの長い髪に、世界じゅうの善意をぎゅっと閉じこめたような大きな目をしたとびきり可愛(かわい)い天然キャラ）は彼の氷のような冷たさにたじろぐ。だけど、しだいにこの謎めいた転校生に惹(ひ)かれ、気づけば恋心が小麦のように芽吹いている……

「日本の桜だってそうだ」

ソメイヨシノにシダレザクラ。テレビやマンガのなかでしか見たことがないけれど、桜が春になって美しく花開くには冬の厳しい寒さが、つまり日常を掻き乱してこの世界の本当の姿を見せつけてくれる転校生の存在がどうしても必要なのだ。

明け暗(あぐ)れの空に、山並みの稜線(りょうせん)がひときわ黒く浮かび上がっていた。夜が明けるまでもうすこし猶予がある。

ワンダは耳当てのついた毛皮の帽子を持ち上げ、薄くなりかけた頭をタオルでごしごし拭いてから、帽子を深くかぶり直した。

それからアイスグレーの髪の男の子と、さらさら髪の天然キャラの女の子が満開の桜並木を歩いていく姿をうっとりと思い描きながら、せっせと畑に鍬を入れていった。するとあれよあれよといううちに現実が遠のき、目路もはるかな荒れ地に京都の美しい古刹が建ち、心が浮き立つ東京の街並みが現われた。制服のブレザーを着た少年少女の笑いさざめく声が聞こえてきて、彼の魂はまるで羽化する蝶のように五十一歳の体を抜け出し、アイスグレーの髪を持つ十七歳の少年になっているのだった。

山間から曙光が射してきたのを潮に野良仕事を切り上げて家に帰ると、ワンダは戸口に立って冷え冷えとした土間を眺めながら深いため息をついた。鶏でもいればコケコッコーと出迎えてくれるのだけれど、鶏たちはとっくのむかしに兵隊に食べられてしまっていた。

母屋といってもこのひと間きりで、ふたつのベッドが向かい合うかっこうで壁際に置かれ、真ん中に粗末なパイン材の丸テーブルと椅子が二脚あるほかは、ワンダが手ずからこしらえた本棚がひとつあるだけだ。本棚には彼が四十年かけてこつこつ集めた日本のマンガがぎっしりと詰まっていた。

なんとアオハルから遠いのだろう！

もし主人公がこんなところに住んでいるという設定のマンガなら、それは腕っぷしと度胸と真っ正直な心根だけでどん底から這い上がり、ばんばん悪を倒していく筋肉質なバトル系になるはずだ。

藁葺き屋根の屋外便所は庭にあるが、細長い台所と粉挽き小屋は母屋と棟つづきだ。ワンダは居室を横切って台所へ入り、マッチを擦って竈の火を熾した。柄杓を使って水甕の水を汲み、ヤカンを火にかける。

戦争がはじまるまえ、街には日本のマンガを売る店が数軒あった。本棚に大事にならべてあるマンガはどれも、邪行をした心付けが入るたびにすこしずつ買いそろえていったものだ。そういう店にやってくる人たちとマンガや日本のことを話すのは楽しかった。時間も忘れて、桜色の髪を持つ美少女のことや、世界を破滅させる呪術のことや、命懸けのカードゲームのことをきりもなく語り合っていられた。

日本語は全部マンガで覚えたが、読むだけでなく、自分でもまねして描いてみた。こつこつ貯めた金で、オソ市にたった一軒きりの画材屋に駆けこんでペン軸やペン先、インクや原稿用紙などを大人買いした。家に帰ってからペン軸におっかなびっくりGペンをつけると、ただのペンがまるで虹色の光を放つ魔法の杖(つえ)になったみたいに心が奮い立った。準備万端だ。ワンダは胸のなかで長年あたためてきた物語にとりかかった。ネームはもうできている。それはビビウという名の、エメラルド色の長い髪をツインテールにした魔法使いの話だった。

「彼女はすごい魔法使いで、なにがすごいって……とにかく五大元素の一端を担うほど最強で、ほかの元素――地、火、風、空――をつかさどる魔法使いたちと仲間になったり、戦ったりする。それで本気を出すときは、髪の毛がわっと逆立って真っ赤に燃え上がるくらいすごいんだ」

「でも、髪の毛はエメラルド色なんでしょ？」

「髪の毛の色が変わるのは、いつだってパワー全開の合図だからね！」

「ビビウってどういう意味なの？」

姪っ子のイフ・ユイに重ねて尋ねられると、ワンダはうるさそうに手をふってこう答えた。

「日本語からとったんだ」

彼は描き損じ原稿の余白に、生まれたての仔鹿(こじか)のようにたどたどしく「美雨」というカンジを書いた。

「水に関する魔法が使えるという設定なんだ。ふつうはミウって読むんだけど、カンジにはいろんな読み方があるんだ。この美という字はビとも読む。美しいって意味さ」

「たしかにミウよりビウのほうがあたしたちの名前っぽいけど、ビがふたつもあるのはへんじゃない？」

「強調さ」ワンダは表現者らしく高慢に応じた。「とてもとても美しい雨ってこと」

「魔法少女ビビウ……」イフ・ユイは原稿に書いてあるタイトルを読んだ。「で、どういう話なの？」

「ビビウっていう魔法使いの女の子の話さ」

「それはわかるけど、彼女はなにがしたいの？」

「もちろん世界を救うのさ」

「それはそうだろうけど、具体的には？　たとえば、ビビウの敵はどんなやつなの？」

「うるさいなあ、それをいま考えてるんじゃないか！」

そんなわけで描くほうは長つづきしなかったものの、ワンダにしてみれば、自分たちのような同好の士を結びつけてくれるオタクという日本語は相変わらずこの世でいちばん美しい言葉だった。たとえ胸が締めつけられるような美少女が描けなくても、我こそはオタクなのだと思うだけで、この戦乱の世に一縷の光が射し、いまだ会ったことがなくこれからもけっして会うことのない仲間たちとの強い連帯を感じられた。

マンガのなかではどんな夢でもかなう。恋があり、冒険があり、まったき美少女がいて、まったき勇者がいる。何度も読み返してボロボロになったマンガ本をうっとり眺めているだけで魂が浄化され、醜いガマガエルのような外見であろうとも、いつの日かきっと白鳥に生まれ変われると夢見ることができた。

マンガは夢であり、教科書だった。独裁者にとって真実は危険なものだということもマンガから学んだ。天動説があたりまえだった時代に地動説を唱えた者は、筆舌に尽くしがたい拷問の末に惨殺された。人間の価値に肌の色は含まれないと唱えた者たちも同じ末路をたどった。マンガのすごいところは、ドキドキワクワクしながら、そうした人として忘れてはならないことを学べることだった。

独裁者は一から十まで支配したがるけれど、真実だけは支配できない。だから独裁者は真実をねじ曲げ、真実の言葉を書く詩人や科学者を粛清する。しかし躍起になって真実を粛清すればするほど、独裁者はいっそう醜悪な嘘そのものに堕していく。真の勇者はそんな嘘に惑わされない――それがワンダの目に映るこの世の真実なのだった。

一族のなかで唯一の男だったので、ワンダが真実をめぐる冒険とエメラルド色の長い髪の美少女を求めて十五歳で邪行師になると決めたときには父親に殴られ、母親に泣かれ、四人の姉たちにさんざん罵られた。

「あんた、いったいどういうつもり?」四人の姉たちは、まるで四台の電話がいっせいに鳴りだしたかのように弟をなじった。「うちをあんたの代で終わらせようっての?」

とりわけ、天才邪行師イフ・ユイの母親にしてワンダの二番目の姉にあたるカイエ・ニエは怒り狂った。それというのも、ワンダが赤ん坊のころから、カイエはこのたったひとりの弟を溺愛していたからである。ほかの姉妹たちが、こんなガマガエルみたいなガキは生まれてこなければよかったのにと嘆こうものなら、拳骨(げんこつ)にものを言わせることも厭(いと)わなかった。

「人をガマガエルって言うやつのほうがガマガエルよ!」カイエは姉妹たちを指差して罵倒した。その手首にはニエ家の姉妹のしるしである銀色のブレスレットが揺れていた。「卑怯(ひきょう)な白鳥よりやさしいガマガエルのほうがましだわ!」

ニエ家の父親は、娘が生まれるたびに、オソ市の宝飾店で特別にあつらえさせたブレスレットを贈った。鎖は白金で、一番上の娘のには大きな翡翠玉がひとつ、二番目のにはそれより小ぶりの翡翠玉がふたつ、三番目のにはそれよりさらに小さいのが三つ、四番目の娘のにはテントウムシほどの翡翠玉が四つついていた。カイエは二番目の娘なので、彼女のブレスレットには翡翠玉がふたつついていた。父親は娘たちに言った。

「東洋では、翡翠は邪気を祓ってくれるんだよ」

七歳離れていたので、カイエはまるで母親のようにかいがいしく弟の面倒を見た。マンガにうつつをぬかして忘れ物が多いワンダのために、毎晩いっしょに時間割をそろえ、鉛筆を削り、ちゃんと歯が磨けているかを点検した。カイエはワンダが小学校に上がるころには中学生で、中学に上がるころにはもう高校を出て見合い結婚をしていたが、ことあるごとに弟の成績を気にかけていた。

「あんたは頭がいいんだから、ちゃんと勉強して大学に行きなさい」ふた言目にはそう言った。「女じゃなかったら、あたしだって行きたかったわよ。いい？　なにも知らないやつは家畜と同じなんだからね」

そんなわけで、ワンダが邪行師になると知ったときは青ざめ、つぎにヤカンのように頭から湯気を噴いた。のちに市長選に出馬しようとするほど弁舌にも世知にも長けていたカイエは、毒づくにしても道理をわきまえた。

「馬鹿ねえ、あんたが夢見ているような女の子なんて現実にはいないのよ！」電車とバスとバイクタクシーを乗り継いで二日がかりで嫁ぎ先から帰ってきたカイエは、弟の耳をねじり上げた。「これ以上わがまま言ったら、あんたの大事なマンガをみんな燃やしてやるからね！」

しかしもういっぱしの大人のつもりでいたワンダは、フランス人がフランスに忠誠を誓うようにマンガに忠誠を誓っていたので、母親も同然のカイエの脅しすかしなどものともせずに家を飛び出し(もちろんマンガは一冊残らず風呂敷に包んで背中に結わえつけた)、フランス革命を描いたマンガがきっかけで覚えた「ラ・マルセイエーズ」を口笛で吹きながら、断固として邪行師のお師匠様の門を叩いたのだった。

湯が沸くとワンダ・ニエは布巾でヤカンの把手(とって)を摑(つか)み、居室へ持っていって紅茶を二杯淹(い)れた。するとまるでそれを待っていたかのようにナタ・ヘイが戸口からのっそりと入ってきた。頭に巻いたターバンの下で隻眼をぎょろつかせながら茶杯を取り上げ、立ったまま無言で茶をすすった。ずんぐりむっくりのワンダとちがって、こちらは身の丈百九十センチ超えの大男だ。なくした右目には黒い羊革のアイパッチをあてている。

ワンダは椅子を引いて腰かけ、立ちのぼる湯気をふうふうと吹き飛ばしながら、茶杯を口に運んだ。まるで砂漠の遊牧民みたいだな。ほとんど毎日顔を合わせているというのに、こうして紅茶を飲みながらこの幼馴染(おさななじ)みを見ていると、ワンダはいつでもラクダとかアラビアの半月刀(シャムシール)を連想してしまう。もしマンガに描かれるとしたら、片目のナタ・ヘイの役どころはさしずめ戦(いくさ)化粧をほどこされたペルシア帝国の戦象(せんぞう)の乗り手だろう。耳当てのついた毛皮の帽子をかぶり、キツネの毛皮でこしらえたベストを着ている。浅黒い顔は強(こわ)い髭(ひげ)におおわれており、左の耳が欠損しているが、それはむかし邪行師をしていたころ死人にかじり取られたためだった。

あるとき、ナタ・ヘイの夜行列車が川べりで立ち往生した。三日間降りつづいた雨のせいで川が増水し、橋が押し流されてしまったのである。もうすぐ夜が明けるというころだった。上流の浅瀬を渡るという手もあるが、もたついている間に陽が昇ってしまう。邪行は夜のあいだに行うのがしきたりなので、そうなれば陽が落ちるまで足止めを食うことになる。幸いにして、引き連れている骸はたったの三体。考えあぐねたナタ・ヘイは、遠回りするよりもあり余る体力で事態の打開を図ることにした。すなわち死者たちをひとりずつ背中におぶって渡河を試みたのである。

が、下手の考え休むに似たりである。ただでさえ呪術が未熟な上に、背中にのしかかる屍の重みと川の流れのせいでナタ・ヘイの気が乱れた。さらに悪いことに、死者たちを御する叫魂鈴を川に落としてしまった。あとは言わずもがなだ。背中におぶった骸が暴れだし、ナタ・ヘイの左耳にがぶりと嚙みついたのだった。

「なに笑ってんだ?」茶を飲みながら、ナタ・ヘイがむっつりと言った。

「きみが邪行師を辞めた日のことを思い出していたんだ」茶を飲みながら、ワンダはそう答えた。「その耳をかじり取られたあと、どうしたんだっけね?」

「何遍同じ話を聞けば気がすむんだ」

「何遍聞いても飽きないんだ」

ナタ・ヘイが舌打ちをした。

三十年前のあの日、ナタ・ヘイはぎゃっと叫んで仰け反り、耳をかじった死者を川へふり落とした。派手な水飛沫を立てて川に落ちた骸は、そのまま木の葉のようにくるくるまわりながら速い流れに運ばれていった。怒り心頭のナタ・ヘイはそれだけでは収まらず、右往左往しているほかの二体も川に蹴りこんでしまった。それから「こんなことやってられるか!」と叫んで街まで駆け戻り、前々から気になっていた売春宿に飛びこんで、耳から血をだらだら流しながら邪行師と童貞をきれいさっぱり捨て去ったのである。モモタロウの桃のように川を流れていった三体の骸がどうなったのか、いまとなっては知る者もない。

その後、ナタ・ヘイはいくつもの仕事を転々とした。どれも長つづきしなかったが、比較的長くつづいたのは強制労働収容所の看守の仕事で、紺色の制帽に紺色の制服、腰には囚人たちをぶちのめすための警棒を挿して七年間勤めあげた。ほかには恵まれた巨軀を利用して闇賭場の用心棒、木材の窃盗団、ラッコの密猟団、精神科病棟の守衛などもやった。

村の電信柱に据えつけられたスピーカーが息を吹き返す。新しい一日のはじまりを批准するような国歌が流れ、もう四十年以上一日も欠かすことのないホクロの政府放送がはじまった。

朝な夕なの政府放送時には国じゅうのあらゆる活動が一時休止する。食事をしていようが、喧嘩をしていようが、プロポーズの真っさいちゅうだろうが、ぼんやりと亡命のことを考えていようが、国歌が聞こえてきたらとにかく人生をいったん棚上げし、気を付けの姿勢でジロン・ジャンの言葉を拝聴しなければならない。

ホクロのおためごかしを聞き流しながら、ふたりは茶をすすった。話がルガレ地方の内戦におよび、政府軍の死傷者数が読み上げられているとき、ナタ・ヘイが思い出したように口を開いた。

「そういや、烈士站のことは聞いたか？」

戸口から射しこむ朝陽が、土間の一部とナタ・ヘイの輪郭をきらめかせていた。ワンダは鸚鵡返しに訊き返した。

「烈士站？」

「政府軍は戦死者をサンソルジェークへ送り返すことに決めたそうだ」ナタ・ヘイがコントラバスのような低い声で答えた。「基本的には自分たちで死者を回収するそうだが、反乱軍の支配地域は危ないから邪行師も使うらしい」

「どこにヴォルクが潜んでいるかわからないしね……でも、なんでいまさら？」

「よくわからんが、おかげで政府軍の士気があがってるそうだ。神様なんていないと割り切ってるやつだって、くたばって野良犬に食われてる自分の姿なんか想像したくないのさ」

「人間は想像力によって支配される、とかのナポレオンも言ってるしね」

「想像力ってのは操ることもできるからな。これも情報戦の一環さ。政府軍は鬼でも蛇（じゃ）でもない、ひと皮剝（む）けばおれたちと同じだってことをアピールしたいんだろう」

「つまり烈士站ってのは冥客の集散地点ってことだね？」

「青灰色の軍服を着ている骸に金を払ってくれるそうだ。そのせいでこのへんの邪行師はどいつもこいつも政府軍の死体を探しまわっているよ。なかには反乱軍の死体に政府軍の軍服を着せて烈士站へ連れていくやつすらいる」

　ふたりは嘆息し、同時に茶をすすった。

「まあ、ビビウはそんなものに関心はないだろうな」

「たのまれなければあの子はぜったいに邪行術を使わないよ」

「おれもそのほうがいいと思う」茶を飲み干すと、ナタ・ヘイは戸口から出ていくまえにそう言った。

「邪行稼業なんざ他人の不幸がメシの種だが、そのへんに落ちてる小銭を拾うようなまねだけはしないほうがいい」

それが呼び水となって、ワンダはビビウが邪行師になると宣言した日のことを思い出した。

イフ・ユイの血をしっかりと引いているビビウは、子供のころから邪行師に必要な資質をほとんど兼ね備えていた。唯一、欠点を挙げるなら、それはイフと同じでビビウも人一倍可愛らしく生まれついたことだ。

むかしから女は邪行師になれない、邪行師のご面相は醜ければ醜いほどいいと言われていた。しかし女でも、そして容姿がよくても邪行師になれることをイフ・ユイが証明してしまった。けっきょく邪行師について言われてきたことは馬鹿馬鹿しい迷信だった……イフが襲われるまで、ワンダはたしかにそう決めつけていた。

が、先人たちの智慧はゆえなきものではなかった。おそらく過去にもイフのようなケースはあったのだろう。呪力が強く、見目も麗しい邪行師が、ただ女という理由だけで取り返しのつかないことになってしまったケースが。

だから、ビビウには高校に進学してほしかった。ビビウの担任がわざわざうちまで訪ねてきて、ビビウの進路についてお話ししたいことがありますと切り出したときは青天の霹靂だった。それまでも遊び程度に邪行の手伝いをすることはあったたし、ほんの小さなころには邪行師になるんだと騒いだこともある。しかしビビウが真剣に考えていると知ったのは、そのときがはじめてだった。

たしかに田舎に暮らしていれば学問なんか役に立たないかもしれません。サンソルジェークの師範大学を出たばかりの若い担任は心をこめて諭した。でも、ビビウはとても頭のいい子です。彼女の成績なら、サンソルジェークのどんな高校だって受かりますよ。学問とは可能性です。ベラシアだっていつまでもこんなふうじゃないし、学があれば国を出てもやっていけます。優秀な生徒には奨学金を出してくれる高校もあります。ご存知のように、ホクロはそういう支援事業が大好きですからね。

なんでそんな大事なことをひとりで決めてしまうんだ！　ワンダは学校から帰ってきたビヴを摑まえ、自分のことは棚に上げてわめき散らした。後生だからやめてくれ、邪行師なんかみんなが丁寧に接してくれるのは誰かが亡くなったときだけで、ふだんは洟もひっかけないんだぞ。もし食卓に皿があれば、叩きつけて割っていただろう。いいかい、進学したくてもできない人がたくさんいるんだよ、学問をするチャンスを逃がしちゃだめだ、無知なやつは家畜と同じなんだぞ！

もう決めたの、とビビウは静かに言った。わたしは邪行師になる。

アイク・リンのことがあったからか？　腹立ちまぎれにその名前を口走ったとたん、ワンダは壁に頭を打ちつけたくなった。ビビウの顔が、まるで心臓にナイフを突き立てられたように引き攣っていた。

ワンダは打ちのめされ、そしていっそう攻撃的になった。頭を掻きむしり、足をドシドシ踏み鳴らして威嚇した。あれはきみのせいじゃない！　あの馬鹿が自分で招いたことだ！　もう自分を責めるのはやめるんだ、ビビウ……

幸せな者は邪行師になんかならない。のっそりと家を出ていくナタ・ヘイのたくましい背を見送りながら、ワンダはあの日のビビウの悲しげな面影をふり払えなかった。取り返しのつかないこと、けっして触れることのできない美しい夢、蔑まれ、疎まれ、打たれ、嘲笑われた記憶……邪行術はたぶん、自分自身の不幸も全部ひっくるめてやっと完成するんだ。

両手で茶杯を包みこんでしばらくぼんやりしていた。時間をかけて茶を飲んでしまうと、野良仕事でくたびれた体を椅子から押し上げ、足を引きずってベッドへ向かった。

お天道様とともに生きるまっとうな一日のはじまりは、邪行師にとっては長かった一日の終わりである。まるで地球の裏側にいるみたいだな。布団にもぐりこみながら、ワンダはそう思った。みんなにとっての昼間は、ぼくたちにとっては真夜中なんだから。目を閉じると、たちまち粘っこい眠りに搦め捕られた。

ひさしぶりにイフ・ユイの夢を見た。美しい姪っ子の気の強そうな横顔は間違いなくカイエ姉さん似だけど、燃えるような赤毛はニエ家の血ではない。姉の嫁ぎ先だったユイ家の遺伝子だ。

苦難つづきだった人生の総仕上げに、イフはお産で命を落とした。夢のなかで、いくつもの冷酷なドアや窓が、とりつく島もなく閉ざされていく。ワンダは顔じゅうを涙で濡らしながら、大出血を起こした姪っ子を荷車に横たえて東奔西走した。無情なドアがひとつ閉ざされるたびに、悲しい悪者の怒りに呑みこまれた。マンガのなかで世界を滅ぼそうとする悪者たちは、たしかにそうせずにはいられない仕打ちを世界から受けている。眠りの底でのたくる彼には、もはやそれが現実にあったことかどうかすら判然としない。ひょっとすると、こんなことはなにも起こらなかったのかもしれない。もしそうなら、どんなにいいだろう。どの医者も産婆も邪行師の血を忌避して、瀕死のイフに触れようとしなかった。行き着いたのはどこでもない荒れ地で、自分が両手を血だらけにして赤ん坊を取り上げたのだ。名前は考えてあるの。そう言って、イフは血の気の失せた顔で微笑んだ。ビビウ、ビビウ・ニエよ……気に入った？

「ちょうど雨も降ってるしね」

ワンダは雲ひとつない青空を見上げ、もうどうすることもできないのだと悟り、血だらけの赤ん坊を抱いてわあわあ泣いた。自分のなかに巣食う悪を解き放つ力もなく、秘めたる超能力も発現してくれない悲しみは、なんの使い道もないただの悲しみだった。頬を流れ落ちる涙が、死にゆくイフの顔にしたたった。

いつのまにか赤ん坊のビビウが大きな目をぱちりと開けて、ワンダを見上げていた。大叔父さん、しっかりして、大叔父さんってば——薄目を開けると、この世を去ったはずのイフの顔が間近にあった。

「大丈夫、ワンダ大叔父さん？　ずいぶんうなされてたよ」

イフの面影がゆっくり彼女の娘と重なっていく。

「ああ……」ワンダは口のなかでもごもごとつぶやいた。「おかえり、ビビウ」

「怖い夢でも見たの？」

「そうみたいだ」

「もうすこし寝てて」ビビウが身をかがめて額にキスをしてくれた。「まだ日が高いよ」

窓に視線をめぐらせると、明るい陽射しのなかで小雪がきらきら舞っていた。

邪行道具を詰めこんだ雑嚢(ざつのう)を自分のベッドの下に仕舞ってから、ビビウは背中に「巫」の字が染めぬかれた長衣を脱いだ。長衣の下には十七歳の女の子らしい淡いピンク色のジャンパーに、擦り切れたジーンズを穿(は)いている。

「ねえ、大叔父さん」なにかを思い出したかのように、ビビウがやにわにふり向いた。「冥客が泣くのを見たことある？」

死体の腐敗が進行すると、体内に溜(た)まったガスが液化して目から水分が流れ出ることがある。しかしそんな無味乾燥な答えはワンダの好みではない。

「泣いたって不思議じゃないさ」と言った。「どんな死にも理由はあるけど、意味があるとはかぎらない。冥客はそのことに気づいて悲しくなるんだよ」

「どうして悲しくなるの？」

「生きてるときに気づけなかったからさ」

ビビウはそのことについて考え、それからあきらめたように首をふりながら台所へ消えていった。すぐに甕から水を汲む音が聞こえてきた。

ワンダは満ち足りた気分で掛け布団を引き上げた。きみの娘は素直な子に育ったよ。胸の裡(うち)でそっとイフ・ユイに語りかけた。これからも魔法少女ビビウを見守ってあげてくれ。

触らぬ神に祟(たた)りなし、邪行師なんかにはならないのがいちばんだ。仕事はキツいのに、実入りはすくない。夜にしか夜行列車を走らせないのは、お天道様に顔向けできないからだと決めつける者もいる。黒い衣装はコウモリやハゲタカを連想させるので、信用もされない。実際、死亡事故現場や病院をうろつきまわって値段交渉をする姿は、死に群がるハゲタカそのものだ。

もしもビビウに邪行師としての素質がなければ、道理を説いてあきらめさせることもできただろう。高校に進学したくないというのなら、ほかの娘たちのように街の工場にでも働きに出ればいい。ふつうに働いて、ふつうに恋をして、赤ん坊の涎(よだれ)かけにヒマワリでも刺繍(ししゅう)しながらふつうに暮らしてくれれば言うことなしだ。

なのにイフに負けず劣らず、ビビウもまた邪行師の天稟(てんぴん)に恵まれていた。夜陰を行く邪行師にとって、優れた方向感覚は欠かすことのできないものである。目隠しをしてぐるぐる回転させたあとでも、ビビウはまるで方位磁石のように東西南北をぴたりと言い当てることができた。

肝っ玉もでかい。子供のころ、どうしても邪行師になると言って聞かないので、ワンダはちょっとこらしめてやることにした。ちょうど自分が送りとどけることになっていた死人といっしょにビビウを屋外便所に閉じこめたのである。死人は大酒飲みの夫に殴り殺された気の毒な女で、髪は柳のように長く垂れ下がり、でこぼこに腫れあがった顔は文字どおりこの世のものではなかった。便所から一歩でも外に出たら邪行師になることはまかりならん。ワンダは重々言い含めた。泣いてもだめだぞ、邪行師が冥客を怖がるなんぞ言語道断だからな。

二本の脚で危なっかしく立っている死人と、ビビウは狭い屋外便所のなかでひと晩過ごした。板壁から隙間風が吹きこめば死人の長い髪が柳のように揺らめき、ところどころ変色したその青白い顔がのぞいた。死人は白濁した目を見開き、洞のようにぽっかりと開いた口からは時折り恨みがましい声が漏れ聞こえた。

ビビウは逃げ出すこともなければ、泣きわめくこともなかった。それどころか、朝になって便所のドアを開けたワンダはぶったまげてしまった。清澄な朝陽の射しこむ屋外便所のなかで、まだ六つの子供が地面にすわらせた死人の膝枕ですやすやと眠っていたのである。

そのころはまだ、ただの子供らしい憧れだったはずだ。邪行師の子としてまわりに敬遠されてきたビビウにとって、死者たちだけが遊び相手だった。うるさくワンダをせっついて夜行列車に同行すれば、ビビウはいつでもやさしそうな死者と手をつなぎ、茶目っ気のある死者に花の冠を編み、寂しげな死者には歌を歌ってやったりして文句ひとつ言わず夜どおし歩いたものだ。

しかし死者に親しめば親しむほど、彼女はますます孤立していった。学校ではのけ者にされ、大人たちは目を合わせようとすらしない。そして孤立が深まれば深まるほど、生死のあわいが模糊になった。あるとき、ビビウがこう訊いてきた。なんだか死んだ人が生きてるように見えて、生きてる人が死んでるように見えることってない？　ワンダは胸をえぐられるような気がした。ビビウも死に見込まれてしまったのだ。決定的だったのは、やはりアイク・リンの死だ。あのときビビウのなかで、なにかが取り返しようもなく硬直してしまった……

けっきょく、ワンダが折れた。ビビウがどうしても行く道を曲げないというのなら、こちらが折れるしかないではないか。彼にできることは、ビビウに髪を切らせることだけだった。中学生のころ、ビビウの赤毛は腰にとどくほど長かった。

よく言われるように、死者よりも生きている人間のほうが怖い。女の身でもっぱら夜に出歩かねばならないとしたら、せめて女だとばれないほうがいい。どんなに長い夜行列車を引き連れていても、死者たちがたすけてくれることは金輪際ないのだから。

髪を切らねばならない理由を訊かれて、ワンダはとっさに口から出まかせを言った。冥客たちには女の長い髪が地獄から救い出してくれる蜘蛛（くも）の糸に見えるんだ、それに摑まればまたこの世に戻って来られると勘違いしちゃうんだよ――きみの母親がけだもののような男の毒牙にかかったから、などと言えるはずもない。邪行師には男しかなれず、しかも醜男のほうが望ましいというのは、つまるところそういうわけだったのだ。

ビビウは毛先を指でもてあそびながら、しばらくそのことについて考えていた。そして肩をひょいとすくめると、みずからハサミを取って長い髪をばっさり切り落としたのだった。

夜の麦畑

眠りから覚めると、窓の外はもう宵闇に押し包まれていた。

ビビウ・ニエはベッドに横たわったまましばらく天井の梁を見上げ、それから半身を起こして部屋のなかを見回した。

壁時計を見やると、すでに午後七時をだいぶまわっている。やかましい政府放送にすら煩わされることなく、ぐっすり眠れたわけだ。その充足感に、思わず両手をふり上げて大きな伸びをしてしまった。

壁にかけておいた長衣をぼんやりと眺めた。背中に大きく染めぬかれている「巫」の字を見るたびに、いったい開祖蚩尤はどんな人だったんだろうかと考えてしまう。邪行師になるには姿かたちが醜いほどいいとされているけれど、ビビウのなかで夜行列車を先導する蚩尤は長い髪をたなびかせた、見目麗しい凜とした美丈夫なのだった。

蚩尤の時代、ルガレは独立国だった。そのころの民の姓名は、中華圏の影響を受けて漢字だったと学校で教わった。ベラシア連邦に統合されるまえ、ルガレは小さな国でした、民百姓は働き者で、なにもない荒れ地を開墾して国を建てました、長い歴史のなかで何度も異民族と干戈を交え統合と独立を繰り返してきましたが、一九一七年にベラシア連邦による実効支配がはじまり、自治州として統合されたのです、ベラシア人とルガレ人はもともと同じ民族なので、この統合によってより強固な絆を持つことができました、言うなればベラシアとルガレは兄弟のようなもの、わたしたちの血のなかに流れているのはいつだって自由の二文字だったのです……

蚩尤が邪行術を確立したころにも、大きな戦があった。彼には七人の弟子がいたのだが、その弟子たちが大国に寝返ってルガレ侵攻の先鋒となった。大国にしてみれば、蛮地を攻めるのに蛮族を用いることになんの不都合もない。いっぽう、七人の弟子たちについても、ルガレ攻略が成った暁には大国で相応の官位が約束されていた。

弟子たちはルガレの各地に散り、いっせいに邪行術を発動した。たちどころに大地は死者であふれ返り、七つの叫魂鈴に導かれて大波のように王宮へ押し寄せた。兵士たちは死にもの狂いで死者たちの侵攻を食い止めようとしたが、いくら剣で斬っても槍で突いても死者たちはどこ吹く風で、その歩みを止めることはついぞかなわなかった。

そこへ蚩尤がすっくと城壁の上に立ったのである。

黒い長衣を身にまとい、逆巻く風に長い髪をなぶられた開祖蚩尤はキリッと口を引き結び、四方八方から押し寄せてくる死者たちを睥睨した。己が弟子とはいえ、どれもいっぱしの邪行師である。蚩尤は七方向から同時にかけられている呪術を、叫魂鈴もなしに破らねばならない。施解同鈴の戒めを忘れたわけではない。しかし弟子たちの七つの鈴を集める手立てはなかったし、一刻を争う事態だった。

「それで蚩尤様はどうなったの?」幼いビビウは大きな目に涙を溜めて、ワンダ大叔父さんを見上げた。「七つの鈴もないのに、どうやって冥客たちを鎮めたの?」

「施解同鈴を破った者は鈴のかわりに自分の魂を使って冥客たちをあの世へ帰すんだ」小さなビビウを膝の上であやしながら、ワンダ・ニエは語り聞かせた。「蚩尤様はそうやってルガレをお救いになったんだよ」

いまワンダ大叔父さんのベッドは空っぽで、寝具がきちんとたたまれている。耳を澄ましてみたが、台所にも粉挽き小屋にも人の気配はない。それで大叔父さんがもう仕事に出かけてしまったのだとわかった。

部屋の明かりはつけてくれていた。

テーブルには食事の支度までしてある。空っぽのスープ皿にスプーンが添えてあり、パンが入った竹籠には白い布巾がかけられていた。ぼうっとそれを眺めていると腹の虫がぐうぐう鳴ったので、ビビウはベッドを抜け出してサンダルをつっかけた。が、立ち上がったとたん眩暈(めまい)に襲われ、ふたたびベッドにへたりこんでしまった。

邪行術を使うと、身も心も削られる。なにかを持っていかれる。戦争がはじまってからは、ワンダ大叔父さんと交替で邪行に出ることにしていた。残ったほうが畑仕事をする。以前は「巫」の字の教えどおり、大叔父さんとふたりで夜行列車を牽(ひ)いていた。それだと消耗も半分ですむけれど、人が死にすぎてそのやり方ではもう追っつかない。

ベッドに腰かけて深い呼吸を心掛けていると胸の鼓動がしだいに治まり、それにつれてぐにゃりとゆがんでいた視界もしかるべき様相を取り戻していった。ゆっくりと立ち上がり、テーブルの上の皿を取って台所へ向かう。竈にのった鍋の蓋を持ち上げてみると、ワンダ大叔父さんが作り置きしてくれたタマネギとビーツの赤いスープが入っていた。マッチを擦って竈に火を入れてから、水を飲んだ。

スープがあたたまるのを待ちながら、裏口をぬけて庭に出てみた。夜空に星は見えなかったけれど、雪はもうやんでいた。身を切るような寒風が吹いていた。

黒い山並みの上空が時折り、放電しているかのように白くまたたく。しばらくしてから、かすかな砲声が耳にとどいた。砲声を四回聞いたところで台所へ引き返すと、スープが煮え立っていた。鍋を火から下ろし、赤いスープを皿によそって居室へ戻る。

テーブルにつくまえに、ワンダ大叔父さんの本棚に紐（ひも）で吊り下げられている連絡ノートを取り上げた。

棚にぎっしり詰まった色とりどりの日本のマンガ本に、写真立てがいくつかもたれかかっている。そこにはワンダ大叔父さんに肩を抱かれているまだ髪が長かったころの自分や、若いころの大叔父さんが四人のお姉さんたちといっしょに写っているものや、大叔父さんの両親が写真館で撮ったものや、難産で早世したビビウの母親の色褪（いろあ）せたカラー写真が飾られていた。

まだ十歳になるかならないかのイフ・ユイは真っ赤な髪を頭のてっぺんで束ね、袖のない白いワンピースを着ている。ヒマワリ畑のなかでまぶしそうに目を細めたその笑顔は、まるでなんの心配事もない夏休みのようだった。ワンダ大叔父さんによれば、この美しい少女の心を射止めた幸運な男は、花火工場の爆発に巻きこまれて死んだことになっている。ナタ・ヘイ小父（おじ）さんも誓ってそれは本当のことだと請け合ってくれた。

だけど、それは嘘だ。

近郷近在の村人たちにしてみれば、ルガレ一の邪行師が死人を送りとどけた帰りにどこの馬の骨とも知れない男に襲われたなんて面白い話、黙っていろというほうが無理な相談だった。口さがない連中は、死人にまたがってヒイヒイ言っている裸のイフ・ユイをたしかにこの目で見たと言い張った。そういう心ない人たちは、子供を傷つけるためだけにこう言った。おまえの親父はな、夜行列車に乗っていたお客さんだったのさ。

幼いビビウがわあわあ泣きながらワンダ大叔父さんに真相を問いただすと、大叔父さんはそんなことを言ったのはどこの犬畜生だと激怒した。犬を打つための棒を摑んでロケット花火みたいに家を飛び出していったまではいいが、さんざん殴られて戸板にのせられて帰ってきた。荒っぽいことは、いつだって大叔父さんの手に余ったのだ。すると今度はナタ小父さんが腕まくりをして出かけていき、余計なことを言った連中を引きずってきてビビウのまえで土下座させた。余計なことを言った連中は額を土間に打ちつけて許しを請い、へし折られた前歯を見せて泣き笑いし、濡れた小犬のようにぶるぶる震えていた。そのことがあってから、ビビウは父親について尋ねるのをやめた。

連絡ノートをめくりながらパンを食べ、スプーンでスープをすくって口に運んだ。

それは内戦がはじまり、ふたりばらばらで邪行を行うことが増えてきたころにワンダ大叔父さんが導入した連絡方法だった。これからはすれちがいが増えるだろうからね、と大叔父さんは言った。このノートにいろいろ書いておけば、なにかあったときに役に立つかもしれないだろ？

いちばん新しいページに大叔父さんが邪行に出た日付と、簡単なメッセージが残されていた。

〈一月十六日、オソ市↓ハマオ市〉

〈2〉

〈兵士〉

二体の冥客はどちらも兵士で、州都オソ市から海辺の街ハマオ市まで連れていく。ビビウは堅いパンをスープに浸して食べながら、ワンダ大叔父さんのいやに丸っこくて可愛らしい字を眺めた。

〈鶏の血をどこかへ落としてきたみたいなので、きみのを借りていきます。勝手に雑嚢を開けてごめんね。畑の草取り、肥料やりをお願いします。ナタ小父さんに雄鶏をたのんでおきました。寒波が来ているようなのでくれぐれも暖かくして。いい毛糸があれば買ってきます〉
メッセージの下には、ウィンクをしている魔法少女ビビウがピースサインを出しているイラストが添えられていた。
オソ市からハマオ市へまわって帰ってくるなら、二週間ほどの旅になる。ビビウはノートを閉じ、ビーツのスープをきれいにパンでぬぐって口に押しこんだ。それから連絡ノートを元の場所に掛け直し、皿を洗い、毛糸のことを考えながら畑へ出かけていった。

家から西へ十五分ほど歩いたところにある畑は、そのすこし先が土手になっていて、下ると大きくも小さくもない川が流れている。

土手は春になるとシロツメクサの花に埋めつくされ、秋には目にも鮮やかなコスモスが咲くが、いまは冬枯れした雑草がはびこっているばかりだった。

額に汗して畑の草取りをしていると、土手のほうから名を呼ばれた。ビビウは立ち上がり、夜暗(やあん)にほとんど溶けこんでいる人影に顔をめぐらせた。

「ワンダにたのまれてた雄鶏は台所に置いとくからな」風に逆らって声が飛んでくる。

「たすかった、ナタ小父さん」ビビウも叫び返した。

雄鶏を小脇に抱えたナタ・ヘイは土手を下りると家のほうへは向かわず、畦道(あぜみち)をとおってこちらへやってきた。

「どうかしたのか?」

「ワンダ大叔父さんがわたしの鶏の血を持ってっちゃったから」

「またなくしたのか、あいつは」ナタ・ヘイが首をふった。「マンガのことばかり考えてるからだ。いっしょに邪行の修業をしてたときもそうだった。血じゃなきゃ筆、筆じゃなきゃ叫魂鈴……とにかくしょっちゅうなにかをなくしてたんだぞ」

「術師の長衣をなくしたこともあるよ」

「じゃあ、そのうち自分もどこかになくしてくるな」

ビビウが声を立てて笑い、ナタ・ヘイの腕のなかで雄鶏がコッコッコッと鳴いた。

戦争がはじまってからどこもかしこも物不足だというのに、ナタ・ヘイはいつもどこからか食糧や雄鶏を見つけてきてくれる。ワンダ大叔父さんの幼馴染みのこの大男がいったいどんな魔法を使っているのか、ビビウには見当もつかなかった。雄鶏の血がなければ呪紋は描けないので、何度か尋ねてみたことはある。そのたびにナタ・ヘイは、まあ、知り合いがいるんだとか、ちょっと貸しのあるやつがいてなとか言ってお茶を濁すのだった。

「烈士站のことは聞いたか？」

「うん」

「どう思う？」

「どうって？」

「おまえも政府軍の屍を烈士站に連れていくか？」

「たのまれたらね。なんで？」

「だって政府軍なんだぞ！」ナタ・ヘイが叫んだ。

「みんな同じだよ」せっせと草をむしりながら、ビビウは背中で答えた。「死んじゃったらもう自分では家に帰れないしね」

沈黙のなかを風が吹きぬけ、雄鶏がまたコッコッコッと小さな声で鳴いた。ドサッという重たい音にふり返ると、ナタ・ヘイが地面に胡坐（あぐら）をかいていた。

「どうしたの？　なんかいやなことでもあった？」

「いやなことしかないだろ」

「まあ、そうだけど」

「ときどき邪行師を辞めなきゃよかったと思うよ」

引きちぎった雑草を手に持ったまま、ビビウはナタ・ヘイに向き直った。

「人間のやることなすこと死が一枚嚙んでいる。人の一生なんて死を忘れるための哀れなパーティーみたいなもんだ。どんちゃん騒ぎのなかで、誰もが目立とうと血眼になっている。そうすりゃ主役になれると思ってるんだ。だがパーティーが終わってみりゃ、邪行師がやってきて箒（ほうき）でさっさと掃き出されちまう。おまえの言うとおり、みんな同じだ……だったら、このいっさいがっさいにいったいなんの意味がある？」

ビビウは所在なく石ころを蹴飛ばした。それから、こう言った。「このまえ、涙を流してる冥客を見たよ」

ナタ・ヘイがひとつしかない目をしばたたいた。

「それをワンダ大叔父さんに言ったら、冥客が泣くのは不思議じゃないって言われた。どんな死にも理由はあるけど意味があるとはかぎらない、冥客はそのことに気づいて悲しくなるんだって」

「死人の目から水分が流れ出るのは、体のなかにガスが溜まるせいだ」

「知ってる。でも、ワンダ大叔父さんがなんて言うかなって思って」

わりと近くで爆音がし、ふたり同時に北西のほうへ顔をめぐらせる。火炎の照り返しが、低く垂れこめた雲をほんのりと薔薇色（ばらいろ）に染めていた。サイレンの音がかすかにとどいてくる。どうやら街のほうで戦闘が行われているようだが、夜はそれきり息苦しい静寂に包まれていった。

「おおかた日本のマンガの受け売りさ」ナタ・ヘイが舌打ちをした。

「かもね」

「無意味な生の先には無意味な死しかないと言いたいのか？」ナタ・ヘイが立ち上がり、街のほうへ向かって腕をふりまわした。「あそこで戦っている兄弟たちの死にも意味はないってのか？」

「もし反乱軍の死に意味があるんなら、それは政府軍のほうも同じだよ」

「おまえはどっちの味方なんだ？」

「もちろん――」反乱軍、と即答しかけて言葉に詰まった。ジャン将軍はもう八十九歳だ。あの政府軍の中尉、たしかバイという名の男の声が聞こえた。明日にも身罷るかもしれないのに、いま分離独立を目指す必要があるのか？「わたしは、たぶん……でも、よくわからない」

「悲しいな」

「悲しくてもいいんだよ」そう言って、ビビウはひょいと肩をすくめた。「だって冥客になっても泣くんだから、生きているうちなんて悲しいことだらけであたりまえじゃん」

ナタ・ヘイが驚愕（きょうがく）したのはビビウが言ったことのためではなく、もっと言えばビビウがアイク・リンの死を受け入れつつあると感じたためでもなく、ワンダが生まれたばかりのビビウを抱いてわあわあ泣きながら家にやってきた日のことを思い出したためだった。赤ん坊にはまだ青白いへその緒がついたままだった。それをおれが麻紐で縛り、この手でハサミでちょん切ってやったのだ。

そのビビウが小首を傾げて、こちらの反応をうかがっている。

「本気で言ってるのか?」

「本気だよ」ビビウが言った。「自分の悲しみばかり過大評価したってしようがないし」

時が経つのは早いものだ。ナタ・ヘイは照れ笑いをしながら、右目のアイパッチをポリポリ掻いた。あのときの赤ん坊が、いまやこのおれに人の悲しみを説いているというわけか。鼻の奥がつんとしたので目に力をこめると、涙がひっこむかわりに鼻がぐずついた。勢いよく手洟を飛ばすと、ビビウが心底いやそうな顔をした。それがなんとも愉快だった。そうか、悲しくてもいいのか。よっこらしょと立ち上がったナタ・ヘイの胸の裡を知ってか知らずか、雄鶏が励ますようにひと声鳴いた。

同情を寄せてはならない種類の脅迫

控えめなノックの音で亀裂の入った眠りは、乱暴にドアが叩かれる音で完全に破られた。

ベッドに横たわったまま壁時計を見上げると、針は二時四十五分を指している。明るい陽光に白くかすむ窓を見るまでもなく、それが午前二時四十五分でないことはわかった。

午後二時四十五分、邪行師にとっては真夜中といってもいい時間帯である。

ビビウは屋根を支える太い梁を見上げてしばらく待ってみた。丑三つ時の訪問者がつねに不吉な予感をマントみたいにまとっているように、邪行師にとって真昼の訪問者が吉報をもたらしてくれることはほとんどない。すくなくともナタ小父さんがお茶を飲みにきたわけじゃないことだけはたしかだ。つぎにドアが叩かれる音を聞いて確信した。

誰かが死んだのだ。

のっそりとベッドを抜け出し、椅子の背にかけておいたピンク色のジャンパーを寝間着の上から羽織る。ワンダ大叔父さんの空っぽのベッドを一瞥してから、ビビウは玄関扉を開けた。冷たさのなかに春のぬくもりを秘めた風が吹きこみ、彼女の短い赤髪をかすかにそよめかせた。

戸口に立っていたのは煤煙のにおいのする、ずんぐりむっくりした髭面の男だった。長袖シャツの上に犬の毛皮をつなぎ合わせたベストを着ている。まるでなにかに監視されているかのように、どんよりとしたその双眸は落ち着きがなかった。

「ニエさんのお宅はこちらかい？」

はいと答えてから、ビビウは雲ひとつない青空をちらりと見上げた。庭のハリエンジュの樹が風にざわめき、どこかでヒバリが囀っていた。

「ワンダ・ニエさんはいるかい？」かすれていて、憔悴しきった声だった。「仕事をたのみたいんだが」

「どなたの紹介ですか？」

「紹介者がいなきゃ受けてくれないのか？」

近郷近在の邪行だけでは、邪行師の商売は成り立たない。どちらかといえば、遠方の仕事のほうが多い。だから邪行師はそれぞれ独自のネットワークを持っていて、いたるところに仲介人を置いている。現地の遺族と値段交渉をし、実際に仕事の依頼をしてくるのはこの仲介人たちなのだ。とはいえ、直接持ちこまれる依頼がないわけではない。その場合――

「では、近場ですか？」

「ノエギだ」

だとしたら、ここから車で二時間ほどの距離だ。ビビウはうなずき、まず言わなければならないことを言った。

「ワンダ・ニエはいま仕事でよそへ出かけています」

「そうか……じゃあ、このへんでほかに邪行をたのめる人はいないか？」

「どなたがお亡くなりに？」

「弟だ」

「おひとりなら三十ギウです」

男が眉をひそめた。

遺族の悲しみに引きずられないために、値段交渉は最初にしておく。ワンダ大叔父さんのやり方に倣った。同情心はいつだって大切だけど、邪行師は他人の死に寄り添いすぎてはいけない。

「わたしがやります。女でもよければ、ですが」

男は疑わしげにビビウを値踏みした。まるで偽物とわかっている品物を買うかどうか迷っているかのように、頭のてっぺんから足の先までを。それからため息をつき、力なく首をふりながらくるりと背を向けた。しかし二歩ほど足を踏み出したところで立ち止まり、虚空を睨みつけ、またため息をつきながらビビウに向き直った。

「あんたにたのむよ」

「五分で支度をしてきます」

ドアを閉じてから台所へ行って歯を磨き、顔を洗った。さっと着替え、壁にかけた長衣を羽織り、ベッドの下から雑嚢をひっぱり出す。なかに叫魂鈴と雄鶏の血、政府発行の通行証などがちゃんと入っていることを確認してから、本棚にぶら下げてある連絡ノートに簡単なメッセージを書き残した。

〈一月三十日午後三時、ノエギまで行ってきます〉

男はハリエンジュの樹の下で煙草を吸っていた。邪行師の装いを整えたビビウに気づくと煙草を投げ捨て、ベストのポケットから十ギウ札を三枚取り出して両手で恭しく差し出した。お金にはまだ男のぬくもりが残っていた。

「邪行師様、こちらへ。車を待たせてあります」

死を邪行師の手に委ねた瞬間から、その死に対して新たな序列ができあがる。遺された者たちがもっとも慰められる場所まで死者を送りとどけてくれる邪行師は身分や性別を超越し、すべての死の頂点に君臨する黒い大鳥となるのだ。


標的となる造船所も製鉄所も発電所もないせいで、ノエギの街は長引く内戦による破壊をある程度まぬがれていた。

人々は銃痕で穴だらけの高層ビルや比較的安全な地下鉄の駅に住みつき、いたるところに屋台が立ち、涎がしたたりそうな炊煙が立ちこめていた。ショーウィンドウの割れたスーパーマーケットで買い物をし、黒焦げの車を避けながら犬を散歩させ、瓦礫の山からなにか掘り出そうとしている人も見受けられる。苦悶している人もいれば、あっけらかんとしている人もいて、怒鳴りあっている人たちもいれば、笑いあっている人たちもいた。とどのつまり、いろんな人がいた。

車が赤信号で停まったとき、ちょうど夕方の政府放送がはじまった。依頼人が小さなため息をつき、車を降りて気を付けをする。

ビビウもそれに倣った。

まるで一時停止ボタンでも押されたかのように街じゅうが動きを止め、分離独立に賛成の人たちでさえ、うんざりしながらもジロン・ジャンの声に聞き入っていた。どこで誰が見ているかわかったものではない。こんなところで我をとおしてあとで祟られるのは賢いやり方ではない。とはいえ、ごく少数ながら、ささやかな反抗心を発揮する者もいる。彼らは顔を伏せ、小声で毒づきながら、断固として足を止めずに我が道を行くのだった。

ふたたび車に乗りこんだのは十分後で、どれほども走らないうちに目的地に着いた。

車を降りたビビウは三階建ての集合住宅が密集している区画を見渡した。同じような古ぼけた建物が、まるで陳列棚の食パンみたいに建ち並んでいる。見るかぎり、ひどく損傷しているものはひとつもない。だからといって死に大目に見てもらえているわけではなく、頭を撃たれた男がふたり壁のまえに倒れていた。壁には大きく「Ｂ（ヴェ）」とスプレーされていた。

「ゆうべ、ヴォルクの連中が来たんです」と依頼人が教えてくれた。「顔を隠してましたが、ひとりは間違いなく弟の知人でした」

ビビウは壁に残されたヴォルクのサインを見やった。血のような赤いスプレーで書かれたその「Ｂ」が、まるでおれたちは逃げも隠れもしないと叫んでいるみたいだった。それなのに、悪さをするときはやっぱり顔を隠すのか。

「あのなかに弟さんが？」

死者たちに目を向けながらビビウが尋ねると、依頼人はかぶりをふり、「こちらです」と集合住宅のほうへ促した。なかは暗くてほとんど視界がきかない。手すりをたよりに慎重に階段をのぼっていった。元号が無疆にあらためられたときに大量に建てられた、典型的な配給住宅である。造りが雑なうえに、手入れもいきとどいていない。踊り場の照明が弱々しく明滅し、ふたりの影を闇から切り出したりまた黒く塗りこめたりした。彼のあとについて三階までのぼっていくと、埃っぽいフロアの両側に部屋がひとつずつあった。依頼人はノックもせずに左手のドアを引き開けた。

「どうぞ」

ビビウは合掌一礼してから、室内に足を踏み入れた。

すぐにトイレと台所があった。まず目についたのは台所の壁一面に飛び散った血痕で、その壁にも「B」の文字があった。

「弟の仲間たちの誰かの部屋です。正確にはそいつの親の持ち物なんでしょうが……弟たちはここで共同生活をしていました」

血は派手に飛散していて、真っ赤に染まったミキサーが流し台に置いてあった。中身の三分の一ほどが赤黒い血で満たされており、得体の知れないものが沈んでいた。よくよく目を凝らすと、どうやら人間の手指のようだった。

「ミロウは手首から先がなくなっていました」ビビウの視線に気づいた依頼人が吐き捨てた。「両手ともですよ。やつら、弟の手をミキサーでぐちゃぐちゃにしやがったんです」

ビビウは壁の血に向かって合掌した。赤ん坊のむずかる声がして顔をふり向けると、ほの暗い部屋のなかで赤ん坊を抱いた若い母親がへたりこんでいた。

「弟の仲間の奥さんですよ」

こちらに背を向けているので顔は見えなかったが、女を包む空気は頑なで、いまにも彼女をぐしゃりと押しつぶしてしまいそうに見えた。集合住宅のまえで頭を撃たれていたふたつの死体のことは、あえて考えないようにした。

死者はもうひとつの部屋、ソファとテレビと古いアップライトピアノのほかはなにもない部屋に横たわっていた。床には楽譜が散乱しており、なかには血の靴跡がついているものもあった。死者の兄が言ったとおり、死者は両手をつぶされていた。ミキサーで攪拌された手指は、まるでアマゾン川のピラニアに寄ってたかってかじり取られたみたいに引きちぎれ、ふやけていた。

紙のように白い死者の顔にはまだあどけなさが残っていた。もしあらかじめ二十五歳と聞いていなければ、まだ二十歳前と思ってしまっただろう。髪は薄い砂色で、鼻の下にひょろひょろの髭を生やしていた。

「弟たちはこの内戦に反対していました。ホクロは老い先短いのに、なぜ生きる張り合いを放り投げてやらなきゃならないんだ——そう言ってました。だから反乱軍に志願しませんでした。彼らは戦争よりも人生を楽しみたかったんです。下で殺されていたふたりとバンドを組んでいました。ジャズですよ、彼らはジャズをやっていたんです。これで弟がなぜ手をつぶされたかわかったでしょう？　弟は……ミロウはね、ピアニストなんですよ」床から血飛沫の飛んだ楽譜を一枚拾い上げると、死者の兄は自嘲気味に笑った。「『酒とバラの日々』か……本当にそれだけのことなんです。好きなように生きて、ちょっとだけ夢を見て死んでいく人生じゃだめなのか？　弟は亡命しようとしていました。自分には世界を変える力はないけど、自分自身の未来は変えられると信じていました。ヴォルクの連中はそれが許せないんです。ルガレのために命を張らないやつは裏切者、同胞が戦っているときに逃げ出すなんて言語道断というわけです……でも、それならホクロとなにがちがう？　言論の自由だの民主主義だのと言ってるけど、賭けてもいい、もしこの内戦に勝ったら反乱軍だって反体制派の弾圧をはじめますよ」

戦争に勝てば自分のケーキをいくらでも大きく切れる。いつかの政府軍の中尉の声が耳に甦(よみがえ)った。ざっくばらんに言って、きみたちももっと取り分がほしいだけだろ？　その声を頭から締め出して、ビビウは冷たくなった若者に向かって瞑目合掌した。願わくは、この冥客が自分の死の意味を見失って小さな子供みたいに泣いたりしませんように。それから、死者の兄に向き直った。

「弟さんのことは本当にご愁傷様でした」感情的にも事務的にもなりすぎないように、声音に気を配った。「これからお兄様の手で弟さんを下におろしてもらいます。冥客は平坦な道しか歩けませんので」

死者の兄はうなずき、あたりをきょろきょろと見回し、けっきょくは弟の亡骸を両手で抱き上げて部屋から連れ出した。

今度はビビウが先導して階段を下りた。建物の外に出ると、亡骸を地面に置くように指示した。すでに陽が暮れ、夜のとばりが下りていた。野良犬が悪さをしたのか、壁際の死人たちがすこし動いている。それ以外はひっそりとした界隈(かいわい)に人影も灯火もなく、ただ墓場を吹き抜けるような陰風が吹いていた。風の音はまるで、死んだ音楽家たちの体から抜け落ちていく音符のようだった。

冥客に向かって三拝してから、その冷たい額に筆と雄鶏の血でさっと呪紋を描いた。それから手指で印を結び、口のなかで「正気歌」を唱えた。天地に正気あり、とりとめなきものにかたちをあたえん。下へ向かえば山河となり、上へ向かえば日星となる。正気を身に宿せば浩然の気となり——しばらくぶつぶつ唱えていると、ある段階を超えたところで、みぞおちに硬いものをねじこまれるような感覚に襲われた。うなじから背筋にかけて鳥肌が立つ。それは邪行術をかけるときに決まって起こる現象で、つつがなく呼び戻された死者の魂魄が近くを漂っている証拠なのだった。両手で結んだ印をさっと組み替え、頭のなかでその青白い魂魄に縄をかけているところを思い描いた。

「死難に遭われし兄弟よ、ここはあなたの安住の地ではありません、あなたを待っている者たちはほかのところにいます」背中を汗が流れ落ちる。「はからずも死に見込まれてしまった兄弟よ、三魂七魄をその身に呼び戻していま一度起き上がりたまえ——起！」

　扉の鍵をカチリと解錠したような手応え。静止していた時計の針が決定的なひと目盛りを刻む。まるで内側から突き上げられたかのように死者が跳ね起き、その勢いですっくと立った。白濁した目を見開き、時折り頬をひくつかせ、そのせいで口の端が凶暴に吊り上がってしまうのは、呪力をそそぎこまれた亡骸の自然な反応だった。

　思わず後退った死者の兄を後目（しりめ）に、ビビウは叫魂鈴を素早く二度ふった。チリーン、チリーン、という澄んだ音が死者のなかで荒ぶるなにかを鎮めてゆく。

　つらいことがいっぱいあったんだね。立ち上がった死者と相対したビビウは、いつもそうするようにその額にそっと人差し指を押し当てた。さあ、いっしょにうちへ帰ろう。

　死者が顔を伏せたのは、術式に制圧されたためだ。それでもやはり、生者の目には死者がうなずいたように映る。

「それでは、これから弟さんを家に連れ帰ります」

ビビウがそう言うと、死者の兄が嗚咽をこらえながら瞑目合掌した。

「もうすこし夜が更けてから出発します。あなたは先に帰って、冥客を迎える準備を整えてくださ い」

「待ってください、邪行師様！」藪から棒に赤ん坊を抱いた若い女が飛び出してきて、ビビウの黒い長衣を摑まえた。「邪行師様、邪行師様……お願いです、うちの人も生き返らせてください！」

先ほど部屋で見かけた女だった。ふり乱した長い髪の下で、同情を勝ち取ろうとするふたつの血走った目がギラギラ光っている。それは愛する者を失ったときに誰しも囚われてしまう希望ではあるけれど、邪行師がいちばん同情を寄せてはならない種類の脅迫だった。ビビウは困惑する死者の兄を目で制し、女と向きあった。

「亡くなった方は生き返りません」

「なんでもいいから！」女が泣きわめくと、赤ん坊も火がついたように泣きだした。「ほら、あそこ……うちの人もあいつらに殺されたんです！」

女が腕をふりまわす先には、壁際に倒れているふたつの死体があった。彼女のすべてはそのまわりを悲しい衛星のようにまわっていた。あまりにも悲しみが深すぎて、死者の兄に赤ん坊を取り上げられたことにすら気がつかないほどだった。

「うちの人とミロウは小学校のころからの付き合いなんです。ジャズなんかやってるのもミロウの影響なんです。だから……だからちょっと術をかけて、うちの人も生き返らせてください。お金ならちゃんと払います！　いまは……そりゃいますぐには無理だけど、ぜったいにちゃんと払いますから！」

死者はまるで全世界に詫びているかのようにうつむいたまま、所在なくたたずんでいた。

死者の兄は泣きじゃくる赤ん坊を一生懸命あやそうとしていた。

そしてビビウには、女にかけてやる言葉が見つからなかった。なにを言っても、ことごとく自分に跳ね返ってくる。

「わたしにはあなたを慰めてあげることができません」わたしはわたしを慰められない、わたしはわたしを慰めるべきじゃない。「ごめんなさい」

「で、できます！」女はなおもすがりついた。「うちの人をちょっと生き返らせてくれるだけでいいんです！　一瞬でもかまいません。もう一度だけ彼に会いたい、会って――」

「後悔は悲しみを何倍にも膨らませてしまいます。取り返しのつかないことが起こったとき、自分を責めるのはとても自然なことです。でも、あまりこじつけないほうがいい」

女が泣き腫らした目をしばたたいた。

「彼の死はあなたのせいじゃない」

もはや女に言っているのか、それとも自分自身に言い聞かせているのかわからなかった。アイク・リンの死はわたしのせいじゃない。それがただの気休めでしかないことは知っていたけれど、それでも言わずにはいられなかった。

「悲しみは悲しみとして、後悔は後悔として切り離していいのだと思います」

殺人者たち

夜半過ぎに吹きはじめた強風は、明け方には嵐の様相を呈していた。

ビビウ・ニエはベッドに横たわったまま、屋根の下に架けられた梁をぼんやりと見上げた。原野を這うようにして吹きつけてくる風が家を殴り、窓をガタガタと揺らしていった。

壁の時計を見ると、まだ午後四時前だった。野良仕事を早々に切り上げたにもかかわらず、時間はまるで悪銭のように身につかない。掃除と洗濯をこなし、パンとスープで簡単な食事をすませ、やっとベッドにもぐりこんだのはもう昼過ぎだった。ため息をつき、目を閉じて寝返りを打つ。とりとめのない妄想に煩わされないように、自分の呼吸だけに気持ちを集中させたが、吹き荒れる風に何度もぶつ切りにされた眠りがふたたび訪れる気配はなかった。

つぎに目を開けたのは四時二十五分で、風はもうだいぶ収まっていた。ワンダ大叔父さんの空っぽのベッドを一瞥してから、布団を抜け出す。着替えて台所へ行くまえに、壁時計の下にかけてある日めくりカレンダーを一枚破り捨てた。ふつうの人々にとってはもうすぐ一日が終わろうという時間だが、邪行師にとっての二月七日はまだはじまったばかりだった。

甕から水を汲んで一気に飲み干すと、そのまま庭に出てしばらく夕焼け空を眺めた。空一面の冬雲が茜色に輝いていた。

あらゆる物音が根こそぎ風に吹き飛ばされてしまったみたいに、村じゅうがしんと静まり返っていた。そのせいで妙な胸騒ぎを覚え、ビビウはワンダ大叔父さんが邪行に出てからいったい何日経ったのだろうと数えてみた。大叔父さんが家を出たのが一月十六日だから、もう三週間経つ。連絡ノートには州都オソ市から冥客を二体、海辺のハマオ市に送りとどけると書いてあった。

何事もなければ二週間ほどの路程だが、夜行列車にトラブルはつきものだ。以前にはあった橋がなくなっていたり、道路が兵隊たちに封鎖されていたりして迂回を余儀なくされているのかもしれない。いずれにせよ、一、二週間の遅れはいつものことだ。なにも心配することはない。それでも、胸を内側からひっかかれるような不安は消えてくれなかった。


ワンダ大叔父さんには四人の姉がいた。

「きみのお祖母ちゃんはぼくの二番目のお姉さんだよ」祖母のカイエ・ニエについて、ビビウはそう聞かされていた。「いちばん気が強くてね、むかし政府の在り方に異議を唱えてオソ市の市長選に立候補しようとしたこともあるんだよ」

が、当然のことながら妨害に遭った。はじめのうちは怪しい男に尾けられたり、人混みのなかで怪しい男に考え直したほうが身のためだと耳打ちされたりする程度だった。しかしそれしきのことではカイエが信念を曲げそうにないと知ると、怪しい男たちは選挙管理委員会の建物のまえで彼女を拘束し、難癖をつけて秘密警察の留置場に一週間監禁した。そのあいだに立候補の届け出期限が過ぎ、けっきょくその年は出馬できなかった。

カイエはへこたれなかった。四年後の選挙の年に、ふたたび市長選に立とうと決めた。彼女は生まれたばかりのイフ・ユイを夫に託し、自転車であちこち走りまわっては、りんご箱の上に立って街頭演説を敢行した。

「ベラシア連邦はこのままではだめです！　自由と束縛は相反する概念ではありません。どんな社会にも束縛はあります。しかしその束縛は、国民が最大限の自由を享受するためのものでなければなりません。民主主義国家において、他人の幸福を侵害しないための束縛は必要不可欠なものです。しかし、我が国はどうでしょう。束縛だけは売るほどありますが、どんなにお金を出しても自由は手に入りません！」

怪しい男たちは搦め手できた。カイエの夫だったユイ氏の耳にこう吹きこんだのである。ユイ家は立派な商人の家柄です、しかしこのままだと営業許可を取り消さざるをえないし、それだけではすまないかもしれません。そ、それはどういう意味でしょうか？　怪しい男たちは周章狼狽するユイ氏の目をのぞきこみ、憐れむようにこう言った。

「つまり、ユイ家が愛国者ではなくなるということですよ」

ユイ氏は震えあがり、どうか家や子供のことも考えてほしいと妻に泣きついた。この国で愛国者じゃないとみなされたらどうなるか、きみにだってわかるだろ？　夫婦は何度も修羅場を演じたが、そのたびにカイエの闘志は世界を焼き尽くさんばかりに燃え上がった。そしてとうとう腰抜けの夫に愛想を尽かし、赤ん坊だったイフ・ユイを背中におぶって、電車とバスとバイクタクシーを乗り継いでさっさと里へ帰ってしまったのである。

そこまでしたにもかかわらず、カイエはその年もやっぱり出馬できなかった。ひとつには人間の善性を信じすぎたため、いまひとつにはジロン・ジャンを過小評価してしまったためである。

準備万端整えていよいよ選挙管理委員会に立候補届けを出しにいく日の朝、救急車が一台、けたたましくサイレンを鳴らしながらニエ家のまえに停まった。いったい何事かと村人が見守るなか、白い上っ張りを着た男たちが救急車からぞろぞろ降りてきた。あぁあ、と村人たちはひとり残らず得心した。ニエさんとこもこれでおしまいか。目を見ればわかる。看護師のふりをしてはいるものの、誰がどう見てもそれはよく訓練された怪しい男たちだった。あれは保安省の秘密警察だとささやく者もいれば、いやいや、あれはホクロ子飼いの殺し屋だと吹聴する者もいたが、いずれにせよカイエ・ニエの命運はそこで尽きた。

怪しい男たちに身柄を拘束されたカイエは、そのままオソ市のはずれにある陸軍病院に連れこまれた。暴れたので、精神安定剤をたっぷり打たれた。白目を剝いて倒れたカイエは、病室のベッドで目覚めた。思うように体が動かないのは、拘束衣を着せられているためだった。おまえたちはそれでも人間か？　彼女は天井の監視カメラに向かって叫んだ。これが人間のやることか⁉

「それがホクロのやり口さ」そう言って、ワンダ大叔父さんは目に涙を浮かべた。「政敵を捕まえては精神病と診断させて、向精神薬をどっさり投与して廃人にしちまうんだ」

イフ・ユイの母親にしてビビウ・ニエの祖母でもあるカイエ・ニエは、その十カ月後に病院で首を吊った。医者の説明では、重度の鬱病ということになっていた。その診立て(みたて)には誰も驚かなかった。この国では精神科で死ねば重度の鬱病、強制労働収容所で死んだら原因不明の心臓発作でかたがつく。病院から返されたのは、カイエが息を引き取るまで身につけていたという、翡翠玉がついた白金のブレスレットだけだった。

ビビウは幼いころ、カイエお祖母ちゃんの仇(かたき)を取りたいかとワンダ大叔父さんに尋ねてみたことがある。

「だってホクロのやつに殺されたんだよ」

ものすごく寒い夜で、ビビウは掛け布団を顎までひっぱり上げていた。ベッドに腰かけたワンダ大叔父さんは、しばらくどこでもないどこかをじっと見つめていた。それからにっこり微笑み、きみがもうすこし大きくなったらそのブレスレットをあげるからね、とビビウの赤い頭をやさしく撫でてくれた。

「イフも亡くなるまで身につけていたんだよ」

カイエお祖母ちゃんのたったひとつの形見は、同時に母親のたったひとつの形見でもある。宇宙にひとりぼっちで放り出されたような気分を噛みしめた。ワンダ大叔父さんがなにより大切に想っている人たちが、わたしにだけよそよそしい。カイエお祖母ちゃんはホクロに殺され、お母さんは邪行師という仕事に殺された。なのにおまえはどうだ、こんな腐り切った国を変えようともせず、いまだに死者のお守りをして食っている。いまは自分の手首に巻かれているブレスレットを眼前にかざしながら、ビビウはあの日の大叔父さんの寂しそうな横顔を頭からふり払えなかった。

「まさかね」大きく息を吸い、両手で頬をバシッと叩く。「いまさら復讐なんて」

顔を洗おうと台所へ戻りかけたとき、夕焼け空をよぎる光点に気づいた。仰ぎ見ると、白煙を長々と引きずった三つの光が前後して山のほうへ飛んでいく。

政府軍の巡航ミサイルだ。

山の採石場には反乱軍が立てこもっている。そこでは若い兵士たちが夕餉（ゆうげ）の支度をしたり、ラジオを聴いたり、ぼんやりしたり、気晴らしに小石を蹴ったりしていることだろう。死は、実際の死が訪れるずっとまえからはじまっている。なんの屈託もなく飛んでいく巡航ミサイルを見上げながら、ビビウはそんなことを思った。あのミサイルの発射ボタンを押した兵士もこれから夕餉の支度をしたり、ラジオを聴いたり、ぼんやりしたり、小石を蹴ったりするのかもしれない。と、最後尾を飛んでいた光が激しく明滅した。なにが起こったのか理解する暇もなく、失速したミサイルは突如として方向を転じ、酔っぱらいみたいにふらつきながらこちらへ鼻面を向けた。夕陽を受けた胴体部がきらきらと輝いていた。

不意にアイク・リンの顔が胸をよぎる。秘密警察の護送車に押しこまれたときの、あの混乱に塗りつぶされた顔が。ああ、アイク兄さん。火を噴いて迫り来るミサイルを見上げながら、ビビウは術（すべ）もなく立ち尽くした。わたしの死も、きっとあのときからはじまっていたんだね。

が、ミサイルの考えることはわからない。落下の直前でまた気が変わった。やっぱりこの赤毛の娘は生かしておくことに決め、ついっと左方へそれていったのである。ロデオ馬のように弾頭をふり立てながら東のほうへ飛び、木立ちのむこうへと消えていった。

つぎの瞬間、爪先立ちになったビビウを爆音が打ち倒した。身を起こしたときにはもう丘のほうから白煙があがっていた。ナタ・ヘイの家のほうだ。飛び起きると、ビビウは一目散に駆けだした。丘へつづく一本道に出ると村人が数人、声を掛けあいながら走っていた。

「ナタんちのほうだな！」

ビビウは歯を食いしばり、彼らを追い抜いていった。いつもは朝のお茶を飲みにくるナタ・ヘイが、今朝にかぎっては姿を見せなかった。そんな些細（ささい）なことが、不吉な予感を加速させた。ポプラの樹が三本生えている丘をのぼりきると、はたして炎に包まれたナタ・ヘイの小屋が見えた。

「ナタ小父さん！」ビビウは一気に丘を駆け下り、小屋の庭に飛びこんだ。「ナタ小父さん！」

はぐれミサイルは小屋のほとんどを吹き飛ばしていた。ナタ・ヘイはどこにも見当たらない。火炎の巻き上げる熱風のなかで、木っ端や紙切れがくるくる舞っているだけだった。途方に暮れたビビウは、ナタ・ヘイの名を叫びながら右往左往することしかできなかった。

投げ出された本や家具や窓枠の残骸が燃えている。どうしていいかわからず、とりあえずひとつひとつ踏み消していった。水色の表紙の本を踏み消しているときだった。不意にはらわたがねじれるような感覚に襲われた。邪行術をかけるときの痛みに近いが、外部からねじこまれるのではなく、内部からせり出してくるような鈍い感じだった。理由はわからないけれど、その本からは禍々(まがまが)しい瘴気を感じた。さながら強い呪いがかかっていて、目に見えない毒蛇がからみついているかのように。

この本が当局の手に渡ったらナタ小父さんは破滅する。その直感に全身が震えた。ビビウはジャンパーを脱ぎ、燃えている本に何度も叩きつけた。不思議なことに、いっそこのまま灰にしてしまえ、とは思わなかった。そんなことは頭をよぎりもしなかった。それどころか、虐待されてもひたむきに親を信じつづける子供のように、その危険な本を炎から救い出すことに一抹の迷いもなかった。ルガレ地方における……水色の表紙にタイプ打ちされた書名が、切れ切れに目に飛びこんでくる……考察……兵器活用に関わる……

『ルガレ地方における死者の兵器活用に関わる一考察』

目を見張った。呼吸が浅く速くなり、こめかみがドクドクと脈打つ。著者の名前は黒い煤(すす)にまみれて見えない。それでもこの本の造作と、すこしだけ不揃(ふぞろ)いな書体にはたしかに見覚えがあった。ほとんど強迫観念に近い確信に突き動かされて、ビビウはいまだ火種のくすぶる本に飛びつき、燃え残った表紙の煤を手でごしごしぬぐった。引き伸ばされていく煤の下から、あの呪われた名前が浮かび上がった。

ずっとまえに死んだはずの男がそこに立っていた。まるで自分は死んでなどおらず、ここから一歩たりとも動いたことはないという貌（かお）で。我々は目的が手段を正当化するとは思っていない。レフ・ラロウの名が刻印された本は反逆の声に満ちていた。いつだってそうだった。しかし卑劣な敵がこちらの流儀で戦わないのなら、こちらが敵の流儀で戦うしかない。彼の眼差（まなざ）しはいつだってライフルのスコープ越しに敵に向けられているんだ——いつかアイク・リンがそう言っていた。レフ・ラロウの本は全体主義者どものために掘られた落とし穴なんだ、と。かろうじてビビウにできたのは、その本をセーターの下に押しこむことだけだった。

レフ・ラロウ。

顔も知らないし、そもそもそんな人間が実在するのかどうかも疑わしい。偽名だということは充分にありうるし、複数の人間がその名前の背後に隠れているかもしれない。もしかすると本物のレフ・ラロウはとっくのむかしに死んでいて、誰かが彼の名前を勝手に使っているだけなのかもしれない。でも、まさにこの男のせいでアイク・リンは殺されてしまったのだ。

夕方の政府放送の開始を告げる国歌が聞こえたが、まるで耳のなかに水でも流しこまれたかのように遠くかすかだった。心臓が血迷った鳥のように暴れ、ぬるりとしたものが喉の奥で耐え難く膨張しつづける。芯のぬけた世界が、水飴（みずあめ）のようにねじれながら回転していた。

ちがう、レフ・ラロウのせいなんかじゃない。気を失ってくずおれるまえに、それがビビウの胸をよぎったことだった。アイク兄さんを殺したのはわたしだ、このわたしなんだ。眼球がぐりっと反転し、その翡翠色の瞳を瞼の裏に押しこめた。


樹の下にいた。

蛇の日傘のように四方八方に広がった葉叢には、すでに小さな蕾がいくつかついている。梢の彼方には紫色に暮れなずむ空が広がっていた。

それが自分の家のハリエンジュの樹とあまりにも似ていたので、ビビウは一瞬、どうして庭なんかで寝ているんだろうと訝しんだ。鼻先をよぎる煙のにおい。味わうようにそれをゆっくりと吸いこむうちに、脳みそのなかを鋭い電流が駆け抜けた。

ガバッと半身を起こすと、きょろきょろとあたりを見まわした。

最初に目に飛びこんできたのは、煤にまみれた柱が数本だけ焼け残っている家の残骸だった。消火のために散水したのだろう、ぬかるんだ地面には焼け跡が点々とこびりつき、それをいくつもの足跡が踏み荒らしていた。人影は見当たらない。そこらじゅうに散乱しているガラクタは、原形を留めているものは焼け焦げていて、焼け焦げていないものは粉々に砕けていた。かつてポーチがあったあたりは、まるでショベルカーで乱暴に掻き出したみたいに醜くえぐれている。

「家のなかにいたら一巻の終わりだったな」

ハッとしてふり向く。

「信じられるか?」なぎ倒された柵を踏み越えて庭に入ってきたナタ・ヘイは、右手に持ったプラスチック製のポットを掲げてみせた。「このポットは丘の上のポプラのところまで飛ばされていたのに、まだ使えそうだぞ」

「ナタ小父さん！」

　立ち上がろうとしたが、世界から色彩が抜け落ちるほどの眩暈を覚え、ビビウはとっさに樹の幹に摑まった。まるでボートの上に立っているみたいに足下がおぼつかない。胸が早鐘を打ち、空気がひどく希薄に感じられた。

「大丈夫か？」ナタ・ヘイが腕を取って体を支えてくれた。「もうすこし休んでいろ」

　その言葉に素直に従った。

　ふたたび地面に腰を下ろしたとき、セーターの下に隠していた本がなくなっていることに気づいた。あちこちに目を走らせたが、どこにも落ちていない。そのようすをじっと見ていたナタ・ヘイが静かに口火を切った。

「あの本は処分した」

　ビビウは目を泳がせた。

「アイク・リンのことを考えてたんだな……あれからどれくらいになる？」

「……四年」どうにか声を絞り出した。

「四年か」深いため息がナタ・ヘイの口から漏れた。「あのときもレフ・ラロウの本が原因だったな」

「なんで……なんでナタ小父さんがレフ・ラロウの本を持ってるの？」

　ナタ・ヘイはどう切り出したものか思いあぐねているみたいだった。髭だらけの顔を空にふり向け、まるで一番星でも探しているかのようにしばらく遠くを見つめていた。そのあいだに黒焦げの柱が一本、煤煙をもうもうと巻き上げて倒れた。

「おれがむかし強制労働収容所の看守をしていたことは知ってるな？　レフ・ラロウはそのときの囚

人だよ。言っておくが、レフ・ラロウってのは偽名だ」

　やっぱり。

「この国で正しいことをしようと思ったら、犬が骨を埋めるみたいに正体を隠さねばならん。だが、正しいことを求める人間ってのはいつだっているんだ」

「……ナタ小父さんもそうだって言いたいの？　だからレフ・ラロウの本を持ってたの？」

「ワンダもだ」

「……」

「収容所でおれはレフ・ラロウと知り合った」逡巡しつつも、ナタ・ヘイは訥々と言葉を継いだ。「たまたまおれの担当する区画にやつが入ってきたんだ。収容所にはホクロにひどい目に遭わされたやつがごまんといたが、奴さんはすこしばかり変わっていた。すこし斜視だったが、秘密警察に殴られてそうなったと言っていたよ。元は高校の先生なんだが、文学や音楽やいろんなことにやたらと詳しかった。おれは中学もろくに出てないけど、そんなことは関係なかった。学校に行ってない偉人なんていくらでもいる、学歴なんか関係ない、ロシアのゴーリキーだって十一歳から働いてたと教えてくれたよ。そういう出会いってのはあるんだ。お互いの魂が惹かれ合う出会いってやつがな。おれたちは意気投合して、いろんなことを話したよ。ワンダに紹介したら、おまえの大叔父さんもやつのことが気に入ってしまった。なぜだと思う？」

　ビビウはかぶりをふった。

「レフ・ラロウは日本のマンガにも詳しかったからさ。よく酒を持ちこんで、やつの監房でこっそり飲んだよ。知ってるか、ビビウ？　強制労働収容所ってのはそれぞれに雰囲気がぜんぜんちがうんだ。

密告が横行している収容所はどんよりと暗くて、しょっちゅう密告者が殺されていた。おれが働いていたのはそんな陰湿なところじゃなかった。密告者（いぬ）はどこにでもいるが、おれたちの収容所長は取り合わなかったんだ。おれだってホクロのことが大嫌いだから、キーロ……いや、レフ・ラロウの愚痴が心底愉快だった。密告されたら銃殺刑になるかもしれないってのに、やつはおれのことを信じてくれた。そんなやつのことは裏切れるもんじゃない。そうだろ？　もし誰かが死ぬ覚悟でおまえに腹を割ってくれたら、おまえだってそれに応えてやるのが道理ってもんだ。さもなければ、人間でいる甲斐（かい）がない。奴さんはサンソルジェークに仲間がいて、秘密警察ごっこをやって仲間を増やしていたそうだ……仲間の誰かが標的を見つけると、追いかけっこをしてひと芝居打つ。秘密警察に追われた反体制派がつまらないメモリースティックを落としていくんだ。そのなかにはこの国で発禁処分になってる本のデータが入っているんだが、落としたやつとの連絡方法も書いてある。それで連絡してきたやつをすこしずつ教育して、ベラシアの現状に目を向けさせようとしていたんだ」いったん言葉を切り、ビビウがちゃんと話についてきていることをたしかめてから先をつづけた。「二年ほど経ったときに、原稿を外に持ち出してほしいとたのまれた。これは真剣にヤバい話だってピンっときた。バレたら間違いなく銃殺だ。おれは三秒考えて、胸を叩いて引き受けた。このナタ・ヘイに命を預けてくれるなら、こっちだって危ない橋をいっしょに渡ってやる。やつは収容所のなかで考えついたことを書き留めていた。おれが元邪行師だと知ると、邪行のことを根掘り葉掘り訊いてきた。だから、いろいろ教えてやった。ワンダに読ませたら、これはぜったい本にしようと言ってくれた。あいつにはマンガをつうじて知り合った製本業者が何人かいて、おれたちはそのなかから信用できそうなやつを選んでレフ・ラロウの私家版をつくらせた。五、六冊はつくった。中身はちがうが、どれも水色の表紙だ。それが出回って、たくさんのコピーがつくられた。アイク・リンが持ってたのもそんなコピーだったんだろう。レフ・ラロウの言葉には力があった。読んでいると、傍観者でいることが恥ずかしくなった。ルガレの人間はホクロが嫌がるものならなんでも大好きなんだ。それから一年くらいで奴さんはあっさりと殺されちまった。寝てるときに喉を掻き切られた。おれとよくつるんでたから、密告者と思われたのかもしれんな」

じつのところ、ビビウは途中から話がほとんど耳に入っていなかった。レフ・ラロウの本を世に送り出すのにワンダ大叔父さんが一枚嚙んでいる。その事実だけがしつこく頭のなかで鳴り響いていた。その本のせいでアイク・リンは死んだ、いや、アイク・リンが死んだのはわたしのせいだ、そこから目を背けてはいけない、でもそもそもワンダ大叔父さんがあんな本さえ出さなければ……いろんな思いがせめぎ合って、腹の底から吐き気となって込み上げてくる。

「大丈夫か、ビビウ？」

口に手を押し当てて小さくうなずくので精一杯だった。

「いいか、もう自分を責めるな。アイク・リンのことはおまえのせいじゃない。誰にもどうしようもなかった」

ナタ・ヘイの声を聞いているうちに、なにかが決壊した。レフ・ラロウの本を持っていたせいで秘密警察に目をつけられた人なんて、数えあげたらきりがない。だとしたらワンダ大叔父さんとナタ小父さんだって、間接的には彼らの死に責任があるのではないか。そのナタ・ヘイが気遣わしげに背中をさすってくれている。ひとりの殺人者がもうひとりの殺人者を慰めようとしている。ビビウはハリエンジュの樹の根元にうずくまり――嘔吐した。

もしも現実がマンガなら

そもそも今回の邪行は、州都オソ市から海辺のハマオ市まで、ふたりの反乱軍兵士を送りとどければそれで終わるはずだった。

仕事のあとで、ビビウに毛糸を買って帰るつもりだった。いま着ているセーターはずいぶんへたってきている。とんでもないことだ。魔法少女はへたったセーターなんか着てちゃいけないのだ。しかし受け渡し場所の教会で冥客をご遺族に引き渡したときに、列車の切符を受け取ってしまった。

「ナタ・ヘイからことづかった」

そう言って切符を手渡してくれたのはハマオ市で邪行の仲介をしている男で、これまでに何度も顔を合わせている間柄だった。ワンダ・ニエは切符を見下ろし、仲介人に目を戻した。

「詳しいことはやつに聞くんだな」

ワンダはうなずき、もう一度切符をためつすがめつした。ジャカランダ往（い）き列車の二等席の切符だった。

「代金はあとでナタ・ヘイからもらうことになってる」

ワンダは仲介人に礼を言い、最寄りの新聞スタンドまでてくてく歩き、そこで夜を明かした。

待てば海路の日和ありで、やがて曙光が射し、東雲（しののめ）の空が鮮やかな朝焼けに染まった。さらに辛抱強く待っていると、朝靄（あさもや）のなかを配送トラックがガタゴトやってきて、新聞の束をスタンドの脇にドサッと落としていった。ほどなく痩せた女が現われて新聞スタンドのシャッターをガラガラッと押し上げたので、ワンダは彼女に金を払って電話をかけさせてもらった。

電話に出たナタ・ヘイの声はしゃんとしており、これから新しい一日をはじめる気力に満ちていた。逆にひと晩じゅう歩きどおしだったワンダは、道端に落ちている靴下みたいにくたびれはてていた。

「ジャカランダ往きの列車の切符をもらったんだけど、どういうこと？」

「ジャカランダへ行ってくれってことだ」

受話器を顔から離し、一度深呼吸をする。「まあ、そりゃそうだろうね」

「ジャカランダに烈士站ができた」ナタ・ヘイが言った。

「じゃあ、運ぶのは政府軍の兵士だね？」

「政府軍の兵士を運びたがらないやつが増えてきたんだ」

「ヴォルクのせいで？」

「良心のせいだ」

ヴォルクという言葉に反応したのか、新聞スタンドの女がこちらに怪訝（けげん）そうな視線を送ってくる。彼女を安心させるために、ワンダは努めて明るく言った。

「ビビウはどうしてる？」

「ときどき近場の仕事を引き受けてるよ」

「なにか変わったことは？」

「とくにないな。戦うやつは戦ってて、なにもしないやつはなにもしてない……ことわるか？」

このときのふたりには知るよしもなかったが、それはナタ・ヘイの家に巡航ミサイルが降ってくる二日前のことだった。

「列車の切符まで用意しといてなに言ってんだ」ワンダは新聞スタンドの女にちらりと目を走らせ――彼女はガラス窓のなかに煙草をならべているところだった――受話器を持ち直した。「ビビウには帰りがすこし延びると伝えといてくれ」

「わかった」電話のむこうでナタ・ヘイが言った。「ブラウ・ヨーマってやつが駅まで迎えに行くから、あとはそいつに聞いてくれ」

「仲介人だね？」

「ああ」

電話を切るとワンダはバイクタクシーを拾ってハマオ駅まで行き、窓口で押し合いへし合いしながら切符を当日の乗車券に引きかえ、地獄のように混みあう車輛の硬い座席にすわり、二十一時間半後にジャカランダ市へ到着したのだった。


南方のジャカランダ市にはもう、ひと足早い春が訪れていた。鳥たちが美しい声で囀り、市の花でもあるジャカランダが満開だった。

列車が到着したのは午前七時二十分だったが、駅舎のまえで八時まで待っても出迎えの仲介人は現われなかった。ワンダは相手に見つけてもらいやすいように邪行師の黒長衣を羽織り、さらに二十分ほど駅前広場をぶらぶら歩いてみたが、声をかけてくるのはバイクタクシーの運転手たちだけだった。さあ、乗った乗った、おれたちは邪行師様からぼったくったりしませんぜ！

そこでまた新聞スタンドから電話をかけた。すでに八時半をまわっていたので、ナタはもう家を出たかもしれないと危ぶみながら呼び出し音を聞いていると、ガチャリと回線のつながる音が耳朶を打った。

「ワンダか？」ナタ・ヘイが先に言った。「相手が来られなくなった」

「どうすればいい？」

「いまから言うところへ行ってくれ」

ワンダは身ぶりで新聞スタンドの女から紙とペンを借り、ナタ・ヘイの言う住所を書き留めた。

電話を切り、さて、どうしたものかと思案していると、街路樹に設置されたスピーカーから国歌が流れてきた。駅前にいた老若男女がいっせいにため息をつき、だらだらと気を付けの姿勢になる。世界じゅうが動きを止めるなかで、小鳥たちだけが電線の上を自由に飛びまわっていた。人々はそのまま、ジロン・ジャンが戦況報告をし、革命とはなんぞやを説き、祖国のために命を捧げる尊さを力説するのを呆(ほう)けたように聞いていた。

ようやく政府放送が終わると、街に色彩と音がどっと戻ってきた。時は金なりとばかりに、それぞれがそれぞれの人生を再開した。商売に精を出すことに決めた先ほどのバイクタクシーの運転手が、さほど大きくも小さくもないオートバイを横づけにしてくる。色は青で、型は古く、ただでくれてやると言われても引き取り手がなさそうなしろものだった。

「さあ、乗った乗った！　おれはいつだって良心に恥じない革命的料金しかもらわないよ！」

「ここを知ってるかね？」

書き留めたばかりの住所を見せたが、その若くて威勢のいいバイクタクシーの運転手はろくに見もせず、「大丈夫、さあ、乗った乗った」と繰り返すばかりだった。ワンダは肩をすくめ、黒長衣を脱ぐのも忘れて彼のオートバイの後部席にまたがった。

バイクタクシーの運転手は風のようにオートバイを走らせた。風が長衣の裾をはためかせたので、ワンダはマンガに出てくる不良少年になったようで気分がよかった。未来のトーキョーでかっこいいオートバイをかっ飛ばす、悲しい目をした黒髪の不良少年だ。

マンガであればスピード線をふんだんに引きたくなるほどの速さでオートバイは市街地を飛び出し、橋を渡り、郊外の工場地帯を抜け、両側に荒れ地の広がる一本道をひた走った。さすがの不良少年も不安に駆られ、おずおずと尋ねずにはいられなかった。

「あとどれくらいで着くの？」

風に逆らって声を張ると、運転手も「もうすぐ、もうすぐ」と叫び返した。

満開のジャカランダの並木道に差しかかったところでスピードが落ちたので、ワンダはやっと着いたのかと胸を撫で下ろした。オートバイを道端に寄せて停めると、運転手がふり返って降りるように言った。

「着いたのかい？」

「くそ、バイクが壊れちまった！」

運転手はそれから小一時間ほどもオートバイのエンジンと格闘していたが、相手はただでくれてやると言われてもご遠慮申し上げたいようなポンコツなので、とうとう音を上げてジャカランダの並木道を指差してこう言った。

「邪行師様には悪いけど、こっから歩いてってください。この道をしばらく行って、あとは山のほうへ歩いていけば着きますから。お代は……半分でいいですよ！」

「革命的料金にも割引があるんだね」皮肉のひとつも言ってやらねば気がすまなかった。

「革命ってのは新婚夫婦のおんぼろベッドみてえなもんですよ」

ワンダは小首を傾げた。

「四六時中ギシギシいってて、いつぶっつぶれるかわかりゃしねえ。だから革命万歳で浮かれてばかりもいられないんですよ」運転手は親指と人差し指をこすりあわせて支払いを催促した。「ベッドがつぶれるまえに稼げるだけ稼いでおかねえと……こっちは生活がかかってんだから」

その言いぐさに感心してしまったので、ワンダは相手の要求を聞き入れることにした。半分だけ料金を支払うと、まばゆい陽光を手庇（てびさし）でさえぎりながら薄紫に煙る山並みを遠望した。

目路のかぎり石と土塊（つちくれ）ばかりの荒れ地で、人煙はなく、こんなところに住めるのは砂漠のトカゲだけだという気がした。太陽はもうほとんど真上にきていた。ぼうっと突っ立っていても革命は前進しないので、とにかく足を引きずってジャカランダの並木道をとぼとぼ歩きだした。

しばらく行くと、道の先から戦車の隊列がやってくるのが見えた。もうもうと砂塵を巻き上げる戦車の上には、青灰色の軍服を着た政府軍の兵士が鈴なりだった。主砲が陽光を受けてきらきら光っていた。

道の脇に避けてやり過ごそうとしたが、戦車の隊列はいつ途切れるとも知れず長々と連なっていた。だから、また道路脇をゆっくりと歩きはじめた。いったい何台いるんだ？　そう思って数えていくと、二十四台を過ぎたところで、道端でジャカランダの写真を撮っている若い兵士の姿が目に入った。眼鏡をとって軍服の裾で拭いている。すれちがうときに挨拶をしてきたので、ワンダも丁寧に応じた。

「こんにちは。いい天気ですね」

「ここはとても美しい街ですね」

ワンダの倍くらい上背がありそうな兵士は、笑みを浮かべながら眼鏡をかけ直した。彼がジャカランダの梢をふり仰いだので、ワンダも釣られた。糖蜜のようなとろりとした木漏れ日のなかで、ミツバチがぶんぶん飛びまわっていた。

「これから市街地のほうへ？」

「ええ」のっぽの兵士がうなずく。「市内に本部があるんです」

「そこには烈士站もありますか？」ワンダは尋ねた。

「もう稼働してますよ」

やっぱりそうか。

ワンダは会釈し、舗装路をはずれ、彼方の山並みを目指して荒れ地へ踏みこんでいった。まるで西部劇のラストシーンで手負いのガンマンがひとりぼっちで消えゆくような荒野へと。その背後では銀縁眼鏡の兵士が、仲間たちの手で戦車の上にひっぱり上げられていた。

山の麓にぽつんと建つその一軒家は、ナタ・ヘイの家とそっくりな丸太造りだった。粗朶で囲われた庭には満開のジャカランダの樹と、隅のほうにトタン造りの錆びた納屋があった。

敷地に足を踏み入れると、どこからともなく羊たちがやってきて、メエメエ鳴きながらワンダを取り囲んだ。五頭いて、白いのが二頭と黒いのが一頭、白黒が二頭だった。藁を燃やしたようなにおいがあたりに漂っていた。

短い踏み段をあがるとポーチになっていて、古いロッキング・チェアがあった。偏屈な年寄りが膝にショットガンを置いてウイスキーでも飲んだらよさげな揺り椅子だった。軋む床板を踏み、玄関扉をノックする。しばらく待っても反応がなかったのでもう一度叩くと、今度はなかで人の動く気配がした。

「どなた？」痰がからんだような、男の声だった。

「邪行師のワンダ・ニエといいます。こちらブラウ・ヨーマさんのお宅でしょうか？」

出てきたのは、いやに顔の長い男だった。髪は薄くなりかけていて、嘘みたいに長い顎は剃り残しのせいで青々としている。黄ばんだ白いセーターを着ており、そのせいか、こちらを無遠慮に睨めまわす顔は彼が飼っている羊にそっくりだった。ワンダは目を見張った。初登場のキャラクターにもやもやした不気味なスクリーントーンが貼ってあったら、誰だって警戒するだろう。目のまえの男は、そんな淀みをまとっていた。

「ブラウ・ヨーマです」

相手がそう言って手を差し出してきたので、応じないわけにはいかなかった。

「ワンダ・ニエです」思ったとおり、ブラウ・ヨーマの骨ばった手は氷のように冷たい。「ナタ・ヘイからあなたを訪ねるように言われました」

「遠路はるばるすみません。しかも急用でお迎えにもあがれず」ブラウ・ヨーマはドアを大きく押し開け、ワンダを屋内へ招じ入れた。「聖書の言うとおり、悪人に休息なしです。さあ、男の独り暮らしで散らかってますが、どうぞお入りください」

羊によく似たブラウ・ヨーマの家は、まるで羊小屋のようなにおいがした。ベッドと食卓のほか、ひと間きりの部屋の隅には銅製の大鍋がいくつか積み上げられている。チーズをつくる鍋だと見当はつくが、子供でも煮込めそうなほど大きかった。

「さあ、こちらにおかけください」

ワンダが食卓の椅子に腰を下ろすと、ブラウ・ヨーマはいったん台所へ消え、すぐに湯気の立つカップをふたつ持って戻ってきた。ひとつをワンダのまえに置いてから、差し向かいにすわった。すすめられてひと口飲むと、羊のミルクが入った濃厚な紅茶だった。

「さて」ブラウ・ヨーマは明るく言ったが、その目はまるで塩をなめる羊のようにせっぱつまっていた。ワンダにはそう見えた。「ナタ・ヘイからどこまで聞いていますか?」

「新しい烈士站に運んでほしい冥客があると」お茶をすすってから付け加える。「なんでも政府軍の冥客を運びたがらない邪行師が増えてるらしいですね」

「そうなんです。政府軍には地元の若者も多くいます。兵役ちゅうの彼らは、訳もわからず故郷に送り返され戦わされています。政府軍はルガレのしきたりをまねて烈士站をつくりましたが、せめて地元の冥客はトラックで送り返したりせず、自分の足で歩いて帰らせるべきだと人々は考えています。いっぽうでは、政府軍として死んだら、それはもうルガレとは関係ないと考える者たちもいます。ヴォルクのような連中です」

ワンダ・ニエはうなずいた。

「しかしルガレ人にとって、自分の足で家を出たのに自分の足で帰れないのはやはり恐ろしいことです。そのことを政府軍に進言したところ、人心を掌握するためにも、やはりルガレ人の死者は歩かせたほうがいいということになりました。ホクロ一流のパフォーマンスですよ。冥客を粗末に扱っていないことをアピールしたいんです。そこでいったん死者を烈士站に集めて、飛行機に乗せて内地へ送り返す死者と、現地で邪行させる冥客を選り分けようということになりました」

「でも、ご存知のように、邪行術は一度しか使えませんよ。解いたら、もう一度かけ直すことはできません」

「ですので、烈士站へ連れていった冥客には暫停術をかけておきます。あとは認識票で冥客の出身地を確認して……」

「なるほど」とワンダ。「そうすれば内地へ運び出す冥客の術だけを解いて、現地の冥客は歩いて家に帰ることができますね」

「わたしも施解同鈴の決まりは知っています。しかし、邪行師様から大切な叫魂鈴をお借りすることなんてできません。しかも、冥客の選別には少々時間がかかるはずです。ですので、選別がすんだら、あなたにはあらためてジャカランダへ来てもらうことになります」

なにも問題はなさそうだ。この仲介人の言うことにはなんの矛盾もないし、なんといってもナタ・ヘイの紹介なのだ。

「わかりました。つまりぼくの仕事はまず、冥客を烈士站へ連れていって暫停術をかければいいわけですね」

「政府軍にとって大事なのは、しっかりと自分の脚で歩いている死者を人々に見せつけることです。もちろん仕事として報酬はちゃんとお出しします」

「ヴォルクを恐れることなく」

「ええ、テロリストに屈することなく」

もしもワンダがここでもマンガ好きぶりを存分に発揮していれば、ブラウ・ヨーマというキャラクターをけっして信用してはいけないことに気がついただろう。いや、心のどこかでは気づいていたかもしれない。まずブラウ・ヨーマという名前からして邪悪だし――ヨーマはたしか日本語で妖魔と書くんじゃなかったっけ――あんなに剃り残しが青くて顎の長いキャラクターが正義の味方であるはずがない。どこからどう見ても美少女に災いをなす裏切者キャラだ。

だけど、現実はマンガではない。

納屋に安置してあるという冥客と対面するために席を立ったとき、ワンダはこの世でもっとも忌み嫌うものに目を留める。壁にかかっている丸鏡のなかで、ガマガエルみたいな男が途方に暮れたように目をしょぼしょぼさせていた。そう、現実はマンガじゃない。もしマンガのなかにこんな醜いやつが出てきたら、そいつだってきっと悪の手先にちがいないんだ。

トタン造りの納屋のなかには、冥客が九体横たわっていた。どれも政府軍の軍服を着ており、ひと目で事切れているとわかるものもいれば、ひと目見ただけでは死人だとわからないものもいた。ビニールシートを敷いた地面に、まるで鉄軌(てっき)の枕木のように寝かせられている。納屋の奥には作業台と、四角く束ねた藁の梱(こり)がいくつか積んであった。

どこへ出しても恥ずかしくない冥客に向かってワンダは瞑目合掌した。それから一体一体をあらためていった。腕が欠けているもの、顔の一部が欠けているもの、胸を一度撃ちぬかれているもの、胸を何度も撃ちぬかれているもの、すでに体液が滲出(しんしゅつ)しているもの、太っているもの、痩せっぽちのものなどが思い思いに死んでいたが、十八本の脚はいずれもケチのつけようがなく、邪行をするのになんら支障はなさそうだった。

「陽が落ちたら仕事にかかります」ワンダはふり返ってブラウ・ヨーマに言った。「ここから烈士站までどれくらいかかりますか？」

「死者の足なら三晩ほどでしょうか」

　ワンダはうなずいた。

「わたしはこれから出かけなければなりませんが、よかったら家のなかで休んでいってください」

「ああ、ご心配にはおよびませんよ。でも、差し支えなければ、この納屋でひと眠りさせてもらえたらありがたいです」

「しかし、こんなところでは――」

「冥客のおそばにいられるのはありがたいことです」ワンダは藁の梱に向かって顎をしゃくった。「それに気持ちよさそうなベッドもありますしね」

　ブラウ・ヨーマもそれ以上はなにも言わず、懐から札束を取り出して先に精算をしてくれた。ナタ・ヘイとはすでに冥客一体につき四十ギウということで話がついていたようで、しめて三百六十ギウの稼ぎになった。ワンダは新しいセーターを着たビビウの姿を思い浮かべながら邪行のお布施を受け取った。

　仲介人がいなくなると、雑嚢から叫魂鈴、雄鶏の血が入ったプラスチック容器、仔馬の尻尾でこしらえた筆を取り出して作業台にならべた。それから気持ちよく横になれるように、藁の梱をならべ直した。四角い梱をドサッと地面に投げ出すと、窓から射しこむ光のなかで埃と藁屑が舞った。羊たちがメエメエ鳴きながら戸口から顔をのぞかせたが、それはそれだけのことだった。

　雑嚢を枕にして藁のベッドに横たわったが、目が冴えて眠れなかった。眠りはすぐそこまで来ているのに、頭のなかにともっている電球がいつまでも消えてくれない。輾転反側しているうちに尿意をもよおしたので、舌打ちをして起き上がった。冥客を踏まないようにして納屋を出ると、ちょうどブラウ・ヨーマが家を出るところだった。

「邪行師様、問題ありませんか？」

ワンダは親指を立ててそれに応え、納屋の裏手へまわって用を足した。戻ってきたときには、仲介人はもう影も形もなかった。二頭の白い羊がゴッゴッと角を突き合わせているだけだった。

雲ひとつない西の空が、かすかに色づいていた。

納屋へ入り、冥客の足下をぴょんぴょん飛び越えて藁のベッドに戻る。誰も見ていないのをいいことに、空飛ぶ魔法使いみたいに身を投げ出すと、腰のあたりでなにかがパキッと割れる音がした。

しまった、なにか壊してしまったぞ！

当惑しながら藁をほじくり返して出てきたのは、小さなガラス片だった。不審に思い、その周囲をさらに掘ってみると、割れたガラス容器のようなものを探り当ててしまった。なんだか知らないけれど、どうやらきれいにふたつに割れてしまったようだ。ふたつの破片を組み合わせてみると、案の定、割れ目がぴったりと嚙み合う。

ワンダはふたつの破片をくっつけたまま、その筒状のガラス管をためつすがめつした。すると不意に、キーロウ・バイのことを思い出した。強制労働収容所に堕ちるまえ、キーロウ・バイは首都の高校で化学を教えていた。たしか彼が牢屋で書いたもののなかに、冥客を爆弾につくりかえる罰当たりな方法もあったはずだ。ちょうどこんなガラス製の信管を使うんじゃなかったっけ……

考えすぎて頭が痛くなってきたので、壊れたガラス容器を窓枠に置き、藁のベッドに仰向けにひっくり返った。

今度はすぐに頭のなかの灯が落ちた。もしあのブラウ・ヨーマが本当に悪いやつだとしたら、冥客を使って世界征服を企むかもしれないぞ。夢と地続きの空想のなかで、ワンダは世界の命運を握る黒髪の不良少年になっていた。現実が薄れ、軛から解き放たれた死者たちが生者の血肉を求めてさまよう終末世界がどこまでも広がっていく。彼のかたわらには五人の美しい戦士がいたが、不思議なことにどの戦士も口をもぐもぐさせていて、ときどき思い出したようにメエメエ鳴いた。

もしも現実がマンガなら、どんなに救われるだろう。もしそうなら、あらゆる悲しみと後悔にはちゃんと意味がある。Gペンの描き出す不安も劣等感も、不良少年が勇者に成長するための試練にすぎない。イフ・ユイを死なせてしまったことも、キーロウ・バイの本を広めたことも、その本のせいでアイク・リンが銃殺され、慰めようもなくビビウを傷つけてしまったことも、なにもかも悲しい目をした不良少年が最終的に世界を救うための伏線なのだ。

窓から射しこむ陽光がふたつのガラス片を透過し、虹色に分散した光彩を冥客の上に落としていた。俗に、ロバが旅に出たところで馬になって帰ってくるわけじゃないと言うけれど、ワンダ・ニエに関して言えば、けっきょくどこまでいってもワンダ・ニエなのだった。

ジャカランダの季節

風がどっと吹きぬけると、焼け残ったジャカランダの花が紫色の波となって打ち寄せてくる。

内地からやってきた兵士たちのなかには花の美しさに心を奪われ、思わず戦車の上からライラックにも似たその花に手を伸ばす者もいる。

銀縁眼鏡をかけたひょろりと背が高いその若い兵士も、そんなセンチメンタリズムに駆られたひとりだった。咲き誇る紫色の花を見上げながら、彼は春の到来とともになにかが胸に満ちてくるのを感じていた。根拠のない楽観、希望のようなものが。

この三カ月で、じつにいろんなものを見てきた。戦闘であたら若い命を散らした仲間もいれば、戦闘でもなんでもないところで命を粗末にした粗忽者もいた。娼婦に刺し殺された者、仲間同士の喧嘩で撃ち殺された者、訓練ちゅうに凍った川に落ちて二度と帰ってこなかった者。しかし彼自身に関して言えば、眼鏡にひびが入ったくらいで事なきを得ていた。

三カ月前は新兵だった彼も、いまではいっぱしの古参面をして新兵たちを叱咤することがあった。

「撃つな、ただの夜行列車だ。ああ、夜行列車というのは邪行師が引き連れている冥客の行列のことさ……やれやれ、冥客も知らないのか？　この地方の邪行師にとって死者とは、文字どおり冥界からやってくるお客さんなんだ。だから下にも置かないのさ……おい、そこの、犬を黙らせろ！　ああ、ぼくも最初は気味が悪かったけど、彼らは敵じゃない。そうだ、こちらの戦死者を烈士站に運んでくれてるんだ」

仲間たちにからかわれながら戦車を飛び降りた彼は、後続の戦車をやり過ごしてから、小さなカメラを構えて花の写真を撮りはじめた。

目をすがめてファインダーをのぞきこみながら、故郷の山林でよく見かけたベロニカを思い出していた。ベロニカは小花が寄り集まった細長い花穂を地面につくるのだが、ジャカランダのほうは樹の枝先にぼってりと固まって咲く。花の形はまるで似ていないけれど、色合いがとても似ている。

ぼくは運がいい、と彼は思った。ケーリン・バイ中尉が上官じゃなければ、もうとっくに戦場の露と消えていたかもしれない。バイ中尉はたしかに気分屋で、いつも不機嫌そうな仏頂面をぶら下げているが、合理的なものの考え方をする人間だ。すくなくとも誰が偉いかを教えるためだけに、理由もなく部下を殴り飛ばしたりはしない。なにより、文学に造詣が深い。とりわけ抵抗文学については、禁書を含めていろんなことを知っていた。

「ベラシアには残念ながら読むべき本があまりない」こちらが文学部の学生だと知ると、バイ中尉は事もなげにそう言った。「とりわけこの国の作家は救いがたい。どいつもこいつも党の言いなりだ。真の作家はみんな銃殺されたか、亡命してしまったよ」

銀縁眼鏡をかけた兵士はぎょっとした。こんな反体制ともとれるような発言を、この人はぼくが密告するかもしれないとは思わないのだろうか？

「余すところなく正しいジャン将軍にもしひとつだけ欠点があるとすれば、それはいまだかつてたった一冊の本も読んだことがないってことだ」人を見下したようないつもの冷笑を口の端に浮かべ、バイ中尉はさらに挑発的なことを言い募った。「もしかすると、字が読めないのかもしれないな。しかし、それがどうした？　そのかわりに、我らがジャン将軍は人を陥れることに長けているんだ」

それで銀縁眼鏡の兵士は、この人たらしの上官に心底まいってしまったのである。

先見の明があることは、烈士站の設置を上申したことからもわかる。戦死者はちゃんと故郷へ送り返すとバイ中尉が約束してくれたおかげで、仲間たちもどこかふっきれたようだった。結果的に、こうしてジャカランダ市も解放することができた。このぶんだと夏までには内戦が終わって、秋から大学に復学することだってできるかもしれないぞ。

この三カ月で季節がひとつ過ぎ、彼の部隊は南へ四百キロほど移動していた。戦闘に明け暮れているときは、生き延びることに必死だった。しかし反乱軍をある程度鎮圧してからは、ふとした拍子にあの夜出会った邪行師の少女を思い出すことがあった。

あの赤毛の少女はじつに堂々としていた。探照灯の光に目を細めてはいたけれど、自動小銃を向けられてもまったく動じているふうではなかった。バイ中尉にいま分離独立を目指す必要があるのかと問われると、彼女は静かにこう言い放った。間違っていることを正すためには、自分も同じくらい間違わなくては太刀打ちできないこともあると思います。

彼女がニーチェを知っているとはとても思えないけれど、怪物と戦うにはたしかにこちらも怪物になるしかない。それを否定する資格があるのは、一度深淵に呑みこまれたことのある者だけだ（怪物と闘う者は、みずからも怪物とならぬように心せよ。なんじがひさしく深淵を見入るとき、深淵もまたなんじを見入るのである。『善悪の彼岸』より）。あの赤毛の邪行師のなかには、ルガレの風土に育まれたニヒリズムがたしかに息づいていた。命は等しく価値あるものであると同時に、等しく無価値でもあるという虚無主義（ニヒリズム）が。しかし彼女のニヒリズムは、神なき時代の軟弱なニヒリズムではない。むしろその逆で、彼女の虚無は神によって承認されている。なぜならこの地では、死はたんなる消滅ではないからだ。呪術によって死者を歩かせることができるなら、前提としてそこには人智を超えた大いなる存在がなければならない。言い換えれば、邪行師たちは呪術をつうじて神の存在をいつも肌で感じている。彼らは生よりも死のほうがよほど饒舌（じょうぜつ）な場所で生きている。そこから生まれたニヒリズムは単純で、実際的で、力強い。そう、四季折々に咲く草花のように。もう一度会えるなら、彼女といろいろ話してみたい。かなうことなら砲声ではなく、バッハが流れているような静かなところで。そのときに備えて、彼はささやかなプレゼントを背嚢（はいのう）に入れて持ち歩いていた。支給品ではないピエロ印のコンビーフの缶詰とインスタントコーヒー。

そしてひそやかに、戦場で生まれる新しい恋を空想した。戦車の上から足を投げ出してぶらぶらさせながら、見晴らしのいい原野を進軍しながら、野営地で誰かのラジオから漏れ聴こえるジャズに耳を澄ましながら、彼は悲しみの川に銀鱗(ぎんりん)をきらめかせて泳ぐ恋という名の美しい魚をうっとりと思い描いた。実際にすれちがう邪行師はカラスのように陰気な男ばかりで、あの少女にはもう二度とお目にかかれはしなかったのだが。

まあ、いいさ。銀縁眼鏡の兵士は木漏れ日に目を細めた。世界は申し分なくあたたかで、どこかで鳥が美しい声で歌っていた。かなわない恋ほど完璧なものはないし、それにぼくたちの人生の春は除隊したあとに待っているんだ。

戦車が巻き上げる砂塵のなかに人影があった。軽い緊張が体を駆けぬけたが、敵ではない証拠に、先行の戦車が何台もその人影をかすめて走りぬけていく。そりゃそうだ、と彼は胸を撫で下ろした。ジャカランダ市に出入りする主要道路はすべて政府軍が押さえているんだからな。

こちらへ向かって歩いてくる人影は黒いコートを着ていたが、近づくにつれてそれがただのコートではなく、赤い腰帯の巻かれた東洋風の長衣だということが見て取れた。

邪行師だ。

彼らは基本的に夜しか働かないのだが、その背の低い、ずんぐりむっくりした邪行師は死者を引き連れていなかった。これから仕事へ行くか、そうでなければひと仕事終えたばかりなのだろう。帽子はかぶっておらず、薄い頭頂部が春の陽射しを受けて鏡のように光っていた。

満開のジャカランダと、戦車の連なりと、ひとりぼっちの邪行師。その構図が気に入って、銀縁眼鏡の兵士はさっとカメラを構えてシャッターを切った。これぞまさしく生命に忍び寄る死の影だ。無機質な戦車隊は、生と死のあわいに存在する圧倒的な不条理を象徴している。

何人たりとも死は避けられない。魂の暗がりに一条の光が射しこんできたような感覚に襲われて頭がくらくらした。だけど死が訪れるまでの孤独を、ぼくたちは戦車ではなく純粋な生命で満たすべきなんだ。だって、たとえのっぴきならない戦時下でも、ぼくはこの満開のジャカランダのように生きているんだから。そんなふうに考えてタップのひとつも踏みたいような軽やかな気分になったので、正面からやってくる小太りの邪行師とすれちがうときも道を譲ってやっただけでなく、陽気に挨拶までしてしまった。

「こんにちは」邪行師も礼儀正しく応じてくれた。「いい天気ですね」

「ここはとても美しい街ですね」

ふたりはジャカランダの梢をふり仰いだ。木漏れ日は宝石みたいにまぶしく、いまが戦争ちゅうだなんてなにかの冗談としか思えなかった。

「これから市街地のほうへ？」

「ええ、市内に本部があるんです」

「そこには烈士站もありますか？」

「もう稼働してますよ」

邪行師はうなずき、銀縁眼鏡の兵士もそうした。それからまたそれぞれの道を行った。邪行師は舗装路をはずれ、春霞に煙る山脈を目指して荒れ地を歩きだし、銀縁眼鏡をかけた長身の兵士は後続の戦車に手をふった。

仲間たちが手を差し伸べ、ふたりがかりで彼を戦車にひっぱり上げてくれた。車体がガタッと揺れ、黒い排煙を盛大に噴き上げる。銀縁眼鏡の兵士は戦車が加速するまえに急いでカメラを構え、邪行師の背中の「巫」という文字にピントを合わせてシャッターを切った。

「花の写真を撮ってたのかい、お嬢ちゃん」

「人生の写真を撮ってたのさ、このマヌケめ！」

やさしい風が並木道の梢をざわざわと揺らしていく。ジャカランダの花弁を透過した陽光が、大気ちゅうに淡紫の鱗（うろこ）をきらめかせていた。

すべての鳥には囀る権利がある

ワンダの家にころがりこんでからというもの、ナタ・ヘイは口数が増えた。ビビウとその日にあったことを、もしくはその夜あったことをとりとめなく話すようになったためである。

「今年は麦が大きく育ちそうだよ。そっちはどう？」

「ああ、おれのほうもあらかた片づいたよ」

この数日、ナタ・ヘイは村人の援けを借りて家の残骸の撤去作業に勤（いそ）しんでいた。

「これから家を建てるんでしょ？　わたしも手伝いに行くね」

「男衆だけで大丈夫だ」

ときには戦況が話題になることもあった。

「オソ市から旅団がいくつか南へ向かったみたいだね」

「このところ反乱軍はずっと押しこまれているな。でも、このままじゃ終わらないさ」

「ワンダ大叔父さんはハマオ市のほうへ行ってるけど、あのへんってどうなの？」

ワンダのことを訊かれると、ナタ・ヘイは注意深く口をつぐんだ。するとビヒウもなにかを察して、それ以上探りを入れてくることはなかった。どちらもアイク・リンの話題は避けていた。ナタ・ヘイがアイク・リンについて知っていることはほとんどなかったし、じつのところ、あのにやけた若者に対してはあまりいい印象を持っていなかった。

そもそもあの若造は全体主義のなんたるかをまるで理解していなかった。さもなければ頭も尻も軽い女と乳繰り合うために、物騒な本が入った大事なバッグを軽々しく他人に預けたりするはずがない。一度、アイク・リンと尻軽女の会話を盗み聞きしたことがある。シロツメクサの絨毯（じゅうたん）に寝そべってひなたぼっこをしているときに、土手の上から話し声が聞こえてきた。薄目を開けて見上げると、そこに陽光を受けたアイク・リンのシルエットがあった。

「あんたって自分のことをいい男だと思ってんでしょ？　あたしなんて簡単にオトせると思ってるわけ？」

「きみのような女の問題は」尻軽の繰り言に、アイク・リンは鷹揚（おうよう）に応じた。「男がいつでもきみとヤリたがってると思いこんでることだよ」

「あたしが許せばヤルくせに」

「そりゃヤルさ。ヤラない理由がどこにある？」

「ほらね！」

「だけど、たとえヤレなくてもきみが思うほど痛手じゃないよ。すくなくとも世界じゅうの男が自分とヤリたがってると思いこんでる女が、男に相手にされなかったときほどのダメージはないね」

女は押しだまり、ナタ・ヘイは吹き出しそうになった。

「きみはそうなるのが怖いから男を拒絶してるんだ」自慢の御髪を梳りながら、アイク・リンは因果を含めた。「せっかく自分がその気になってるのに、男に見向きもされないのが怖いのさ」

そのアイク・リンが秘密警察に連行されたとき、口さがない村人のあいだではいろんな根も葉もない噂が飛び交った。やれアイクにもてあそばれたビビウがやつを売っただの、やれビビウにも母親と同じ男たらしの血が流れているだの、やれワンダが秘密警察との取り引きに応じただの、ちょっと考えればデタラメだとわかる流言飛語がまことしやかに語られていた。

もしビビウが男たらしだとしたら、あの娘が邪行師として立派にやっていることはどう説明するんだ！　ナタ・ヘイはそんな悪意に満ちたつぶやきにいちいち食ってかかった。ワンダが秘密警察と取り引きをした？　馬鹿も休み休み言え！

アイク・リンから預かったバッグをビビウがうっかり畑に置き忘れ、それがどういうわけか秘密警察の手に渡ったということ以外、たしかなことはなにもわからないのだ。アイクが銃殺刑に処されたのは、ただの見せしめだった。女にだらしないあの若造がしょっぴかれたとき、ちょうどジロン・ジャンが「すべての鳥は囀る権利を有する」と銘打つ反体制派炙り出しキャンペーンをやっていた。

「国民の真の声に耳を傾け、国民ひとりひとりに寄り添ったよりよい労働党をつくるために」ジロン・ジャンはテレビやラジオや新聞をつうじて呼びかけた。「さあ、みなさんが常日頃わたしたち労働党に対して抱いている不平不満をおおいにぶちまけてください！」

人々は貝のように口をつぐんだが、老将軍は執拗だった。なにを言ってもぜったいに処罰しないことを国民に約束し、その証拠に率先して自己批判までしてみせたのである。

「いまの労働党の問題のひとつは、わたし個人に権力が集中していることであります」と右頬の大きなホクロをひくつかせて力説した。「もし国民のみなさんもそのように思っているなら、わたしはよろこんで現在の職務のいくつかを返上したいと考えております！」

言うまでもなく、それは鳥たちに歌わせるための方便で、迂闊（うかつ）にも正義を信じて囀ってしまった鳥たち——反体制派の新聞、大学教授、作家、党幹部たち——を、ジロン・ジャンは掌返（てのひらがえ）しでつぎつぎに粛清していった。

そんなときに血気盛んな若者のバッグから『テロリズムの理論と実践』という本が出てきたのだから、これはもうただですむはずがない。家のドアを秘密警察に蹴破られたとき、アイク・リンは恋人のひとりとまさに事におよぼうとしていた。ふたりはほとんど裸に近い状態だったので、いや、ちがうんです、ぼくたちは労働党要綱の勉強をしていただけなんですという弁解は一蹴されてしまった。けっきょく銃殺隊のまえに立たされたときにも、アイク・リンは性懲りもなく労働党要綱を勉強していただけなのにとすすり泣いていた……

いったいおれはなぜ反乱軍に肩入れするのだろう？　あらかた残骸を片づけ終えた家の土台に腰かけながら、ナタ・ヘイは自問した。ワンダがそうするのなら話はわかる。なぜって、あいつはいちばん仲のよかったお姉さんをホクロに殺されているからだ。

あのとき、オソ市の市長選に出馬しようとしていたカイエ・ニエは、当局のしつこい妨害に遭っていた。けっきょくホクロのいつものやり口でカイエは精神病患者にでっちあげられ、入院治療ちゅうに自殺してしまった。

あのカイエがそんなことをするはずがない。ワンダの父親はどうしても納得がいかず、陸軍病院に娘の治療歴の開示を求めた。家族からはどうかやめてくれ、そんなことをしたらどんな災いがふりかかるか知れないと止められたが、聞く耳を持たなかった。彼はキリストの訓話に出てくる羊飼いのように、九十九匹の羊をうっちゃってでも、いなくなった一匹の羊を捜しに行かなければ腹の虫が治まらなかった。毎日バイクタクシーとバスを乗り継いで病院に押しかけた。

病院側はもちろん求めに応じなかった。そこでワンダの父親は署名を集めようとしたが、ほとんど集まらなかった。危ない橋だ。情にほだされてうっかり嘆願書の類に署名しようものなら、それがそのまま当局の逮捕者リストに転写されてしまうかもしれない。このおれでさえ、とナタ・ヘイは当時をふり返った。親父さんの嘆願書に名前を書いたあとは、しばらく生きた心地がしなかったものな。

不条理にはとっくに慣れていたはずなのに、ワンダの父親は気落ちし、飲めもしない自棄酒(やけざけ)をあおり、寒波のせいで零下十度まで冷えこんだ夜に酔いつぶれてバス停で眠りこんでしまった。たまげたことに、ほとんど丸一日、バスを乗り降りする人たちはベンチに横たわる死体に気づかなかった。朝出勤するときにバス停で寝ていた男が夕方帰宅するときにもまだ同じかっこうで寝ている、そう言って通報したのは国営百貨店に勤める四十一歳の女だった。

ワンダは子供みたいに泣きじゃくり、せめて横死した父親を歩かせて家に連れ帰ろうとしたのだが、父親の両脚はカチコチに凍っていて立ち上がることすらできなかった。もちろん、バスに乗せることもできない。けっきょくおれが荷車を都合してきて、ワンダとふたりして仏さんを五十キロもガラガラ引いて家まで連れ帰ったんだったな。

ワンダの母親は嘆き悲しみ、夫のあとを追うようにしてぽっくり逝ってしまった。そのあと、ほかの姉たちもよそへ移り住んだり、戦闘に巻きこまれて命を落としたり、外国へ亡命したりして、とうとうニエ家は一家離散の憂き目を見たのだった。

だから、ワンダがホクロを憎まなかったとしたら驚きだ。ナタ・ヘイはほとんど無意識に煙草をくわえて火をつけていた。だが、おれはなんだ？　ホクロがおれになにをした？　愛する者を殺されたわけじゃなし、顔に唾を吐きかけられたわけでもない。

おれはただ、おのれの殺人衝動に大義名分をあたえているだけだ。強者に屈しなかった、自由のために闘ったという隠れ蓑がほしいだけだ。しかしそのじつ、おれはホクロがうらやましくてしかたがない。ナタ・ヘイは顔をしかめて煙草を吸い、自分のなかに渦巻くどす黒いものを煙といっしょに吐き出した。自分にできないことを堂々とやってのける人間の存在に我慢ならないのだ。なぜおれではなく、やつなんだ？　好きなだけ殺し、いけしゃあしゃあと嘘をつき、黒でも白に変えられる力をほしいままにする。

なんと素晴らしい人生だろう！

ジロン・ジャンが独裁者になれたのは、やつにその力があったからだ。逆におれのような有象無象が独裁者になれないのは、おれにその力がないからだ。死を神聖なものと崇めているかぎり、世界を破壊することなんてできやしない。だから死の女神カーリーはおれではなく、ジロン・ジャンを選んだ。ただそれだけの話なんだ。

その夜、ビビウが野良仕事へ出かけたあとで組織の男がやってきた。

ナタ・ヘイは食卓で新聞を読んでいるところだった。内務省の検閲をとおった記事しか載らないので、報じられている戦況や死傷者数についてはまるで信用がおけないが、政府がルガレ自治州に烈士站を増やそうとしていることだけはどうやら間違いなさそうだった。

　組織が事前に摑んでいたとおり、新聞には州都オソ市につづき南部のジャカランダ市にも烈士站が設置されたと書かれていた。「我々はルガレ自治州のならず者どもと戦う英雄たちをひとりとして見捨てたりはしない」記事に添えられているのは、泣き崩れる老女をやさしく支えるホクロの写真だった。写真の下には「御子息を戦地で亡くした母親を慰撫するジロン・ジャン将軍、内乱平定の決意を新たに」という虫唾の走る説明文がついていた。

　ナタ・ヘイは舌打ちをして新聞をたたんだが、戸外から呼ばれたのはまさにそのときだった。

「ワンダ・ニエが九体とどけてくれた」

　ナタ・ヘイは低く呻いただけで、ふり向こうとはしなかった。

「あんたの懸念はわかる」家の外からブラウ・ヨーマの声が影のように伸びてくる。「しかし通行証さえあれば、邪行師なら自由に動ける。戦況をひっくり返すためには、たとえ一時的にせよ反乱軍が押し返したという事実が重要なんだ」

「サンソルジェークのほうの工作は進んでいるのか？」

「それはあんたが心配することじゃない。あんたは言われたことをやればいい」

「家が爆撃されたのは伝えたが」しばし逡巡したあとで、ナタ・ヘイは意を決して打ち明けた。「政府軍の制服がみんな燃えちまった」

　相手はなにも言わなかったが、沈黙のなかにかすかな苦味が溶けこんでいた。ナタ・ヘイは壁を睨みつけたまま、背後の気配に不満をぶつけた。

「おまえたち、ピアノ弾きの手をつぶしたな。なぜそんなことをする？」

「それほどまでに現政権を憎んでいる勢力がいることを知らしめるためだ」

「あんな汚いやり方は間違ってる！」拳で食卓を打った。「殺すにしても、あんな殺し方をしなくてもいいはずだ」

「恐怖のためだ」

「なんだと？」

「我々がなぜわざわざサインを残していくと思っている？　街じゅういたるところに潜んでいる政府の犬どもに見せつけるためだ。ヴォルクはちゃんと見ているぞ、こんなふうになりたくなければ余計なことはするな」

「あの男はただのピアノ弾きだった！」

「だが、亡命を企てた」

「そんなことが殺される理由になるのか？　だったら、おまえたちはベラシアの半分の人間を殺さねばならんぞ。おまえたちはホクロと同じだ！」

「それをあんたが言うのか？」

二の句が継げない。こちらの動揺を察知したかのように、ブラウ・ヨーマの口調が熱をおびた。

「人々に恐怖を植え付けるのは反乱軍ではなく、我々だ。残虐非道なことをするのは反乱軍ではなく、我々なのだ。何世紀もまえから、我々は戦争のたびに政権に利用されてきた。しかし、それはまったく問題ではない。戦争はいつだって我々の……おれとあんたの体に流れる血の要請に適(かな)っている」

「知らないやつから見れば、ヴォルクも反乱軍も同じだ」

「だから犯行声明を出す」

ナタ・ヘイは奥歯をぎゅっと食いしばった。

「我々は反乱軍のかわりに汚れ仕事をやる。なぜならホクロを倒したあとのことまで考えているからだ。反乱軍には一点の曇りもあってはならない。たとえ嘘にまみれていようとも、それが民衆の求める姿だからだ。みんなホクロから学んだことだ。反乱軍が政権を獲ったあとで、我々はトカゲの尻尾みたいに切り捨てられる。見せしめに銃殺される者もいるだろう。それが我々の宿命だ。ルガレの独立のためだ。兄弟たちはその覚悟で動いている。あんたの指摘は正しい。目的のためにどんな手も使うという意味では、我々はたしかにホクロと同じだ」

「屁理屈はよせ」ナタ・ヘイが冷笑した。「おれたちは同じ穴の狢だ。おまえは死ぬつもりなんてさらさらないし、誰が政権を獲ろうと殺しつづけるだけだろ」

静寂のなかで、姿の見えないブラウ・ヨーマがにやりと笑ったような気がした。

「制服はこちらでなんとかする」事務的な、交渉の余地が微塵もない声だった。「あんたは計画どおりオソ市の烈士站に死者を送りこめ」

「もうワンダは使わない」

「失ったその右目のことを思い出せ」

「死体は用意してやる」ナタ・ヘイが残った左目を剝く。「ほかの邪行師を使え」

「もう二十年、いや三十年になるか?」ブラウ・ヨーマが懐かしそうに言った。「ビビウ・ニエの母親の……名前はたしかイフ――」

「いいか」ぴしゃりとさえぎった。「ビビウに手出ししたら、今度こそ貴様を殺す」

「それも悪くない。同族のあんたに引導を渡してもらえるなら、おれの魂もカーリーの懐へ帰れるだろう」

「そのカーリーに誓っておれは本気だ」

短い沈黙のあとで、ブラウ・ヨーマが折れた。「死体だけ用意してくれ。邪行師はこちらで手配する」

それだけだった。

遠ざかる足音が聞こえなくなると、ナタ・ヘイの口から深い吐息が漏れた。あとにはひどい虚無だけが、邪行師のいない死者のように残されていた。

軍営異聞

政府軍が南方面軍本部として徴用したのは、地元の高校だった。

ジャカランダ市へ到着してからというもの、第三旅団第七大隊は塹壕を掘ったり、高校のまわりに鉄条網を張り巡らしたり、ときには戦車隊を連ねて山岳地帯まで索敵に出かけることもあった。

ある日、そうした索敵の帰り道で出し抜けに先行の戦車が停まった。そのせいで、後続がつっかえた。

本部まであと数キロという地点だった。燃えるような茜空の下では大きなイヌワシが一羽、ゆるゆると旋回していた。トパーズのように透きとおったワシの目から見れば、南のほうへ主砲を向けている戦車の隊列は、荒野の一本道に二キロほども長々と連なっていた。戦車隊のはるか後方にはジャカランダの並木道が望め、前方には灰色の市街地がぼんやりとかすんでいる。

いったい何事かと数人が装甲板の上に立ち上がり、数人が戦車を飛び降りて前方へと駆けていった。しかしほとんどの者はため息をついたり、木陰を探して用を足したり、ここぞとばかりに仲間たちと煙草を回し喫みしたり、ラジオでロックンロールを聴いたりしていた。

銀縁眼鏡をかけた長身の兵士はといえば、砲塔に背をあずけてこっくりこっくりと舟を漕いでいた。そんなわけで彼には知るよしもないのだが、そのとき先頭の戦車のまえにはひとりの老婆が立ちふさがっていた。

「なにしにきた、このろくでなしども！」老婆は勇ましく両手を広げてとおせんぼした。「ここはあんたらの家じゃない！　招待もされないのによその家にそんなもので乗りつけるなんて、あんたらの親はいったいどんな躾をしたんだか！」

業を煮やした操縦手が老婆を避けて戦車を発進させると、老婆のほうも捨て身でついてくる。

「これ以上行くなら、わたしを轢いていけ！」戦車が右へいけば老婆もアヒルのようによたよたと右へ動き、戦車が左へいけば老婆もそうした。「どうした、ババアひとり轢き殺せんか？　ちゃあんとわかっとるぞ、おまえたちがひとり残らず腰抜けだということはな！」

わしらはまえの戦争でお国のために戦ったんだぞ！　野次馬たちも腕をふりあげ、口々にジロン・ジャンに対する鬱憤をぶちまけた。ルガレ兵は勇猛果敢で鳴らしたもんだ、それがなんでこんな仕打ちを受けにゃならんのだ！

そのようなことを、銀縁眼鏡の兵士はなにも知らなかった。遠くで谺した二発の銃声も彼の午睡を妨げなかった。戦車がふたたび動き出したことが夢うつつに感じられただけだった。車体の振動にうっすらと開けた彼の目に、いくつかの光景が飛びこんできた。天空を旋回する大きなイヌワシ、こちらを見送るいくつもの無表情な顔、地面に倒れ伏した太った老婆、崩れた壁にスプレーで「B（ヴェ）」と書いている味方の兵士——なぜ政府軍の兵士がヴォルクのしるしを残していくのか？　考えるまでもないことだった。いまやそれほどまでに、銀縁眼鏡の兵士は戦場の文法に熟達していた。

　流れゆく田園風景をぼんやりと眺めるうちに、彼の瞼はまた花がしぼむように閉じていった。彼は大学の図書館にいて、本を読んでいた。夢のなかの本には、こんなことが書いてあった。戦争における真実（ファクト）とは嘘（フェイク）の積み重ねである。しかし、なんの問題もない。つぎに目覚めたときにはもう、その嘘ですら一陣のとおり雨みたいに過ぎ去ってしまっているのだから。

　それから散発的な攻撃が一、二度ほどあり、戦車の主砲が火を噴く局面もあるにはあったものの、総じていえばおだやかな日々が淡々と過ぎていった。

　友軍にはたいした死傷者も出ず、蜂の巣にされるのはもっぱらカーキ色の軍服を着た反乱軍のほうだった。

　兵士たちは市内の数カ所に分散して野営した。銀縁眼鏡の兵士が所属する南方面軍第三旅団第七大隊はおもに本営の警備を担っていたので、徴用した学校の校庭にかまぼこ型のテントをいくつも張った。それは自分たちが寝泊まりする兵舎でもあるし、この地に新たに置いた烈士站の霊安所として使用するためでもあった。

　兵舎と霊安所は近接していたので、自然とその手の話がまことしやかにささやかれるようになった。やれ夜中に人のものではない呻き声が聞こえただの、やれ春雷がゴロゴロ鳴っていた夜半に死者に追いかけられただの、やれこの地の言い伝えによれば雷に起こされた死者に抱きつかれると三日以内に死ぬだのといった類の話である。

不寝番に立った兵士がたしかにこの目で見たと誓って言うことには、丑三つ時に霊安所で不審な物音がしたので調べてみたところ、昼間反乱軍に殺されたはずの兵士が二本の脚で立っていた。顔面は蒼白で、後頭部が半分吹き飛ばされている。その吊り上がった両目はスペードのエースみたいに黒く塗りつぶされ、ゆがんだ口からは虎のような牙がのぞいていた。こちらに気づくと、死んだ兵士がこの世のものとも思われない咆哮をあげて飛びかかってきた。不寝番の兵士は腰砕けになってわななき声をあげたが、幸いなことに彼の祖母がルガレの出で、死者がそぞろ歩くこの地で身を守る術をいろいろと教えてくれていた。いいかい、もし冥客に襲われたら白いお米を投げつけるんだよ。不寝番の兵士はその言いつけをよく守り、ポケットにひと握りの米を入れて祖母の故郷へとやってきた。とっさにそれを投げつけたところ、死者がばたんと倒れてただの死者に戻ったとのことだった。

「おれの言いたいことがわかるかい？」命拾いした兵士はぶるっと身を震わせながら戦友たちにこう語った。「ようするに年寄りの話はちゃんと聞いておけってことさ」

その日、銀縁眼鏡の兵士は非番だった。

彼の中隊長であるケーリン・バイ中尉はサンソルジェークからやってくる前線視察団に戦況報告をするため、州都のオソ市に呼び戻されていた。言うまでもなく、烈士站設置の功を認められてのことである。

一介の尉官としては異例のことだった。南方面軍は三つの旅団から成り、それぞれの旅団を率いる三人の大佐を差し置いての本部召還である。大佐たちは苦虫を嚙みつぶしたような顔で軍用ヘリコプターに乗りこむバイ中尉を見送ったが、首都からやってくる軍務大臣直々のご指名とあっては、如何ともしがたかった。

非番といっても街へ繰り出して映画を観たり、酒を飲んだり、ぶらぶらしたりできるわけではない。政府軍の兵士は、この地では蛇蝎の如く嫌われている。当番明けといえども、迂闊に軍営から出ることはできなかった。

そんなわけで、銀縁眼鏡の兵士は本を読んで過ごすことにした。じつを言えば、読みたい本が手に入ったのだ。ジャカランダ市へと南下してくる途中で、図書館に立てこもっている反乱軍と交戦した。機関銃やら迫撃砲やらをブギウギのように撃ちまくって首尾よく敵を蹴散らしたあとで、彼は廃墟と化した図書館から数冊の本を拾い出していた。

二段ベッドの上段で彼は枕を腰の下に敷き、ジョン・ウィリアムズの本をひとり静かに読み進めた。十九世紀のアメリカ、厳寒の大西部でバッファロー狩りをする四人の男たちの物語である。

主人公のウィル・アンドリューズは二十三歳の若者で、とある詩人の薫陶を受けてハーバード大学を中退し、おおいなるカンザスへ自分探しにやってきた。彼はバッファロー狩りのベテランを雇い、コロラド準州へ二週間の狩りの旅に出る。肉ではなく、毛皮が目当てだ。しかし図らずも猛吹雪に遭い、彼らは春まで冬山に囚われてしまう。

彼が本を貪り読むその傍らでは、やはり暇を持て余した連中が車座になって、誰かがくすねてきたウイスキーを回し飲みしながらポーカーをやっていた。兵舎の向こう端には惰眠を貪る者や、仲間の腕に刺青を入れてやっている者たちもいた。

彼らの笑い声や罵詈雑言にときどきハッとさせられたが、概して気持ちのいい午後だった。兵舎のなかは薄暗かったけれど、帆布を巻き上げた戸口にはまぶしい陽光が押し寄せていた。ジャカランダの花香をはらむ風は芳しく、鬼軍曹のどやしつけるような掛け声とともによその部隊が校庭を走りまわっていた。

銀縁眼鏡の兵士が本から顔を持ち上げたのは、兵舎に鈴の音が響き渡ったためである。チリーン、チリーン、というその独特の澄んだ音色が、彼の注意を惹きつけた。目を走らせると、ポーカーに興じている連中のひとりが、手に邪行師が使う鈴を持っていた。

「それ、どうしたんだ？」誰かが尋ねた。

「昨日、霊安所で拾ったんだ」手に鈴を持った男が答えた。「これでもうひと勝負させてくれ」

「邪行師が置き忘れていったやつだぞ、この悪魔め」

「拾ったからにはおれのもんさ」そう言うと、その男は笑いながら邪行師の鈴をジャンジャン鳴らした。「どうだ、いい土産になるぜ」

カードが配られ、銀縁眼鏡の兵士はまたぞろ物語のなかへと立ち返っていった。

ようやく春になり、ウィル・アンドリューズがほうほうの体で町へ帰ってくると、なにもかもすっかり様変わりしていた。毛皮市場が底割れし、もはや皮取り引きは成り立たない。困惑するアンドリューズに、破産した毛皮商人がこう言う。若者ってやつはな、いつも、何か発見があると思ってる。だが、何もないんだよ。人は生まれると、嘘を乳代わりに飲み、嘘を食って育ち、学校に上がったら、もっとうまい嘘を覚える。一生、嘘に生きる。それで死期が近づいて、はじめて悟るんだ。何もないってな。自分と、自分にできたかもしれないことのほかには何もない。それをやり遂げなかったのは、ただほかに何かあるっていう嘘を教えられたからさ。

年齢といい、大学生という甘ったれた身分といい、戦争とバッファロー狩りというちがいはあるにせよ、どちらも命を奪うことをつうじてなにかを発見したいと切願している点といい——そうとでも思わなければ、戦争なんてとても耐えられやしない！——破産した毛皮商人の言葉に反論できない不甲斐なさといい、脳天をハンマーでガツンとやられたような気分だった。

銀縁眼鏡の兵士はウィル・アンドリューズと、我と我が身を重ね合わせて興奮し、目に涙を浮かべ、そのせいで眼鏡が曇ってしまったが、兵舎の戸口にふらふらと立っている兵士にいち早く気づいたのは彼だった。

西日を受けたその兵士の影が、兵舎の奥へ向かって長々と伸びていた。銀縁眼鏡の兵士は思わず身を乗り出し、目をごしごしこすってしまった。手から滑り落ちた本が地面に落ちて大きな音を立てた。それでポーカーをやっていた連中もいっせいにふり返った。なにかにつまずいたような短い沈黙のあとで、誰かが言葉にならない悲鳴をあげた。

戸口に危なっかしく立っている兵士は下顎を吹き飛ばされており、青灰色の軍服の腹部には乾いた血がべっとりとこびりついていた。その両目はまるで凍りついた雪玉のように白く濁っていた。

驚くべき神の恵み

前線視察のために首都から遣わされたお偉方のまえで、ケーリン・バイは直立不動のまま質問に答えていった。

――はい、大佐殿、戦況は半年前より着実に我がほうに有利に展開しております。

――いいえ、大臣殿、報道されているような捕虜の虐待はけっして事実ではありませんし、むしろ反乱軍のほうが手ひどく我がほうの兵を扱っております。

――いいえ、部局長殿、民間人を故意に虐殺しているなど事実無根です、反乱軍が仕掛けた偽情報かと。

――はい、書記長殿、目下、我がほうの戦死者は可能なかぎり回収して国元へ送るようにしております。

「そもそも烈士站の発想はどこからきたのかね？」

「はい、大佐殿」ケーリンはまっすぐまえを見据えたまま、切り口上で答えた。「三カ月ほどまえに前線でこの地の邪行師に遭遇いたしまして、そのときに着想を得ました。反乱軍はルガレにゆかりのある者ばかりで、やつらは自分の足で家を出たら自分の足で帰ってこいと教えられて育ちます。たとえ戦闘でやられても邪行師が家に連れ帰ってくれると信じているからこそ、やつらは一命を擲(なげう)って戦うことができます。はなはだ非科学的かつ非ジロン・ジャン将軍的と言わねばなりません。ジャン将軍万歳！」

幕営に居並ぶ高官たちがいっせいに立ち上がり、拳を胸に押し当て、声を合わせて「ジャン将軍万歳！」と叫ぶ。どの顔もよく陽に焼けており、たったいまワイキキビーチから飛んできたのだと言われても疑う気になれないほどだ。

「そのような迷信は我が愛する労働党の教えとは相容(あいい)れません」全員が着席してから、ケーリンは話をつづけた。「しかしながらジャン将軍がいみじくもおっしゃったように、弁証法的唯物論を過信しては、穴に隠れたキツネを炙り出すことはできません。ジャン将軍万歳！」

「ジャン将軍万歳！」全員がさっと席を立って唱和した。

「まったき労働党員としては、邪行師を抹殺して反乱軍の士気を削ぐというやり方が正しいことは承知しております」ケーリンは全員が着席するのを待った。「しかしながらそのようにした場合、下手をすれば逆にやつらの結束を強めることにもなりかねません。現在、過去、未来を見とおすジャン将軍のご慧眼が看破したように、敵を殲滅したければまず敵のワインを褒めねばなりません。ジャン将軍万歳！」

「ジャン将軍万歳！」全員がガタガタッと起立して唱和する。

「さらに、この迷信にも一理あると判断いたしました。つまり、たとえ戦死したとしても故郷へ連れ帰ってもらえるなら、それは我が軍の士気を高めることになるかと……畢竟、迷信というのは無知蒙昧な田舎者に道徳を教えるためのものであり、学のない田舎者に理解できるのは人間の根源に関わる教えだけであり、それはつまり我々ひとりひとりが心の奥深くに隠し持っている感情であると判断いたしました。もちろん我が愛する労働党にとって宗教が大敵であることは重々承知しておりますが、しかしながらジャン将軍が昨年の党年次大会の席上にて賢明にもおっしゃったように、ネコを飼いたければネコのことを知らねばならないのです。ジャン将軍万歳！」

「ジャン将軍万歳！」

「逆転の発想です。つまり、我がほうも烈士站を設置して戦死者をねんごろに回収すれば、第一に兵士たちが安心して戦えますし、第二に我々がけっして侵略者ではなく、やつらの風習を尊重しているのだと反乱軍に印象づけることができ、そして第三には全国民に向けて我が心酔する労働党がけっして非人間的な政党ではないと喧伝できます。死者の回収に当地の邪行師を使うメリットは皆様のご賢察どおり、近ごろ暗躍しているヴォルク対策であります。ヴォルクは民間人と見分けがつきません。やつらは行商人や女衒を装って我々に近づき、喉笛を掻き切っていきます。我がほうの戦死者に地雷などのトラップを仕掛けます。そのヴォルクも邪行師には手出しをしません。たとえ出したとしても、我がほうは痛くもかゆくもありません。ここ三カ月の戦況は我が軍に有利に展開しております。我々は反乱軍の占拠拠点をすでに十三も解放しました。言うまでもなく、偉大なる党と兵士たちの忠誠心のなせる業であります。わたくしの座右の書である『あの白馬に乗ったお方こそジロン・ジャン将軍』のなかにつぎのような一節があります。酒はブドウからでもリンゴからでも造れる、パンは小麦粉からでも蕎麦粉からでもつくれる——その意味するところは言わずもがなでしょう。ジャン将軍万歳！」

「ジャン将軍万歳！」

「反乱軍はいまや山岳地帯に退却して遊撃戦に転じるほかなくなっており、このぶんであれば夏までには内戦を終結させ、この州を解放することができるかと。それもこれも無疆三十九年の新年演説でジャ——」

「待て待て！」軍服の胸に勲章をじゃらじゃらつけた大佐が、荒い呼吸を繰り返しながら制した。「もう一度その名を口にしたら、誓って貴様を銃殺にしてやるぞ」

「申し訳ございません！」

ケーリンは軍靴のかかとをカチッと打ち鳴らし、労働党式敬礼をした。高官たちの頭上に据えられた視線は微塵も動かさずに——あたかもそこに偉大なる将軍様の肖像でも掲げられているかのように

――彼はこの陸軍大佐を素早く観察した。でっぷりと肥えて頭は禿（は）げあがり、白い髭をたくわえている。その顔はほかのとくらべてひと際赤黒く、しかも何度も立ったりすわったりを繰り返したせいで滝のような大汗をかいている。見方によっては、くたびれた肝臓が胆汁を分泌しているかのようであった。

それからまたひとしきり、どうでもいい質問に答える苦痛の時間がつづいた。

――はい、大佐殿、ここオソ市の人口は内戦前は六万人ほどだったかと。現在は主要道路に検問所を設けて人の出入りを監視しておりますので、どうかご安心を。

――いいえ、大臣殿、いまのところ烈士站は飛行場近くに設けております。邪行師が連れてきた死者はそこから軍用機でサンソルジェークへ運ばれ、ご遺族に引き渡されます。

――はい、部局長殿、烈士站設置の経費を捻出していただき、ありがとうございます。この戦いに勝利することによって、人民の血税をけっして無駄にしないことをお約束いたします。

――いいえ、書記長殿、かつてのベトコンと同じように、ヴォルクと民間人を見分ける方法はありません。反乱軍とはちがって、やつらは軍服を着ているわけではありませんので。もしヴォルクを一掃するとなると、民間人ごとまとめて皆殺しにするしかないかと。

「しかし、そうなると情報を統制するのが極めて難しいな」

「はい、書記長殿、そのとおりであります！　民間人の死傷者に、国際世論はウサギのように敏感であります！」

疲労が色濃く滲んだため息が幕営を満たした。お偉方はすっかり冷めてしまった茶をすすったり、目頭を揉んだり、まるであたたかな雨でも降っているかのようにテントの上部をふり仰いだりした。

「さしあたり大きな問題はなさそうですな」いかにも労働党の役人然とした、つまり長いものには巻かれろタイプの書記長がしめくくった。「バイ中尉は人間的にも思想的にも問題はなさそうですし、此度（こたび）の内戦をつつがなく平定した暁には昇官銓衡（せんこう）に入りたいと思います」

一座がうなずき、ケーリンはよろこびが顔に出ないよう奥歯をぐっと噛みしめた。もしここで軍務大臣が咳払いをしなければ、気分よく戦況報告を終えることができただろう。

ありきたりなねぎらいの言葉をもごもごとつぶやいたあとで、軍務大臣はおもむろに切りこんできた。

「バイ中尉、今回きみがルガレへ派遣されたのは、ここがきみの父親のかつての流刑地だったからだね？」

体が強張った。直立不動のままさっと目を走らせる。驚きの色を浮かべている顔はひとつもない。目に好奇の光をたたえた者すらいる。もちろん、そうだろう。密告と粛清があたりまえの国で、曲がりなりにも尉官にまでなったのだ。両親が政治犯だったことなど、とうに調べがついているはずだ。

「申し上げます、大臣殿！」ケーリンは落ち着いて答えた。自分の声が震えていないことに勇気づけられながら。「わたくしは一介の軍人にすぎません！　全能なる党のご指示に従ったまでです！」

「父親をそんな目に遭わせた党を恨んではいないのかね？」

「いいえ、大臣殿、断じて！　ジロン・ジャン将軍がわたくしの父であり、労働党が母であります！ジャン将軍万歳！」

「ジャン将軍万歳！」

一同はこの儀式にうんざりしながらも、のちのち祟られないようにちゃんとやるべきことをやった。

ドサッと椅子に腰を下ろしたくだんの陸軍大佐は、心臓のあたりを押さえてゼエゼエ喘(あえ)いでいた。

「父親がこの地に流刑になったあと、きみは愛国児童施設で育った」静かに着席した軍務大臣が長テーブルに身を乗り出す。「きみのような子供はじつにたくさんいたからね。つまり、反体制的な親を持った子供たちが」


高官たちが下卑た笑い声を立て、かつて銃殺刑になった作家や、亡命した音楽家や、流刑になった反体制活動家たちをひとしきり揶揄(やゆ)した。

この弱い者いじめのブタ野郎どもめ。心中で毒づきながらも、ケーリンは気を付けの姿勢を保ったまま微動だにしなかった。背筋を冷たい汗が流れ落ちる。こんちくしょうめ、政治犯の息子として反吐(へど)が出るほど愛国主義に徹してきたのに、まだ足りないとでも言うのか。

この腐った全体主義国では、どんな些細なことでも命取りになりかねない。ホクロをほめたたえる歌を歌わなかった廉(かど)で聾者(ろうしゃ)が殴られ、ホクロの演説で拍手をしなかったといっては隻腕の者が投獄されてしまう。密告者は憎まれるが、密告は奨励されている。いったいどこでしくじったのか、ケーリンにはとんと見当もつかなかった。


まるで見え透いた罠のように、軍務大臣は柔和な声で質問をつづけた。「ご両親が逮捕されたとき、きみはいくつだったた？」

「はい、大臣殿！　わたくしは五歳でありました！」

「それから愛国児童施設に引き取られたんだね？」

「はい、大臣殿！　山よりも高く、海よりも深い党の温情に感謝いたします！」

「ご両親のことは憶えているかね？」

「いいえ、大臣殿！」

「きみはジロン・ジャン陸軍士官学校を出ているね？」

「はい、大臣殿！　無疆三十一年卒の第二十九期生であります！」

軍務大臣が長テーブルの上で手指を組み合わせる。じっと見つめてくるその目から読み取れることはあまりなく、腕のいいポーカープレイヤーを彷彿（ほうふつ）とさせた。

束の間、ふたりの視線が交差する。

長びく沈黙のなかで、ケーリンは過去から伸びてくる触手に搦め捕られていった。


じつを言えば、軍務大臣のほうには他意など毛頭なかった。もっと言えば、目のまえの若き陸軍中尉を罠にかけるなど思いもよらないことだった。たとえ罠にかけるとしても、それはケーリン・バイという一個人を狙い撃ちにするものではない。表面上はそう見えるかもしれないが、けっしてそうではない。烈士站を発案したのがたまたま彼だったというだけの話なのだ。

軍務大臣はぽっちゃりした六十絡みの男で、古めかしい丸眼鏡をかけており、ケーリン・バイよりもケーリン・バイのことに精通していた。じつは彼こそがケーリン・バイの両親を密告した張本人だったのである。

若気の至りだった。というのも、軍務大臣がキーロウ・バイとシャリン・バイを告発したのは愛国心ともイデオロギーともいっさい関係なく、純粋な嫉妬心に駆られた復讐だったのだから。キーロウ・バイと知り合ったころ、シャリンは二十一で、まだ当時の夫の姓であるリーを名乗っていた。

その日、シャリン・リーは女友達と映画を観に出かけた。ハンサムな若者が幾多の困難と悲しみを乗り越えて立派な労働党員に成長する古い映画で、いちばんの泣かせどころは、彼が病身の母親を置いて戦場へ赴く場面だった。

その帰りに五月三日広場をぶらぶら散歩していると、ちょうど鳩の糞が顔にひと筋垂れているジロン・ジャンの銅像のあたりで男にぶつかられた。シャリンはひっくり返り、女友達はあやまりもせずに逃げ去る男の背に向かって罵声を浴びせた。灰色の背広にフェルト帽をかぶった男たちがその無礼者を追いかけていくのを見て、女友達が吐き捨てた。

「あいつ、秘密警察に追われてるわ！」

夜、シャリンは帰宅した夫にすりむいた膝小僧を見せながら、若い男が秘密警察に追われていたことを話した。

二十年後には軍務大臣に任命されるクエイ・リーは、ため息をついて首をふった。彼は妻の怪我に同情することも相手の男を非難することもなく、バルバドス産のラム酒を指二本ぶんグラスに注ぎ、ソファにすわって新聞を読みながら夕食の支度が整うのを待った。食事ちゅうは、軍務省のなかで誰が失脚しそうだとか、誰が勝ち馬なのかという話をすこしした。しかし、あまり多くは語らなかった。口は災いの元、朝令暮改のこの国では一寸先は闇、密告の電話一本で天と地がひっくり返ってしまう。この無邪気な妻がそんなことをするとは思えないが、彼女ほど無邪気ではない第三者にうっかり漏らさないともかぎらない。

シャリンは相槌を打った。

ようやく夫がこう言ったのは、食後のコーヒーを飲んでいるときだった。「国家の価値はけっきょく、それを構成する個人個人のそれである」

シャリンは目をしばたたいた。

「ミルというイギリス人の言葉だよ」コーヒーカップを口に運びながら、クエイ・リーはそう言った。「つまりホクロのやつは嘘つきの人殺しだけど、それはぼくたちひとりひとりがそうだからさ。彼がベラシア連邦の頂点に君臨しているのは、誰よりも嘘をつくのがうまくて、誰よりも多くの人間を殺せるからだ。反体制派の連中だって同じさ。権力を握ったとたん、つぎのジロン・ジャンが生まれる……いや、いまのジロン・ジャンより残酷なやつじゃなけりゃ、反体制なんか叫んだってなんの意味もないよ。ベラシア人はけっきょく、ジロン・ジャンのような男が好きなのさ」

「でも、わたしたちひとりひとりが変われば国も変わるんじゃない？」シャリンは反論した。「ジョン・ニュートンだって奴隷商人から牧師になれたんだから」

「ジョン・ニュートン？」

「『アメイジング・グレイス』を作詞した人よ」

「たしかにきみの言うとおりだ」この純粋で無知な美しい妻に、のちの軍務大臣は心底同情を寄せるように微笑んだ。「でもぼくが言いたいのは、ほとんどの国民がジョン・ニュートンになれなければ……すくなくとも大半が改心しなければ、ぼくたちの国歌が『アメイジング・グレイス』に変わることはないということなんだ」

そういうものかしら。シャリンは釈然としなかった。ジョン・ニュートンみたいな人がジロン・ジャンをやっつければすむ話なのでは？　が、あまり深くは考えなかった。彼女の父親も軍務省の役人で、だからこそ軍務省の有望株と見合い結婚をさせられたわけだが、子供のころから女は男に従順であるべきだと教えられてきたためである。だからシャリンは曖昧な微笑を浮かべた。難しいことはわからないけれどあなたがそう言うのならきっとそのとおりね、という気持ちをこめて。

ハンドバッグのなかに自分のものではないリップスティックを見つけたのは、翌朝のことだった。夫を仕事に送り出したあと、シャリンは皿や茶碗を洗ってから愛国婦人会の会合に参加するために家を出た。その日、婦人会ではトウモロコシパンを焼いて退役軍人会に差し入れることになっていた。鍵を取り出そうとハンドバッグに手を挿し入れたところ、その金色のスティックに指先が触れた。

なんだろう？

蓋を取ると、それは口紅ではなく、メモリースティックだった。シャリンは逡巡したあげく、家に入って鍵をしっかりとかけた。それから窓という窓のカーテンを閉めてまわった。最後に階段をのぼって夫の書斎へ行き、どっしりしたオーク材のテーブルに置いてある端末にその口紅型メモリースティックを挿しこんだ。

端末がメモリースティックを認識したというしるしに電子音が鳴り、いくつかのファイルが画面上に現われた。ファイルにはどれもロマンチックなタイトル――〈すばらしい新世界〉〈イワン・デニーソヴィチの一日〉〈一九八四年〉〈こちらはモスクワです〉〈独り大海に向かって〉――がついていたが、ファイルを開いてみるとどうやら小説のようだった。危険を察知したシャリンはすぐにファイルを閉じたが、ファイル群のいちばん上にあるタイトルに目を奪われた。

〈これを拾った方へ〉

秘密警察に追われていたあの男が落としていったんだわ。高鳴る胸を押さえながら、彼女はそのファイルを開いた。さもなければ、わたしにこれを託したのかも。そこにはメモリースティックの持ち主との連絡方法のほかに、つぎのようなメッセージが書き添えられていた。

〈あなたが自由を愛する人ならこのメモリースティックを返してください。あなたが自由に無関心な人ならこのメモリースティックを捨ててください。あなたが卑怯者ならこのメモリースティックをケツの穴にでも突っ込みやがれ！〉

シャリンはひと晩悩み、あくる朝、相手の指示どおり首に赤いスカーフを巻いて革命公園へ出かけていった。もちろん、夫には内緒で。長い髪を編み上げ、紺色の地に白い小花柄が散ったお気に入りのワンピースを着ていった。

バスに乗ると窓際の席を見つけてすわり、流れゆく風景を眺めながら、ささやくような小声で「アメイジング・グレイス」を口ずさんだ。たとえみんながジョン・ニュートンになれなくても、と思った。だからといって善い人間になる努力を怠っていいことにはならないわ。

指定された蓮池（はすいけ）のほとりのベンチはすぐに見つかったが、困ったことに時間は指定されていなかった。きっと持ち主がどこかで見張ってるんだわ、だってわたしが秘密警察をぞろぞろ引き連れてるかもしれないもの。ベンチに腰掛けて朝陽に輝く薄桃色の蓮華（れんげ）を見晴らしながら、シャリンはハンドバッグの上からメモリースティックを押さえた。それかこの公園で働いている人に仲間がいるのよ、その人が首に赤いスカーフを巻いた女が来てるって彼に連絡をするんだわ。

待てど暮らせど誰も現われなかった。蓮池のほとりに陣取って写生をする小学生の一団のほかは、ときおり覚束（おぼつか）ない足取りの老人たちがふらふらとおりすぎていくだけだ。池を埋め尽くす蓮の葉はまるで緑の絨毯のようで、透きとおった水のなかには体に縞（しま）模様のある魚が気持ちよさそうに泳いでいた。

シャリンは午前ちゅういっぱい粘り、スピーカーから正午を告げる革命歌が流れてきたのを潮に公園をあとにした。かつがれたのかもしれない。だけど、腹はあまり立たなかった。この国で身を守りたければ、迂闊に他人を信じてはいけない。むしろこのメモリースティックが反体制派を炙り出すために秘密警察が仕込んだ餌ではないことに感謝すらしていた。つまり、と帰りのバスを待ちながらシャリンは結論した。あの追われていた男は本当に反体制派だったのよ。

黒い排気ガスをまき散らすバスに乗って帰宅したのが午後二時すこしまえで、街はうだるような暑さに包まれていた。木陰では老人たちがいつものように低いテーブルを囲んでお茶を飲み、子供たちが消火栓からほとばしる水を浴びてキャッキャッと歓声をあげていた。官給のテラスハウスの窓はひとつ残らず開け放たれ、部屋着姿の女たちが通りを見下ろしながらうちわを使っている。そのうちのひとりが二階からシャリンに声をかけた。

「リーの奥さん、もう配給はもらってきたの？」

それでシャリンは今日がパンとジャガイモの配給日だということを思い出した。彼女は血相を変えて家に駆け戻り、配給券をひったくって配給所まで走った。配給にありつくために炎天下で三時間ならんだ。配給品の麻袋を抱えて帰宅するころには、界隈はもう暮色に塗りつぶされようとしていた。メモリースティックのことなど、きれいさっぱり忘れていた。

家の石段をのぼりかけて足が止まった。麻袋を抱えたまま、あたりを見回す。テラスハウスの煙突から炊煙が立ちのぼり、女たちは通りで野球をしている子供たちをどやしつけ、どこからか踊りだしたくなるような音楽が流れてくる。怪しいところはなにもなかった。たとえ目に見えないところで誰かが誰かを密告していたとしても、いま、この瞬間だけは、誰もが沈みゆく太陽と過ぎゆく平穏な一日に感謝している。シャリンはおずおずと玄関に目を戻した。

石段のいちばん上に、鳥籠が置いてあった。

シャリン・リーは爪先立ちでそっと石段をのぼり、恐る恐る腰を折って鳥籠をのぞきこんだ。そのなかにいたのが、彼女とキーロウ・バイを結びつけた伝書鳩だったというわけである。


かつて妻だった女性の息子をまえにして軍務大臣が感じていたのは怒りではなく、もちろん嫉妬でもなく、恥と自責の念がないまぜになったような感情であった。いくら自分を棄（す）てた女だからといって、あのように密告することはなかったのかもしれない。

それにしても、なんて似ているんだ。自分の視線が相手を不安にさせていることは重々承知していたが、それでも軍務大臣はケーリン・バイ中尉から目を離すことができなかった。眉毛の感じ、すこし垂れた目、すっとおった鼻筋、やさしさが表に出ないようにぎゅっと引き結んだ口元、まるでシャリンの生き写しじゃないか。

軍務大臣の胸裏をよぎるのは、妻を失ったあとの空虚で孤独な日々だった。一介の高校教師風情にこのわたしが負けたのか？　将来は政府の中枢に食いこむはずのこの自分が？

怒りと悲しみを紛らわせるために、クエイ・リーはがむしゃらに働いた。反体制派を粛清するための法案をふたつもとおした。尉官以上は国家非常事態宣言発動下であれば反体制派を自己裁量で処刑できるようにする法案は、両頰にジロン・ジャンの祝福のキスを受けるというかたちで成立した。国家のためにおのれを捨て、身を粉にして働いてきた。おかげで人の死すらも、地図のように俯瞰（ふかん）できるようになった。今日ある地位はそのようにして築き上げたのだ。

しかし老境に差しかかり、なにからなにまで過去となりつつあるいま、いくら目を落としてじっと両手を見つめてみても、そこは空っぽのままだった。この一生でいったいわたしはなにを摑み、なにを手放してしまったのだろう……そう思うと、徒労感にずぶずぶと沈んでしまいそうになる。

あの針金のように細くて、斜視気味で、いつも口元に冷笑を浮かべていたキーロウ・バイのことすらも懐かしかった。

首都第十八高校で化学を教えていたキーロウ・バイは、詩や文学や哲学を化学と同じ情熱で愛した。軍務大臣は長年そのことに矛盾を感じていた。この世界の原理を原子レベルで理解しようとする化学者と、言葉遊びにうつつをぬかす詩人や作家とは根本的に相容れないものではないのか？　しかし、いまならすこしだけわかる。あの男の目には、複雑な化学式を構成するひとつひとつの元素記号にも、アリストテレス的な形相（エイドス）の物語が見えていたのかもしれない。

けっきょくのところ、この世の本質をどちら側から見るのかという問題なのだ。死のように動かしがたい元素記号から理解するか、生のように有為転変をまぬがれない文学のほうから理解するか。世界はその両方から成る。人生が生と死から成るように。

全体主義のたったひとつのルールは、生を無視しろ、だ。変化は必要ない。必要なのは独裁者による永劫（えいごう）不変の支配のみ。だからこそ、独裁者たちは文学を恐れる。なぜなら、文学は生きているのだから。すぐれた作家の言葉は、死んだように生きる者たちに生命を吹きこむ。

裏を返せば、この国では真に生きようとする者から生のよろこびを奪い取らねばならない。模範的な国民とは、死んだように生きる者のことだ。だからキーロウ・バイのような男は遅かれ早かれ生を奪われることになる。誰にもどうしようもない。それがルールなのだ。

じつのところ、彼を陥れるのは簡単だった。しかるべき細工をしたら、あとは保安省の友人に電話を一本かけるだけでよかった。ああ、わたしだ、じつはタレコミがあってね、首都第十八高校の化学教師がロッカーに電気式時限信管を隠し持っているらしいんだ。

シャリンの忘れ形見はいま、まるで棒を呑んだように背筋を伸ばして気を付けをしている。じっと見つめていると、かつての妻の面影の下に、キーロウ・バイの生への執着が透けて見えるようだ。

軍務大臣はそっとため息をついた。

驚くべき神の恵み（アメイジング・グレイス）、なんと美しい響きだろう、わたしのような悪党まで救ってくださる——ジョン・ニュートンはたしかに素晴らしい仕事をした。人間、過ちに気づいたのに正さないことこそが本当の過ちなのだとむかしの人も言っている。かなうことならば、この若い中尉を抱きしめたかった。でも、なんと言えばいい？　やあ、きみがシャリンの息子だね、じつはわたしがきみのご両親を密告したんだ、このあと一杯どうかな！

取り返しのつかないことはもうどうしたって取り返しがつかないし、ベラシアにはベラシアのルールがある。軍務大臣がやるせないため息をついて口を開きかけたとき、幕営の外がにわかに騒がしくなり、下士官がひとり慌ただしく飛びこんできた。

「会議ちゅうに失礼いたします！」

「何事だ、レイ曹長」

苛立ちを嚙み殺した声で応じたのは、もちろんシャリンの息子だった。立派な若者に成長したものだ。軍務大臣は表情を和らげた。そして、かすかな悲しみとともにこう思った。出る杭は打たれるこの国で、もうすぐわたしはきみの死刑執行命令書にサインをすることになるかもしれないよ。

「南方面軍が敵襲を受けております！」飛びこんできた下士官が敬礼をし、強張った声で報告した。

「死傷者数不明！　ですが、本部は壊滅状態とのことです！」

忌まわしい記憶

その名前には、いまでも鋭い棘がびっしりと生えている。

「アイク兄さんはわたしを妹みたいに可愛がってくれた」口にすれば喉が破れてしまいそうだ。それでもビビウは痛みに耐えながら切り出した。「ワンダ大叔父さんとナタ小父さん以外で、アイク兄さんだけがやさしくしてくれた」

いっしょに食卓を囲むナタ・ヘイはパンをスープに浸し、この会話の向かう先を慮ってか、いつも以上にゆっくりと口に運んだ。

「村の人たちは、どこの誰ともわからない男に襲われたお母さんのことも、わたしのことも疎ましく思っている。学校へ行ってたときも、誰にも相手にされなかった。だから中学を出たら邪行師になるしかないと思ってた」

「迷信深い連中のことなんか気にするな」

「同じことをアイク兄さんにも言われた」

会話が途切れ、ふたりは自分の殻に閉じこもって食事をつづけた。ナタ・ヘイにとっては一日をしめくくる食事を、ビビウにとっては一日を新たにはじめるための食事を。ビビウは邪行師の黒長衣を身にまとっていた。ナタ・ヘイに仕事かと尋ねられると、彼女は二十キロほど東へ行った村の名を挙げた。

「誰かがイノシシに追われて崖から落ちたみたい」

「たとえ首の骨を折っても、脚の骨を折らなかったのは誰にとっても不幸ちゅうの幸いだったな」

ビーツのスープを飲みながら、ナタ・ヘイはビビウの赤い髪がすこし伸びていることに目を留めた。うつむいたところなんか、イフ・ユイとそっくりだ。長いまつ毛の影が頬に落ちている。

たしかに村人は彼女たちに対して冷淡だった。害をなしていたとまでは言えないし、どちらかと言えば丁重にあつかう者も多いが、人死にがないときまで親しく付き合おうとする物好きはほとんどいない。ナタ・ヘイの見るところでは、イフもビビウも自分にはなんの落ち度もない美しさが仇になった。古くから邪行師は醜ければ醜いほどいいとされてきたのは、そのせいなのかもしれない。けっきょくどこまでいっても邪行は下賤な仕事だと思われていて、美を備えた相手が自分より下賤だと判じたとき、人は容易に残酷な嫉妬心を解き放つことができる。

いっぽうビビウのほうでは、アイク・リンの名前に呼び起こされた忌まわしい記憶に翻弄されていた。喉に冷たい塊がつっかえ、たったひと匙のスープを飲むのも、まるで大きな湖を相手にしているかのような途方もないことに感じられた。

あの日――アイク・リンにバッグを託された日、彼はビビウの頭を撫でてこう言った。おまえは邪行師になるんだから、おれみたいな男と遊んじゃだめだぞ。言うだけ言って、馬鹿みたいに甲高い声で笑う女を自転車に乗せて走り去った。ペダルを漕ぎながらアイク・リンがなにか叫ぶと、彼の腰に腕をまわした女が自転車の荷台からふり向いてケタケタ笑った。あのときアイク・リンがなんと言ったのかは、正直、聞き取れなかった。それでも十三歳のビビウは、自分の全存在を否定されたように感じた。

「わたしはあのバッグを畑に置き忘れたんじゃない」

ナタ・ヘイは口に運びかけたスプーンを止めた。

「アイク兄さんに相手にされなかったから……邪行師になるしかない自分に腹が立ったから、わざと畑に投げ捨ててきた。すこしして取りに戻ったけど、もうなかった」込み上げる吐き気を抑えながら、ビビウは一気に言った。「自分の身を守れなかったお母さんに、お母さんを守れなかったワンダ大叔父さんに腹が立った。わたしは十三歳だったけど、もう子供じゃなかった。どうすればアイク兄さんにふり向いてもらえるかもわかってたし、そうしようとも思ってた。好きな人といっしょにいられるなら、なんだってよかった。でも、そのまえにあんなことを……だから、アイク兄さんを殺したのはわたしなんだ」

「おまえのせいじゃない。アイクのバッグにあんな本が入ってたなんて誰も知らなかった」

「わたしのせいで、あんなにやさしい人が意味もなく銃殺された」

ふたりは食事をつづけた。ナタ・ヘイはパンをスープに浸して口に押しこみ、ビビウは皿に残った赤いスープをじっと見つめていた。

「だからおまえは邪行師になったのか？　自分を罰するために？　自分は誰にも愛してもらう資格がないとでも思ってるのか？」

ビビウは顔をうつむけ、口をぎゅっと引き結んだ。

「そんなふうに思うな。いいか、過去に囚われて先の人生を決めつけるな。こっちがいやがっても、愛ってのは向こうからやってくることがある。おまえはまだ十七だろ。これからいくらでも出会いはある。邪行師でいることに嫌気が差したら、そのときはおれみたいにすっぱり辞めりゃいい」

「ありがとう」とビビウは素直に応じた。「でも、いまはそんな話をしてるんじゃない」

ナタ・ヘイの眉間に縦じわが寄る。

「ナタ小父さんはわたしがアイク兄さんのバッグを捨てたことを知ってたんだね」

「なぜそう思う？」

「だって話を聞いても驚かなかったから」

「ワンダから聞いていた」ナタ・ヘイは事もなげにそう切り返した。「おれたちのあいだに隠し事はない」

「幼馴染みだもんね」

「あいつはおれのたったひとりの友達だ」

「そのたったひとりの友達になにをさせようとしてるの？」

「なにって……」

「わたしの早とちりならそう言って」死者に咬みちぎられたナタ・ヘイの左耳をちらりと見やってから、たたみかけた。「でもナタ小父さんちでレフ・ラロウの本を見つけてから、いやな予感が胸から離れない」

夜行列車の冥客に耳をかじり取られるまで、ナタ小父さんとワンダ大叔父さんは同じお師匠さんのもとで邪行修業をしていた。苦労ばかり多くて実入りがすくないうえに片耳まで失ったナタ小父さんは、つくづく邪行師に愛想が尽きて売春宿に駆けこんだ。言ってみりゃ、あれはやくざ者が刺青を入れに行ったようなもんだったな。いつかそう言っていた。女を知ったらもう後戻りはできない、邪行とすっぱり手を切るための決意表明みたいなもんさ。

それからのナタ小父さんは、かつていっしょに修業をした同門たちと距離を置くようになった。そう、ただひとりワンダ大叔父さんを除いて。理由を尋ねたとき、ナタ小父さんは肩をすくめてこう言った。おれがやつらと距離を置きたかったわけじゃない、やつらがおれのことを煙たがっていたんだ、だけどワンダは……わかるだろ？

わかる、とビビウは思った。ワンダ大叔父さんの屈託のなさは、なんと言ったらいいか……そう、あの屈託のなさはじつにマンガ的なのだ。マンガの主人公たちはたとえいろいろ苦悩したとしても、最終的にけっして道を踏み外すことはない。試練はいつだって仲間どうしの絆を深めるために用意されている。それと同じで、ワンダ大叔父さんも自分だけのマンガ道とでも呼ぶべきものを頑なに守っているのだ。ぜったいに友達を見捨てないというやり方で。

ナタ・ヘイは口数が多いほうではないし、いかつい風貌のせいで近寄りがたいところがある。だけどビビウの見るところ、自分で言うほど村人に煙たがられているふうではない。それどころか巡航ミサイルに家を吹き飛ばされたときも、ちょくちょく誰かが後始末の手伝いに来てくれていた。どこにも雄鶏が見つからないときでもちゃんと手に入れてきてくれるし、ときどき邪行の仲介人のようなこともしている。怒らせると怖いがたよりになる男に、村人も一目置いている。

大丈夫、なんの心配もない。ビビウは自分に言い聞かせた。ナタ小父さんがワンダ大叔父さんを騙すはずがない。気のまわしすぎだ。それはわかっている。それでもあれから、ふとしたときにレフ・ラロウの本が頭に浮かんで消えなくなることがあった。

「レフ・ラロウの本当の名前ってなに？」

ナタ・ヘイは黙々とスープを飲み、ビビウは一歩も退かない覚悟で待った。

「そんなことを知ってどうする？」

「どうやって死者を兵器にするの？」

ナタ・ヘイがスプーンを置き、まっこうから見据えてくる。その左目が、なくなった右目のぶんまで鈍く光っていた。

夜行列車を引き連れている邪行師に万一のことがあれば、死者は歯止めがきかなくなる。けれどそうなったところで、せいぜい誰か咬まれるくらいが関の山だ。咬まれたからといってへんな病気に感染するわけでもないし、それに冥客の動きはのろい。ナタ・ヘイのように背中におぶってでもいなければ、そうそう咬まれることはない。

「レフ・ラロウの本は人を幸せにしない。あんな本さえ持ってなければ、アイク兄さんは死なずにすんだ」

ナタ・ヘイの左目が揺れた。

「そんな本を世に出したのはナタ小父さんとワンダ大叔父さん。冥客をどうやって兵器にするのか、わたしには見当もつかない。でも、邪行師が手を貸さなきゃできないってことは想像がつく。わたしはなにも知らないまま人殺しになりたくない。もしあの本のせいでまた取り返しのつかないことが起こったら、今度こそ……」大きく息を吸い、叩きつけるように言った。「わたしはもうどうしたらいいかわからない」

沈黙のなかでその声がゆっくりと四散し、戸外を吹き渡る風の音に置きかわっていった。不安が凝って、押しつぶされそうになる。胸をぐっと押さえつけなければ、呼吸すらままならなかった。

「キーロウ・バイだ」ナタ・ヘイがぼそりと言った。「レフ・ラロウの本名はキーロウ・バイというんだ」

キーロウ・バイ。その名前を口のなかでつぶやいてみた。キーロウという名もバイという姓も、これまでの人生であまり出会ったことがない。すこしまえにバイという軍人と会ったことはあるけれど、思い出せるのは探照灯の明かりを受けた黒いシルエットだけだ。

「ナタ小父さんはあの本を読んだの？　いったいどうやって冥客を兵器につくりかえるの？」

ビビウは意気込んで質問を重ねたが、けっきょくその返事は聞けずじまいとなった。家の扉が勢いよく開き、夜風といっしょにワンダ・ニエが入ってきたからである。

「ワンダ大叔父さん」ビビウは思わず椅子を蹴って立ち上がった。「無事だったんだね！」

「無事に決まってるだろ」旅塵(りょじん)をふりまきながら、ワンダがにっこり笑った。「なんだ、ナタも来てたのか」

「大叔父さん！」ビビウはひっしとワンダに抱きついた。「ぜんぜん帰ってこないから心配してたんだよ！」

「え？」ワンダが目を白黒させた。「すこし帰りが延びるって、ナタには言っといたんだけどな」

「しまった」ナタ・ヘイが申し訳なさそうに頭を掻いた。「いろいろあって言うのを忘れてた」

「いろいろって……」

「あのね、ナタ小父さんちにミサイルが落ちたの」

「ええっ⁉」

「じつはそうなんだ」苦りきった顔でナタ・ヘイがうなずく。「木っ端微塵だよ」

「え？　でも、いつ？」

「おまえがジャカランダへ行ったあとだ」

「もういいの」ビビウはワンダの首っ玉にしがみつき、ほとんど涙声で言い募った。「誰も死ななかったし、大叔父さんが無事に帰ってきたんだもん」

戸口から吹きこむ風はまだいくぶん冷たいものの、たしかに春の息吹が感じられた。家のなかはあたたかく、ワンダ大叔父さんもナタ小父さんもうれしそうで、大叔父さんが床に置いた紙袋からは目にも鮮やかな緑色の毛糸がのぞいている。

ワンダをひっぱってテーブルにつかせると、ビビウは踊るような足取りで台所へ行き、ビーツのスープとパンを持って戻ってきた。自分でも気づかないうちに、古い疑念は新しい懸念に置きかわっていた。ワンダ大叔父さんが帰ってきたんなら、ナタ小父さんはどこで寝ればいいんだろう？　あ、でもナタ小父さんが夜寝て、ワンダ大叔父さんが昼に寝るからいいのか。そんなつまらないことに頭を悩ませていられることが幸せだった。

夜が更けるまで、ワンダの土産話でおおいに盛り上がった。街を薄紫に染めあげる満開のジャカランダ、革命を新婚夫婦のベッドに喩えた粋なバイクタクシーの運転手、ヴォルクのせいにされてしまった老婆殺しの噂――

「けっきょく誰がなにをやったかなんて永遠にわからないんだよ。政府軍がヴォルクに罪をなすりつけることができるんなら、逆もまたしかりだからね」

明け方近くになって、ようやくナタ・ヘイが大きなあくびをして目をしょぼしょぼさせた。いちばん自然な流れとして、ナタ・ヘイとワンダがひとつベッドで眠ることになった。まるで邪行師の修業時代みたいだね。ワンダがそう言って笑った。

自分のベッドに入りながら、ビビウは目を細めてワンダの小さなベッドで押し合いへし合いしている大人たちを眺めやった。ふたりはもちろん新婚夫婦ではないけれど、お互いに毒づきながら一枚の掛け布団を引っ張りあうさまは、たしかに革命のようだった。

そこそこの爆発

二百メートル上空から確認したかぎりでは、南方面軍本部の置かれた高校は部分的に大破してはいるものの、被害は思っていたほど甚大ではなさそうだった。

校舎の窓はほとんど割れているが、建物はいまだ原形を留めていた。体育館の屋根に開いた穴からは、まるで棘の冠のように鉄骨が突き出ている。しかしこちらも校舎同様、修繕すればまた使えそうだった。目視するかぎり、死傷者は多く見積もってもせいぜい数十人程度だろう。

ただし運動場の隅に整然とならんでいたはずの兵舎は、跡形もなく消し飛んでいた。黒く焼け焦げた運動場には野戦病院のテントが増設され、衛生兵がせわしなく駆けずりまわっている。

「十時の方向！」パイロットの声がヘッドセットをとおして耳朶を打つ。「校舎裏の畑に着陸できそうです！」

地上からの攻撃を警戒している機銃手（ドアガンナー）の肩越しに身を乗り出し、パイロットが示した着陸地点を目視する。学校に隣接している麦畑はほとんど無傷で、伸びはじめた青い幼穂（ようすい）が風にそよいでいた。ケーリン・バイはヘッドセットのマイクを口元に引き下げた。

「下ろしてくれ！」

パイロットがうなずき、ヘリコプターを旋回させた。機体がぐっと沈み、地面が迫ってくる。回転翼(ローター)の叩きつけるダウンウォッシュが麦穂をなぎ倒していった。

三分後、ケーリンは麦畑を突っ切り、ちぎれた鉄条網をかいくぐって学校の敷地内に足を踏み入れていた。

上空からはわからなかったが、瓦礫に混じってそこらじゅうに兵士たちの私物が散乱していた。手帳、写真、腕時計、ライター、焼け焦げたピエロ印の缶詰……見たところ、交戦があったというよりは、なにか爆発物にやられたようだ。

情報が錯綜(さくそう)していた。

オソ市で戦況報告をしているときにもたらされたのは、南方面軍本部が敵襲を受けているという報告だった。しかしその後、どうやら自爆テロらしいという情報が流れてきた。そしてヘリコプターの機内では、自爆テロにしては被害が大きすぎるという報告を受けた。

たしかにテロリストが好んで使う手製爆弾、たとえば自爆ベストやスーツケース爆弾がひとつふたつ爆発したくらいでは、これほどの被害が出るはずがない。しかしそれ以上のテロリストの侵入を許すほど、第三旅団も迂闊ではないはずだ。巡航ミサイル？　まさか！　一発数百万ドルもするミサイルを、反乱軍がおいそれと撃てるはずがない。

すでに第一、第二旅団がジャカランダ市を完全に封鎖して捜索を開始している。いま自分がすべきことは状況の把握と心得たケーリンは、レイ曹長を引き連れてまっすぐ野戦病院のテントへ向かった。

負傷兵に話を聞きまわって判明したことのひとつは、なにが起こったのかをきちんと説明できる者がひとりもいないということだった。誰もがただ首をふったり、ため息をついたり、肩をすくめるばかりだった。いまひとつは、自分の率いる中隊がまさに爆心にいたことである。

ようやくテントの隅に横たわっている自隊の兵卒を見つけたときは、ケーリンよりもレイ曹長のほうが鼻息を荒くして説明を求めた。

「気がついたら、ここに寝かされてました」爆風に吹き飛ばされて頭を強打したというその若い兵卒もまた、深々と嘆息した。「本日、自分たちの小隊は非番でした。自分は兵舎で昼寝をしていました。ほかにも何人かが兵舎に残ってて、本を読んだりポーカーをやったりしていました。夕方ごろ、鈴みたいな音が聞こえて目が覚めました。あまり聞いたことのない澄んだ音色で、なんと言うか……頭のなかの深い井戸に石を落として、その水音がいつまでも反響しているような感じでした。それで自分は目が覚めて、ポーカーをやってるやつらのほうを見ました。ひとりがへんな鈴をふってて、誰かがそれは邪行師が忘れていったものだぞと言うのが聞こえました」

ケーリンはレイ曹長と顔を見合わせた。

「自分はまた寝ようとしたのですが、藪から棒に近くで銃声がしたんです」

「誰かが兵舎内で発砲したということか?」とレイ曹長。「敵襲があったんだな?」

「わかりません。自分は飛び起きました……いえ、飛び起きたつもりだったんですが、目が覚めたらここにいました」

「なにか気づいたことはないのか?　爆音とかは聞かなかったのか?」

若い兵卒は力なくかぶりをふった。

ケーリンはあちこちに視線をさまよわせながら思案した。大テントにびっしりとならんだ病床を見るにつけ、もはや認めないわけにはいかなかった。このぶんであれば夏までには内戦を終結させられる？　戦況報告で考えなしに大見得を切ったおのれの口に拳骨をお見舞いしたかった。反乱軍にはまだこれだけの余力が残っていたのだ。

負傷兵にねぎらいの言葉をかけ、レイ曹長に目配せをして外に出ると、べつの兵卒が駆け寄ってきて敬礼した。

「バイ中尉、これから臨時会議が開かれます！　中佐殿に命じられてお迎えにあがりました！」

「どこだ？」

「ご案内いたします！」

引きつづき情報収集をするようにとレイ曹長に命じ、ケーリンは先に立って校舎へ向かう兵卒のあとを追った。

ガラス片や木っ端の散乱する廊下をとおり、血痕の飛び散った階段をのぼって連れていかれたのは、本部三階北側の会議室だった。ドアが開け放たれていたので、ケーリンはそのまま足を止めずに部屋へ入り、かかとを鳴らして敬礼した。

「失礼いたします！　ケーリン・バイ、入ります！」

長テーブルを囲んでいた大隊長、中隊長たちがいっせいに顔をふり向けてくる。会議室のなかはすでに紫煙が充満していた。

「これで中隊長以上が全員そろったな」そう言いながら、第三旅団を率いるボウ大佐が空いている席を顎でしゃくった。「もちろん死んだ者を除いて、という意味だが」

誰も笑わなかった。

静かに椅子を引いて腰かけたケーリンは、ざっと勘定してみた。会議室に参集しているのは大隊長が六人に、中隊長が十六人……つまり大隊長がひとりと、中隊長がふたりもやられたってことか。

「それでは、はじめようか」ボウ大佐が咳払いをひとつした。「第一大隊から順次被害状況を報告してくれたまえ」


ようやく臨時会議から解放され、精根尽き果てて本部建物——つまりは校舎——から出たときには、もう陽がとっぷりと暮れていた。

すでに午後九時をかなりまわっている。なのにいつまでも政府放送が流れないのは、おそらく通信室かスピーカーが破壊されたせいだろうと独り合点した。

自爆テロがあったのはどうやら間違いなさそうだ。煙草をくわえながら、ケーリンは思案した。しかし指揮官クラスが三時間近くも雁首(がんくび)をそろえていたのに、テロリストがどこから侵入したのか、なぜこれほど大量のテロリストの侵入を許してしまったのか、けっきょくなにひとつわからなかった。

夜風に煙草の煙を吹き流しながら、ケーリンは各大隊長、中隊長の報告をひとつひとつ反芻(はんすう)していった……


校舎の屋上で貯水槽の修理をしていた工兵によれば、突然轟いた爆音に腰を抜かして校庭を見下ろすと、兵舎テントの方角から火の手があがっていた。困惑して視線をめぐらせると、体育館のあたりで殺気立った兵士たちがひとりの兵士を取り囲んでいた。取り囲まれている兵士も青灰色の軍服を着ていたので、なにがなんだかわけがわからなかった。仲間の兵士を取り囲んだ兵士たちの輪がじりじりと体育館のほうへ近づいていく。なかではちょうど労働党要綱の勉強会が行われており、新兵を中心に七十人ほどが退屈な思想教育を受けていた。そして兵士たちの輪が視界から消えたかと思うと、一斉射撃の音が聞こえ、つづいて体育館の天井が持ち上がるほどの爆発が起こった。

体育館のなかにいた思想教育担当官は爆心からいちばん遠い壇上にいたため、爆風のせいでひっくり返って後頭部にたんこぶをこさえたものの、五体満足だった。四つん這いになった彼の目に飛びこんできたのは、そこらじゅうに飛び散った肉片だった。ちぎれた手足や銀のロザリオが落ちていた。爆発の直前、彼は外がなんだか騒がしいと思った。すると自動小銃を構えた兵士たちが、ひとりの兵士を取り囲んだ状態で、開け放たれた扉から雪崩れこんできたのである。思想教育担当官は眼鏡の度数が合っていなかったので、いったいなにがどうなっているのか、しかとは見えなかった。しかし耳はいいので、兵士たちが口々にこう叫ぶのが聞こえた。ちくしょうめ、てめえはくたばったはずだろ、地獄から帰ってきやがったのかよ！

もうもうたる硝煙のなかで、思想教育担当官は目をしばたたいた。あたりは阿鼻叫喚に包まれていた。前方に座を占めていた新兵たちは命拾いをしたものの、後方へ行けば行くほど酸鼻な光景が広がっていた。最後部の席、つまり爆心にいちばん近い席には講義の見学をしていた大隊長と中隊長たちがすわっていたはずだ。しかしもはや兵卒たちの血肉と混ざり合って、誰が誰だか見分けがつかなかった。

同じころ、通信室に詰めていた通信兵が動転して廊下に飛び出すと、目のまえを酔っぱらいみたいにふらふら歩いていく兵士がいた。なにがあったんだと声をかけたが、返事がない。廊下の突き当たりまで行くと、その兵士は角を曲がろうともせず、そのまま壁にゴツゴツと体を打ちつけた。ちょうど階段を駆け下りてきた兵士の一団がいて、口々にいったい何事だと叫んでいた。まるで風に煽(あお)られた扉のように体を壁にぶつけていた兵士は、やはりなにも答えない。それで兵士のひとりが焦(じ)れて彼の肩を強く引いた。そのせいでその面妖な兵士は仰向けに倒れ、つぎの瞬間、恐ろしい爆音とともに全員が吹き飛んだ。

前日の夜にこっそり本部を抜け出して女漁(おんなあさ)りをしていた三人組がようやく帰営したのは、翌日の夕刻だった。羽目をはずしすぎた兵士たちは、精も根も尽き果てていた。酒とひと晩じゅうの乱痴気騒ぎのせいで、まだ頭が朦朧(もうろう)としていた。彼らは霊安所の裏の壁を乗り越えた。軍営を抜け出すとき、壁の上に張りめぐらされている鉄条網を一カ所切断しておいたのだ。最初の兵士が壁の上から校庭へ飛び下り、ふたり目の兵士もそれにつづいた。しんがりを守っていた三人目が壁によじのぼろうとしたとき爆音が轟き、仲間たちの怒声が聞こえた。うわっ、なんだこいつ！　と、止まれ、動くな！　それから銃声がして、今度はすぐ間近で爆発があった。しんがりの兵士は倒壊した壁の下敷きになって気を失ったが、まさにこの壁が彼を爆風から守ってくれたのである。

野戦病院のテントから漏れ出る弱々しい灯(あか)りのなかで、忙しく立ち働く衛生兵や軍医たちのシルエットが蠢(うごめ)いていた。

侵入したテロリストはすくなくとも五人ないし六人だ。ケーリンは指を折ってもう一度数えた。目撃証言は得られなかったものの、旧校舎へとつづく渡り廊下も粉々に爆破されていたのだ。

てめえはくたばったはずだろ。指からぶらさげた煙草を吸いもせず、ケーリンはほとんど茫然とあたりを歩きまわっていた。地獄から帰ってきやがったのかよ——どういう意味なんだ？　反乱軍の捕虜になった兵士たちが、洗脳されて自爆テロをやったということか？

が、どうもしっくりこない。

たしかに捕虜になった兵士たちが裏切ったのなら、テロリストどもがこちらの軍服を着ていたことの説明はつく。しかし軍服など、どうとでもなる。それよりも、爆発に先立って銃声がした点のほうが気になる。なんで撃たれてから自爆するんだ？　もし頭を撃たれたら、自爆する暇なんかないというのに。それに人がいない渡り廊下や、霊安所のそばで自爆なんかしたって意味がないだろう。

指先に痛みを感じて反射的に手をふると、ほとんど燃え尽きていた煙草がどこかへ飛んでいった。人差し指と中指のあいだが黒く煤けている。そのときになってようやく、校庭の端に生えているポプラの下にたたずんでいることに気がついた。

煙草をもう一本くわえ、火をつけて深々と吸いこむ。真新しい煙が体内を駆けめぐり、脳を痺れさせた。くそ、知ったことか。煙にまかれた思考はなまくらになり、長距離飛行の疲労と相まって、どうとでもなれという気分になる。おれは今日ここにいなかったんだ、責任を取らされるのはおれ以外の誰かさ、そうだとも。

そう考えて、やっとすこし気分が盛り返してきた。だからほんの煙草一本分だけ、頭を空っぽにしておくことができた。何気なく見上げると、樹の枝にヘルメットがひっかかっていた。それがクリスマスツリーの飾りつけのように見えた。つまり、自分とはなんの関係もないような気がした。自分と無関係な物事は、断固として無関係なままにしておく。それがこの国で長生きする秘訣なのだ。最後にひと吸いして煙草をはじき飛ばしたとき、小さな火が飛んでいった先になにか金属質なものが落ちているのが目に入った。

ほとんどなにも考えないまま腰を折り、下草のなかからそれを拾い上げて煤を払った。どうやら兵士の私物のようだ。今朝まで兵舎があったあたりを、いまや焼け焦げた地面しか残っていないあたりを眺め渡す。ここまで百五十……いや、二百メートルくらいはありそうだぞ。ケーリンはそのちっぽけなカメラをためつすがめつした。旧ソ連製の古いフィルムカメラだった。そして、こう思った。もしあんなところから飛ばされてきたんなら、そこそこの爆発だったはずだな。

仕事ちゅうにマンガを読んではいけません

叫魂鈴がないことにワンダ・ニエが気づいたのは、たっぷり寝たあとで雑嚢から邪行道具一式をひっぱり出したときだった。

すでに陽は傾き、宵の明星が山並みの彼方にのぼっていた。

「あれ？」ベッドの上にぶちまけた雑嚢の中身を、ワンダはあたふたと手で掻き分けた。もちろんそのまえに、大事なマンガは本棚へ戻しておいた。「えーと……なんでかなあ、おかしいな」

「ワンダ大叔父さん」ビビウは押し殺した声で呼びかけた。

「なくすはずがないんだけどなあ……ちゃんとここにしまったはずなんだよ」

食卓についたナタ・ヘイのぎょろぎょろした目が、ふたりのあいだを行ったり来たりしていた。

「ワンダ大叔父さん」

「いやいやいや、あるあるある！」向かい側のベッドからビビウがゆらりと立ち上がるのを見て、ワンダはいっそう尻込みした。「ぜったいどこかにあるから――」

「なんで？」

「……え？」

「これで何個目だと思ってんの？」

ナタ・ヘイがそっと立ち上がり、足音を忍ばせて部屋を出ていった。

買えばすむという問題ではない。たしかに叫魂鈴自体は、どこででも手に入る。だけど、叫魂鈴と邪行師の波動を同期させるには長い時間がかかる。すくなくとも野良猫を手懐(てなず)けるくらいの手間暇はかかる。そして同期がすんだ叫魂鈴は、この世でただひとりの邪行師を正当な持ち主だと認める。以降は施解同鈴の戒めに従って、呪術を施すのも解除するのも同じ叫魂鈴で行わなければならない。おそらくは邪行術の開祖蚩尤(シユウ)がそのように定めたのだが、むかしはワンダ大叔父さんのようなおっちょこちょいが邪行師になるなんて思いもよらないことだったのだろう。

叫魂鈴をなくすなんて！

「邪行の途中でなくしたらどうするつもりなの？　どうやって冥客をお連れするつもり？　それとも蚩尤様みたいに自分の魂を使って冥客をあの世へ送り返すの？」

「ビ、ビビウ……」

「ワンダ大叔父さんって、なにをなくしてもマンガだけはぜったいなくさないよね」まるでこれから後輩に焼きを入れるスケバンみたいに、ビビウがぬっと仁王立ちになった。「もうこれからはマンガを持って仕事に行くの禁止ね」

まどろみ

サンソルジェークへと戻る軍用機のなかで被害状況の報告を受けたあと、軍務大臣のクエイ・リーは抗不安剤を半量服(の)んだ。

気圧の変化と相まって、すぐに現実が薄いカーテンの向こう側へと遠のいていく。不安はいろんなかたちをとって現われる。月、魚、虫、道化師。今回は砂だった。薬によって侵食された砂の楼閣がさらさらと崩れ、足下に積もって無辜(むこ)の死者たちをおおい隠していく。死傷者は現時点で確認できただけで百十六人、今後もっと増えるだろうとのことだった。

彼は窓から夜空に輝く金星を眺め、それから電話を何本かかけた。報道官には、明朝ジロン・ジャンが読むはずの公式発表原稿をこちらに送るよう求めた。

「死傷者数は如何(いかが)いたしましょう？」衛星回線を伝わって声が返ってくる。

軍務大臣はすこし考えてから送話口に言った。「三倍程度に増やしておけ」

「かしこまりました」

電話を切ると、側近に向かって「ジャン将軍につないでくれ」と命じた。黒いスーツを着た側近は手早く望みをかなえてくれた。電話を受け取ると、軍務大臣は小さなため息をついてから耳にあてがった。

「将軍、お休みのところ申し訳ありません」

「ルガレのテロの件だな？」受話口からあくびが漏れ出た。「どうなった？」

　軍務大臣はかいつまんで被害状況を説明し、明日の朝の政府放送で発表する死傷者数を伝えた。

「三百五十人程度ということにいたしました。あまり多いと兵たちの家族が騒ぎますし、あまりすくないと反乱軍に対する反感を煽れませんので」

「本当は何人だ？」

「百二十人ほどです」

「ヴォルクの仕業か？」

「如何(いか)ようにも。我々がヴォルクの仕業だと発表すればヴォルクの仕業です」

　回線が沈黙した。

「ご心配にはおよびません。どんなことが起こっても、わたしがかならず風向きを変えてご覧に入れます。閣下はご自身が信じた正義をただカメラのまえで率直にお話しになればよいのです」

「クエイ」と、まるでロッカールームにいるチームメイトみたいにファーストネームで呼びかけてくる。「きみがいてくれてどれほど心強いか、わたしがどれほど感謝しているか、きみにはわからんだろうな」

「もったいない」軍務大臣は気を引き締めた。「閣下あっての我々閣僚です」

「ときどき、これでよかったのかと考えてしまうことがあるよ」

　軍務大臣は電話を持ち直した。

「国を良くするためにわたしたちは戦ってきたが、国民はこんなにもわたしのことを憎んでいる……なあ、クエイ、わたしたちはいったいどこで間違ってしまったんだろうな」

この古ダヌキめ、と軍務大臣は内心吐き捨てた。いいだろう、このわたしと遊びたいというのなら、とことんお付き合い申し上げよう。

「閣下は毫（ごう）も間違っておられません」大きく息を吸い、きっぱりと言った。「中産階級（ブルジョワジー）のための国をつくれば無産階級（プロレタリアート）が不満を抱きますし、逆もまたしかりです。むかしから部族どうしの争いが絶えなかったこの国では、民主主義は弱さとみなされます。力の後ろ盾がなければ、誰も言うことを聞いてくれません。ルガレ人は閣下のお力を見極めようとしているだけです。弱気になられますな。ここできちんと屈服させておかなければ、ほかの地方でも反体制勢力が台頭するでしょう」

「きみが見るに、今回のテロはなにがいちばんの問題だね？」

「賢明なる閣下に申し上げるまでもありませんが、今回のテロでいちばんの問題は死傷者が全員軍人だという点です」

　短い沈黙のなかで軍務大臣は、秘密警察に拘束されて家から連れ出されるおのれの姿を見ていた。灰色の背広を着た冷酷な男たちに手錠をかけられ、二十年の徒刑のはじまりの場所となる保安省へと連行される。昨日まで電話でやりとりしていた友人たちが、こちらの罪状を記した書類にサインをする。彼らの無表情な顔がひとつ残らずこう語っている。この国のルールは知ってるだろ、テストではつねに百点を求められるんだ、きみはたったひとつだが、解答を間違えたのさ――

「きみはいつでもわたしの期待に応えてくれる」ジロン・ジャンの満足げな声が頬にかかった。「きみがいれば、わたしがいなくなってもこの国は安泰だ」

「閣下にはまだまだお元気でいてもらわねばなりません。国民の父として、党の羅針盤として、わたくしの師として」

ジロン・ジャンの含み笑いが聞こえたような気がした。そう、この国ではただのひとつも誤答は許されないのだ。

「二度とこのようなことがないようにたのむよ、クエイ」

「はっ！　二度と、けっして」

通話を切り上げ、詰めていた息をどっと吐き出した。前方の席に収まっていた側近がちらりとふり返る。もしこいつがその気なら、ホクロとの電話のあとでため息をついた上官を密告することもできるだろう。

かたわらのシートに放り出してある水色の表紙の本を見下ろしながら、軍務大臣はいったいどこで手違いがあったのだろうかと思案した。プラスチック爆弾を仕込んだ死者たちは、軍用機でサンソルジェークへ運ぶ手はずになっていた。手始めにオソ市の烈士站を使わなかったのは、辺鄙なジャカランダ市のほうが人目につかないだろうという判断からだ。それがなぜこんなことに？　なにしろ首都から千五百キロも離れたジャカランダなんかで爆発する予定ではなかった。かてて加えて民間人をひとりも巻き添えにすることができなかったのだから、なんとしても詮ないことだ。これでは反乱軍の残虐性を内外にアピールできない。失態だ。ホクロの気分次第では、こちらの首が飛ぶところだった。

抗不安剤のせいで、しばし阿片を吸った中国人のように放心した。それから気を取り直し、国営放送局に電話をつないでもらった。保留音の耳障りなメロディを聞きながら、軍務大臣はこんな国に生まれ落ちてしまった不運にむかむかと腹が立ってしようがなかった。しかしいちばん業腹なのは、おのれの臆病さだった。

臆病者とは服従することにだけ勇敢な者のことである――水色の表紙の本にちらりと目を走らせる。

まさしくこのレフ・ラロウなる男の言うとおりだ。たしかそのフレーズのすぐあとで、この謎の反体制作家はシェイクスピアの言葉を引いていた。「臆病者は現実の死を迎えるまでに何度でも死ぬものだ。勇者にとって、死の経験はただ一度しかない」（『ジュリアス・シーザー』より）。

今日の地位にのぼり詰めるまでに、わたしは幾度死んだことだろう。軍務大臣はそっと嘆息した。妻を密告し、妻の愛した男を密告し、そしていままた妻のたったひとりの息子を断頭台へ押し上げようとしている。

そんなわけで、ようやく政府放送の担当ディレクターが電話口に出たときには開口一番、いますぐ社用機を飛ばして現地の映像を押さえておけと厳しい口調で命じた。

「明朝の放送には間に合わんだろうが、夕方にはかならず間に合わせろ。政府放送後の定時ニュースにのせるんだ。死者名簿を送らせるから、遺族の画も押さえておけ」

「承知いたしました。ジャン将軍ですら胸が張り裂けてしまうような画をつくっておきます」

「いまのひと言できみを二十年ぶちこめるぞ」

相手がしどろもどろになった。

「口は災いの元だ。閉じていられるうちは閉じておいたほうがいい」

それだけ言うと、もごもごと謝罪するディレクターにかまわず電話を切った。そして、箴言をひとつ思いついた。臆病者はおのれより臆病な者を軽蔑する。ため息をつくと、まるで流砂にでも呑まれるみたいに座席に沈みこんだ。鉛のような疲労が目の奥で脈動していた。

活字を読む気にはなれなかったが、手が勝手に罪つくりな本に伸びていた——レフ・ラロウ著『ルガレ地方における死者の兵器活用に関わる一考察』。保安省にある禁書保管庫から、しかるべき手続きを踏んで持ち出したものである。

開き癖がついているせいで、何度も読み返したページがひとりでに開く。そこには腹腔内(ふくこうない)に爆薬を詰めこまれた死者の起爆方法が、図解付きで詳しく記されていた。むかしの中国人は良いことを言った。「彼を知り己を知れば百戦殆(あや)うからず」(『孫子』「謀攻」より)。失笑を禁じ得ない。ジャン政権の転覆を目論(もくろ)んだレフ・ラロウという男のおかげで、いまやなんの罪もない邪行師までもが政権のプロパガンダに利用されてしまうというわけだ。

死者の腹に内蔵する圧力感知式信管の断面図を眺めるうちに、知らず知らず目を閉じていた。規則正しいエンジン音がだんだん遠ざかる。安定した巡航速度と、眠りの淵へと落下していく感覚が、ベンゾジアゼピンの薬効によってゆるやかに折り重なってゆく。爪先から流れ出る砂は、いまや彼の足下にこんもりとした砂丘をこしらえていた。

降りそそぐ砂のなかで、彼は美しい妻と午後の紅茶を飲んでいた。レコードプレイヤーから流れてくる「アメイジング・グレイス」に包まれて、ふたりは言葉もなく見つめあう。彼は真実に触れたような気がして、思わず身を乗り出してテーブルの上の妻の手を取る。たったそれだけのことで、余分なものがティーカップから立ちのぼる湯気に溶けていった。ジョン・ニュートンになれなくてもいいのよ。肯定に満ちたシャリンの瞳がそう言っている。この歌を忘れなければそれでいいの。

ああ、そうだねシャリン。クエイ・リーの閉じた瞼から涙が流れ落ちた。でも、ぼくのような悪党を救ってくださる歌はまだあるのかな。大都会の網の目のような灯火を眼下に見ながら、まどろみにたゆたう軍務大臣を乗せた軍用機は、すべての正しきものをその翼にのせて飛んでいく。まるで少年時代に仰ぎ見た紙飛行機のように……

ネズミの国

一斉射撃の銃声に、ケーリン・バイは跳び上がった。

寝具を撥ね飛ばし、反射的に枕の下から拳銃をひっぱり出す。が、息を荒くしながら銃口を向けた先には——なにもない。

窓の外に見えるのは、明けやらぬ夜だけだった。首をめぐらせると、廊下側の窓に夜哨の淡い影がある。誰かが屁をこき、誰かが鼾をかき、誰かがむにゃむにゃと寝言を言っているほかは、四人の尉官が共同で使用している寝所は静まり返っていた。耳に入るものといえば、早起きの小鳥たちの囀りだけである。それでも胸に手を押し当てて心臓の鼓動を感じるまでは、生きた心地がしなかった。

濃い靄のなかを、ほかの兵士たちと一列になって歩いていた。一歩足を踏み出すたびに靄が音もなく割れ、また閉じていく。どこへ向かっているのかもわからぬままにずんずん歩いていると、いつのまにか壁のまえに立たされている。靄の向こう側には人影がいくつかたたずんでいる。どれもまるで杭のように微動だにしないが、銃殺隊だということはわかる。逆巻く靄の切れ目から垣間見える鈍色の顔は、この世のものではない。ケーリンはすっかり混乱してしまう。おれは生きている。やつらは死んでいる。だけどじつはやつらのほうが生きていて、おれはもう死んじまったのか？　チリーン、チリーン、という鈴の音が忍び寄り、死者たちが自動小銃を構えてこちらに狙いをつける。やつらの指揮官が手にした軍刀をふり上げる……

パンツのなかまでびっしょり汗をかきながら、ケーリンは大きく息をついた。夢とわかって心底安堵してしまうような悪夢には、しばらくお目にかかっていない。そしてそんな夢を見れば、神様がなにか警告しているのではないかと勘繰らずにいられなかった。

ベッドを抜け出し、裸足のままぺたぺた歩いて窓辺へ行き、死者に銃殺される夢の意味するところをぼんやり考えながら、窓台に置かれているヤカンから直接白湯を喉に流しこんだ。

と、夢のなかからあふれ出した靄が不意に晴れ、思わずむせてしまった。はっきりと見えた。死者の銃殺隊を指揮していたのは誰あろう、ジロン・ジャンその人だった。そうだ、ホクロだ。逆流した水が口から鼻から噴き出し、激しく咳きこむ。わかってたことじゃないか、あの夢はホクロがおれを殺そうとしているというお告げだったんだ！

兵舎でポーカーをやっていた連中が持っていたという鈴、通信兵が見たという不審な兵士、ポプラの樹の下で拾ったカメラに写っていた邪行師、爆破された無人の渡り廊下、体育館が吹き飛ばされたときに思想教育担当官が耳にした兵士たちの叫び――てめえはくたばったはずだろ、地獄から帰ってきやがったのか、い、い、い、い、い、い、いかよ。

くそったれ。頭のなかで回転していたスロットマシーンがピタリピタリと髑髏の図柄をそろえ、大当たりのファンファーレが鳴り響く。下手をしたら、こりゃ正夢になっちまうぞ。よろめいた拍子に、窓台からヤカンを払い落としてしまった。藪から棒に響き渡った大音に夜哨がドアから顔をのぞかせ、眠りを妨げられた同僚たちが怨嗟の声をあげる。

そんなことにかまってはいられなかった。下着に白いTシャツ姿のまま廊下に飛び出すと、ケーリンは目を丸くしている夜哨を突き飛ばし、ついでに廊下に置いてある琺瑯の痰壺も蹴飛ばし、そのまま階段を駆け上がって通信室に飛びこんだ。

「至急オソ市の本部につないでくれ！」

テーブルに足をのせて煙草を吸っていた通信兵はこのような緊急事態に慣れているのか、敬礼を省略し、煙草を口の端にぶらさげたままあわてず騒がず上官の命令に従った。

すぐに応答があった。

「南方面軍第三旅団第七大隊のケーリン・バイ中尉だ！」無線機のスピーカーマイクをひったくって吼えた。「本日、戦死者の首都への移送はどうなってる⁉」

ノイズ混じりの声で「少々お待ちください」と返ってきた。

「待て！」遠ざかろうとする声を引き留める。「おれがそっちへ行くまで、戦死者を動かすな！」

「しかし、わたしの一存では……」

「いいか、これは緊急事態だ。きみの名前は？　……よし、ブッキー・ルウ上等兵、いまから言うことをよく聞け。すぐにこちらの上層部からそっちの上層部に話をとおしてもらう。それまでぜったいに烈士站の戦死者を動かすな。誰も近づけるな。もう輸送機に積みこんでるなら、その機はぜったいに飛ばすな。さもなきゃ、ブッキー・ルウ上等兵、おれも貴様も仲良く銃殺だぞ！」

スピーカーマイクを投げ捨てると、またもや竜巻のように通信室を飛び出し、階段を一足飛びに駆け上がり、明け暗れの廊下を全速力で走りぬけた。猫に追われるネズミのように死にもの狂いで走ったし、実際、ネズミになってしまったようなみじめな気分を嚙みしめていた。

この国にいるのはネズミだけだ。痩せたやつ、肥ったやつ、勇敢なやつ、卑怯なやつ、抜け目のないやつ、不器用なやつ……ネズミはどこまでいってもしょせんネズミで、ちがいがあるとすればジロン・ジャンという猫に引き裂かれる順番だけなのだ。

第三旅団を率いるボウ大佐の私室にたどり着くと、わかっていたことではあるが、番兵たちに押しとどめられた。

下着とTシャツしか身につけておらず、靴すら履いていない第七大隊所属の中隊長を目の当たりにして、ふたりの兵士はうろたえた。

「おさがりください、バイ中尉」ひとりがおずおずと両手を挙げて制止した。「ここから先へはおとおしできません」

もうひとりは敬礼すべきか銃口を向けるべきか決めかねていたが、制止を乱暴にふりきろうとするケーリンを見て色をなした。

「わたしたちは中尉殿が訪ねてくることを知らされておりません！」そう叫んで、仲間に加勢した。「このままおとおしするわけにはいきません！」

「緊急事態だ！」自動小銃を楯に押し返してくる兵士たちに、ケーリンは剣突を喰わせた。「どけ！いますぐボウ大佐にお話ししたいことがある！」

「大佐殿はまだお休みになっておられます！」

「だったら起こしてくれ！」

おのれの職分に忠実な番兵たちがさっとケーリンの全身に目を走らせる。凶器を隠し持っているふうではない。どうやら頭に変調をきたして大佐を殺しに来たわけではなさそうだ。それにしてもパンツ一丁の丸腰で大佐を起こせとわめくバイ中尉の形相は尋常とも思われず、一兵卒の身としては引くに引けず、かといって強く出ることもできなかった。

「ボウ大佐！　ボウ大佐！　第七大隊のケーリン・バイです！　大事なお話があります、ボウ大佐！」

揉みあううちにひとりがケーリンの肘鉄を喰らって吹き飛ぶと、とうとう業を煮やしたもうひとりが実力行使に出た。規則を破ろうとしているのは中尉だがおれたちが守っているのは大佐だ、なにを遠慮することがある？

「落ち着いてください、バイ中尉！」血迷った中尉を床尾で殴り倒すと、これが最後通牒だとばかりに銃口を突きつけた。「大佐にお話があるなら直属の大隊長をとおしてください！」

その必要はなかった。部屋のドアが開き、サンタクロースみたいなナイトキャップをかぶったボウ大佐が顔を出したのである。

「なんだ、騒々しい」

兵士たちが背筋を伸ばして敬礼し、冷静なほうが状況を説明した。

「緊急事態だと？」

「からくりが……」殴り倒されたケーリンは視界に飛び散った星をふり払うために目をしばたたき、首をふった。「テロのからくりがわかりました」

「なんだと？」

眉根を寄せたボウ大佐は、麾下の中尉風情をまじまじと見つめた。血の気の失せた顔、目の下には黒々とした隈ができている。下着から伸び出した筋肉質な脚に、古い銃創がふたつばかりあった。白いシャツの肩口に点々と赤いものがついている。見ると、ほとんど銀色といって差し支えない金髪の、こめかみのあたりが血に染まっていた。

「ボウ大佐、いますぐオソ市の本部に連絡して烈士站の死者たちを動かさないように命じてください」よろよろと立ち上がったケーリンは、頬を流れ落ちる血を手でぬぐい取った。「爆発物処理班の手配もお願いします」

その三時間半後、すなわち午前八時四十分には、ケーリン・バイはオソ市の飛行場に降り立っていた。

ヘリコプターの巻き起こすダウンウォッシュのなかで、サングラスをかけた本部の尉官が待っていた。

ケーリンとレイ曹長が敬礼して所属を告げると、軍服の肩についている階級章から大尉とわかる男はさっそく本題に入った。

「だいたいの報告は受けている。死人はそのままにしてあるし、爆発物処理班も待機している」

先頭に立って歩きながら、大尉は回転翼(ローター)の音に負けじと声を張った。滑走路の先に停まっている旧ソ連時代のイリューシン76輸送機を指差す。

「本日の〇八〇〇(マルハチマルマル)時にサンソルジェークへ飛ぶ予定だった」

「もう戦死者を積んでいるのですか？」

返事がなかったので、ケーリンはそれを肯定と解釈した。背中を冷たい汗が流れ落ちる。あとすこし遅れていたら、爆発物を仕込まれた死体が首都へ送られてしまうところだった。

ボウ大佐を説き伏せるためにテロのからくりを看破したようなことを口走ったが、じつのところ、なにか肝心な点を見落としているような気がしてならなかった。

邪行師があのちっぽけな鈴をふって死人を操ることはわかっている。おそらく死人に爆発物が仕込まれていることも見当がつく。起爆方法の問題も、生身の人間が自爆テロをやるときに使う雷管ではなく、時限式もしくは圧力感知式の信管を使えば解決できる。

あとは邪行師さえいれば、このやり方である程度は希望どおりの場所を攻撃できるだろう。が、そのためにはまず邪行師が死者に接近せねばならない。すくなくとも、あのくそったれの鈴の呪力がとどくくらいには。ジャカランダ市の南方面軍がやられたのは、邪行師が置いていった鈴を阿呆な兵隊が面白半分に鳴らしたからだ。たまたま兵舎のとなりが霊安所だった。だから死人に鈴の呪力がかかった。

だけど、その手はもう使えない。ケーリンは先行の大尉が目指す格納庫を見やり、周囲を仔細に観察した。この飛行場に設置された烈士站は、滑走路と荒れ地に囲まれている。不審者が近づけばかならず気づくし、そもそもこんなところで爆弾を炸裂させてもなんの意味もない。

サンソルジェークだって同じだ。ホクロが首都空港へ戦死者の出迎えに来ないように、すでに上層部が連携を取っている。だから邪行師を首都に送りこんでホクロを吹き飛ばそうにも、残念ながらもうかなわない。どう考えても、いま目のまえにある爆弾を解除してしまえば、今回のテロ騒動は一件落着だ。それでも、なにか……なにかを見落としているような気がしてならない。

烈士站として使用している格納庫まであと百メートルほどのところで、飛行場のいたるところにしつらえられたスピーカーからいっせいに国歌が流れだした。腕時計をのぞくと、午前九時ちょうどだった。これから定時の政府放送がはじまるのだ。いつもより一時間ほど遅れているのは、昨日のテロ騒動のせいだろう。

ケーリンは内心で舌打ちをし、先行の大尉に倣った。すなわち、さもあの雲の彼方にいと高き将軍様がいらっしゃるかのように心持ち顎を上げ、父なる将軍様のためならばこの心臓を捧げても惜しくはないという想いをこめて右手を左の胸に押し当て、国家の総鎮守たる将軍様の威光にかしこまって国歌に聴き入った。

それがベラシアのルールだ。その証拠に、となりにたたずむレイ曹長もまったく同じようにしている。従わぬ者には密告あるのみ。卑劣な密告を愛国心に見せかける術を、この国に生きるネズミたちは生まれながらに叩きこまれている。自分さえ生き延びることができれば、あとは野となれ山となれだ。

国歌が終わり、つづいてジロン・ジャンの訓話がはじまった。

なんという時間の無駄遣いだろう。物心ついたときから三十年近く聞かされているが、一回十分として一日二回、それが三十年なら、おれはもう三千六百時間以上もこいつの戯言(たわごと)に付き合わされていることになる。無聊(ぶりょう)にまかせて、ケーリンは頭のなかで数字をもてあそんだ。日数にすれば百五十日ほどか。

ふむ、三十年で百五十日なら思ったほど長くもないのかもしれない。すくなくとも政治犯として有罪判決を受けたら一律二十五年の強制収容所(ラーゲリ)送りだった旧ソ連とくらべれば、まったくもってものの数ではない。意味もなく落胆してしまった。むかしのソ連の善男善女がいまのベラシアに来たら、アメリカに来てしまったと勘違いするかもしれない。

朝のお勤めが終わり、大尉がふたたび大きな図体をした輸送機目指して歩きだす。ケーリンは遅れまいと歩調を速め、それはレイ曹長も同じだった。

ほとんど無風だったせいか、輸送機に近づいてはじめてほのかな腐臭が鼻先をかすめた。姿は見えないが、カラスたちがやかましく鳴き交わしている。死臭に興奮しているのだ。

輸送機のタラップのまえには防護服に身を固めた爆発物処理班と、長い刺股（さすまた）を携えた一個小隊三十人ほどの兵士が待機していた。

「さてと」大尉がふり向いて言った。「すべてきみの指示どおりだ。あとはお手並み拝見といこうか」

ケーリンはうなずき、処理班の面々に向き合った。よくとおる声で所属と氏名を告げ、単刀直入に本題に入った。

「すでにブリーフィングは受けていると思うが、我が軍の戦没英雄たちの体に爆弾が埋めこまれている可能性がある。敵の目的は知らんが、我々の目的はそれをひとつ残らず解除することだ」

数人がうなずいた。

「南方面軍本部でのテロでわかったことは、邪行師に操られた死骸はいつ何時起き上がってこないともかぎらんということだ。もしかすると諸君の作業ちゅうに動きだすかもしれない……まあ、その可能性は低いと見ている。どうやら邪行師は鈴を使って死骸を操るようだが、ご覧のとおりここは見晴らしがいい。周辺の道路でも検問を実施している。不審者がここまで近づくことはありえないだろう。脚を損傷しているのはあとまわしでいい。自力歩行できそうなやつを先に調べてくれ。しかし、万一のときはどうか冷静に対処してほしい。死骸の爆弾には圧力感知式の信管がついているかもしれない
——なにか質問は？」

ひとりが手を挙げて発言した。「冷静に対処するって、具体的にはどうすりゃいいんですか？」

「総員すみやかに機内から退避してくれ。たとえ爆発したとしても、被害を最小限に食い止めたい」

「もしおれが中尉殿なら」その処理班員がひょいと肩をすくめた。「まず死体を全部外に運び出して、歩けそうなやつの脚を縛っておきますけど」

ケーリンとレイ曹長は顔を見合わせた。

大尉が鼻で笑い、兵隊たちはそんなことも思いつかなかったのかという冷めた目をしていた。ため息まで聞こえてきそうだった。やれやれ、こんなやつがおれたちの上官だなんてな。

声を発する者はおらず、カラスどもでさえ鳴りを潜めていた。

天空をおおう灰色の雲が、灰色の滑走路にのしかかっていた。死者たちを腹に収めたイリューシン76輸送機は、さながら巨大な棺桶（かんおけ）のようだった。


小隊を総動員して機外へ運び出した遺体袋は都合三十八、滑走路にならべるとだいたい二十五メートルほどの長さになった。

足首と太腿（ふともも）の二カ所を拘束バンドで縛られた遺体袋のファスナーを、兵隊たちがつぎつぎに開けていった。

ファスナーが引き下ろされるたびに三十八とおりの人生、三十八とおりの憂鬱、三十八とおりの後悔、三十八とおりの祈りが十把一絡（じっぱひとから）げに死相をさらしていく。虚（うつ）ろに開かれた口、鼻孔に詰まった血の塊、濃い死斑、薄い死斑、閉じられた瞼、半開きの目……個人的な物語は灰一色に塗りこめられ、もはやどんなに目を凝らしても、死以外のなにも見えない。スイス製の時計のようにつつがなく進行する腐乱のまえでは聖書もショパンの葬送行進曲も、なにもかもが嘘っぱちだった。

「軍服を脱がせるときは気をつけろ！」兵士たちのあいだをのし歩きながら、レイ曹長が注意を促した。「トラップが仕掛けられてるかもしれんぞ！」

ケーリンがしゃちほこばった顔で兵士たちの作業を監視していると、大尉が近づいてきて煙草を差し出した。

「高くついたな」とライターで火をつけてくれながら言った。「正直なところ、おれも烈士站っての は人道的ないいアイデアだと思ったんだが」

ケーリンがうな垂れると、大尉は自分も一本くわえて火をつけた。

ふたりは吹きさらしの滑走路で煙草を吸いながら、死者の体をあらためる兵士たちを眺めやった。いつのまにか、カラスが数羽、輸送機の尾翼にとまっていた。

「理想を抱くのはいいが、この国では失敗したときの代償が大きすぎる。それに誰かの理想が、誰かの妨げになるってこともある」

ケーリンは黙って煙草を吸った。

「家族はいるのかね、バイ中尉？」

「いいえ」

「ご両親は？」

「わたしは愛国児童施設で育ちましたので」

「それなら、なぜこんなところでもたもたしている？」

ケーリンはきょとんとした。

「烈士站はきみの発案だ。それを反乱軍に利用された……きみはどんな筋書きを期待してるんだ？」

煙に目を細くしながら、大尉が皮肉った。「きみにはこの国に留まる理由がない。いまごろホクロが軍務大臣に電話をかけてるかもしれんが、つぎのテロを未然に防いだきみの叙勲について話し合っているとでも？」

昨日の戦況報告の席上にいたあの軍務大臣の姿が脳裏に甦る。下ぶくれの顔は一見人が好さそうだが、古めかしい丸眼鏡の奥の双眸は、幾重にも張りめぐらされた国家規模の陰謀を抜かりなく差配しているかのような底知れない光をたたえていた。きみのような子供はじつにたくさんいたからね。温和なその声音は、同情心に満ちていると言ってもいいほどだった。つまり、反体制的な親を持った子供たちが。

　この大尉の言うとおりだ。おれはこんなところでなにをやっているんだ？　煙を深く吸いこむと肺が苦しいほどに膨張し、胸にこびりついた余計なものがパラパラと剝離していった。やっぱり烈士站なんて、ろくでもない思いつきだったんだ。くだらない山っ気のせいで身の破滅だ。亡命という二文字がにわかに現実味を帯びる。自分がただ指をくわえてぼうっと死を待っているだけのマヌケに思えた。焦燥が軍靴の底からじわりと這い上がってくる。もしこのとき兵士たちのほうになんの動きもなければ、わっと叫んで逃げ出していたかもしれない。

「ありました！」

　その声がケーリンの思索を断ち切った。

　死体の上にかがみこんでいた兵士たちが色めき立ち、ショーの幕開けを察したカラスたちがいっせいにガアガア騒ぎだす。

「腹のなかになにかあります！」

　大尉が煙草を投げ捨てて、大声で呼ばわる兵士のもとへ向かう。

　ケーリンもあとにつづいた。防護服を着た爆発物処理班をレイ曹長が急き立てている。こっちもです、大尉殿！　こっちにもありました！　という声がつぎつぎにあがった。

やはり思ったとおりだ。上着を脱がされ、死斑の浮いた青白い上体を衆目にさらしている死者たち。麻紐で乱雑に縫い合わされた腹部を処理班が慎重に切開すると、はたして腹腔内に紙粘土のようなプラスチック爆弾がぎゅうぎゅうに詰めこまれていた。

「やっぱり圧力感知式ですね」分厚いグローヴをはめた手で処理班員が指し示したのは、ガラスの試験管のようなものだった。「この上なく単純なつくりですよ。外部から圧力が加わってこのヒューズが割れることで起爆する仕掛けです」

爆発を目撃した兵士たちは、ほとんど全員が爆発の直前に銃声を聞いている。唯一の例外は、通信兵からあがってきた報告だ。当該通信兵は、壁にゴツゴツと体を当てつづける面妖な兵士を目撃している。で、ほかの仲間たちがその兵士を引き倒したとたん、爆発が起こった……ケーリンはぐっと奥歯を嚙みしめた。銃撃ないし倒れた拍子に、死人の腹のなかのヒューズが割れて爆発を引き起こすという寸法だ。

裏にいるのは反乱軍かもしれないし、ヴォルクかもしれない。あるいは気骨ある邪行師たちの仕業かもしれない。

が、もはやそんなことはどうでもよかった。ひとつの筋書きがケーリンを捉えて離さなかった。反体制的な両親を亡くした孤児が国を恨み、テロリストに加担した——くそったれ、完璧だ。おれの死刑執行命令書に署名するときも、あの軍務大臣の野郎はきっと小春日和みたいに微笑んでやがるんだ。

「烈士站はこれにて閉鎖だな」ぶらぶらと歩き去るまえに、大尉が嘲笑混じりにそう言った。「早い話が、おれたちが考えなければならないのはうまくいったときのことではなく、失敗したときのことなんだよ」

ああ、それこそがネズミの国で守るべきルールなのだ！

終わってみれば、三十八体のうち、十一体に爆弾が仕込まれていた。処理はいたって簡単で、ガラス製のヒューズを引っこ抜くだけだった。トラップはなし、犯人の遺留品もなし。

「バイ中尉」背後でレイ曹長が耳打ちをした。「こうなったら邪行師を片っ端からしょっぴきましょう」

二秒考えて、ケーリンは首肯した。

銃殺必至のこの窮地を脱するには、あの不吉な邪行師どもを皆殺しにして禍根を断つしかない。偉大なるジャン将軍に楯突いたらどうなるか、満天下に知らしめるのだ。あとは運さえ味方してくれれば、流刑くらいですむかもしれない。いまなら、とケーリンは心から思った。おれはホクロのケツにだってキスをするだろう。それがおれという人間で、それ以外の何者でもない。ネズミのなにが悪い？　ネズミだって生きていかなきゃならないんだ……

石鹼のにおい

政府軍が軍用トラックを連ねてやってきたのは、ジャカランダ市の南方面軍本部襲撃から三日後のことだった。

夢うつつに犬の声が聞こえてきたと思ったら、突然ドアが蹴破られた。邪行師にとっては深夜とも言うべき時間帯、すなわち午後三時過ぎのことである。

肝をつぶしたビビウがベッドから跳び起きると、どっと雪崩れこんできた兵士たちが「動くな！

動くな！」とわめき散らしながら自動小銃を突きつけてきた。獰猛なドーベルマンが二頭いて、狂ったように吠え立てていた。

「ビビウ！」ワンダが叫んだ。

「ワンダ大叔父さん！」

「動くな！」ベッドから飛び下りようとしたワンダを、兵士が容赦なく自動小銃の床尾で殴りつける。

「この牛のクソめ！」

「大叔父さん！」

ガチャガチャと給弾する音が響き、盛大に鼻血を噴いてひっくり返ったワンダに四方八方から銃口が向けられた。

またたくまに青灰色の軍服が家にあふれ返った。なかに入りきらない兵士たちが戸口をふさいでいる。食卓が蹴り倒され、本棚が引き倒され、まき散らされたマンガ本をいくつもの軍靴がドタドタと踏みしだいた。

「やめろ！」ワンダが血相を変え、兵士たちを突き飛ばしてマンガ本にすがりつく。「本を踏むな！」

そのせいで今度は後頭部をガツンとやられたうえに、マンガ本の上に突っ伏したそのうなじに銃口を押しつけられてしまった。

大叔父を見下ろす兵士の双眸に宿る憎悪を見て、ビビウはぞっとした。引き金にかかった人差し指が、越えてはならない一線を嬉々として越えたがっているように見えた。

「撃たないで！」気がつけば目のまえの銃口を払いのけ、ワンダにしがみついていた。「誤解です！なにかの間違いです！」

ワンダ大叔父さんを守らねばならない。頭にあるのはそれだけだった。カイエお祖母ちゃんがずっと守ってきたこの世間知らずの大叔父を、たったひとりの姪っ子の写真をいまでも悲しそうに眺めているこの善良な大叔父を、今度は自分が守ってあげなければ！

「身柄を押さえたか！」

大音声のほうに顔をふり向けると、若い兵士たちを割ってすこし年嵩の兵士が歩み出てくるところだった。背は低いが、いくら打たれてもまえへ出るしか能がないボクサーのようながっしりした体格。肩の階級章には星も鎌もなく、ただ線が三本入っている。それが曹長のしるしだということをビビウは知っていた。

曹長は散乱したマンガ本を蹴散らし、しばらく無言でビビウとワンダを見下ろしていた。もっと正確に言うなら、ワンダをじっと睨みつけていた。

そのワンダはといえば、うな垂れたまま、無惨に踏みにじられた自分の心を虚ろな目で眺めていた。涙すら追いつけない場所にひとりぼっちでいた。

ビビウの頬を涙がひと筋流れ落ちた。わたしたちの涙の出処(でどころ)はいつも同じだ。ワンダ大叔父さんが泣かないのなら、わたしがかわりに泣く。かわりに怒る。しっかりしろ。夢や希望や世界を信じる強い心——守れもしない約束をワンダ大叔父さんにしたマンガたちに、どうあっても約束を守らせるんだ。

少女のちっぽけな怒りなど意にも介さない曹長は、軍服の胸ポケットから取り出した写真をこちらに向けて低い声で尋ねた。

「ここに写ってるのはおまえだな？」

すっかり打ちひしがれているワンダは、顔を上げようともしなかった。兵士たちは静まり返り、血に飢えた犬たち以外に口を開く者はいない。

戦車の隊列と、紫色の花が満開の並木道。黒長衣を着た人物が心持ちうな垂れて歩いている。全体的に白っぽくかすんでいて、写っている男の顔まではしかとわからない。にもかかわらず、ビビウはそれがワンダ大叔父さんであることを確信した。

わずかに揺らめいたビビウの視線を、政府軍の曹長は見逃さなかった。足を一歩踏み出すと、ワンダの胸倉を摑んで顔を上げさせた。おびえきってぶるぶる震えているワンダの目をのぞきこみ、にやりと笑った。

「見つけたぞ」

にわかに外が騒然となったのは、このときだった。曹長の視線がさっと庭へ飛ぶ。犬たちがリード紐を引きちぎらんばかりに暴れ、兵士たちが色めき立つ。雷鳴のようなナタ・ヘイの怒声が轟き渡った。

「ワンダ！　ビビウ！　大丈夫か⁉」

庭先で罵声が乱れ飛び、激しい諍い(いさか)の気配が空気を引き裂いた。

「こいつらを連行しろ」

平板な声で部下たちにそう命じると、曹長は腰のホルスターから拳銃を引き抜いて大股で家を出ていった。

「ナタ小父さん！」ビビウはあらんかぎりの声をふり絞った。「逃げて、ナタ小父さん！」

銃声が耳をつんざき、毒づく声が聞こえ、自動小銃の連射音がそれにつづいた。

「ナタ小父さん！」兵士たちに両脇を抱えられたビビウは、野生馬みたいに足を蹴り上げた。「放せ！」

そのままワンダとともに戸外へ引きずり出された。ビビウは半狂乱になって暴れたが、どこにもナタ・ヘイの死体はころがっていなかった。庭を埋め尽くす兵士たちの足下にも、乱雑に停められた軍用トラックの荷台にも、蕾がほころびかけているハリエンジュの木陰にも。

横倒しになった荷車や樹の幹が銃弾にえぐられている。流れ弾が当たったのか、タイヤのつぶれたトラックが一台、ななめに傾いていた。地面にへたりこんでいる兵士がふたりほどいて、ひとりは頭から血を流している。

安堵がビビウの足腰をバターみたいに溶かした。

「心配するな」拳銃をホルスターに挿しながら、曹長が戻ってきて言った。「あの片目野郎もぜったいに捕まえてやる」


荒れ地に延びる幹線道路を、トラックは先導のジープに従って走った。

ビビウとワンダは荷台にならんで乗せられたが、口をきくことは憚(はばか)られた。自動小銃を恋人のように抱いた兵士たちが差し向かいにすわっていて、ヘルメットの下から打ち解けない目でこちらをじっと見つめてくる。

「ビビウ」ワンダが小声でささやくと、兵士たちの目が剣呑な光を放った。「大丈夫かい？」

ビビウにできることは、こみ上げてくる涙を抑えて小さくうなずくことだけだった。怖くないと言えば嘘になる。だけどそれよりも、ワンダ大叔父さんが正気に戻ってくれたことのほうがうれしかった。

トラックは一路、南へ向かって走っていた。このまま行けば、やがて州都オソ市に出る。ビビウはその意味するところを考えようとしたが、頭のなかに砂でも詰まっているみたいにうまくいかなかった。

「なあ、あんた」車尾に近い場所にすわっている兵士が声をかけてきた。「ジャカランダでのテロとなんか関係があるのかい？」

ビビウとワンダは目を見交わした。

反乱軍がジャカランダ市にある南方面軍本部を攻撃したことは知っている。だけど、それがわたしたちといったいなんの関係があるというのか？

「ぼくは……」咳払いをしてから、ワンダがつづけた。「何日かまえにジャカランダ市の烈士站に冥客をとどけたけど、テロのことはなにも知らない」

兵士たちが顔を見合わせた。

「反乱軍がどんなトリックを使ったか知ってるか？」

ワンダはかぶりをふった。

「じつはおれたちも知らねえんだ」

後続のトラックがヘッドライトをともしたので、ビビウは幌(ほろ)のかかっていない荷台から暮れなずむ空を見上げた。見ていて楽しくなるようなものはなにもなかった。ただ、あの日の空に似ているなと思った。アイク・リンのバッグを畑に投げ捨てた、あの日の夕焼け空に。

「おれの考えを言ってやろうか？」

粘つく妄想の奔流を力ずくで断ち切り、ビビウは声のするほうに顔をふり向けた。

「上のほうは邪行師がテロに加担したと思ってんだよ」その兵士が身をよじり、サイドゲートから唾を吐き飛ばした。「じゃなきゃ、いきなり邪行師をしょっぴいてこいなんてことにゃならねえ」

「けど、どうやって？」別のほうから声があがる。「樽爆弾みてえに死人の腹に爆薬でも仕込むのか？」

「まさにそれさ！」最初の兵士が素っ頓狂な声をあげた。「もしおれが反体制派の邪行師ならぜったいにそうするぜ。考えてもみろ。死人に爆弾を仕込んで烈士站に送りこむ。あとは死人が勝手にうろついてドッカンドッカンて寸法さ」

「それをレイ曹長に言ったのか？」

「あいつは南方面軍だろ？　同じ隊でもねえのに言うわけねえだろうが」

「そりゃそうだ。あいつはジャカランダの一件で特別におれたちの隊を指揮してるだけだもんな」

「そもそもあいつらが邪行師を捕まえるなんて言い出さなきゃ、おれは一週間の休暇に入るところだったんだぜ」

「へっ、それで賢くなったつもりかよ？」明後日のほうから嘲笑が飛んだ。「てめえの頭でも思いつくようなことを、上の連中が気づかねえとでも思ってんのか？」

「うるせえ」最初の兵士が怒鳴り返し、その勢いでビビウとワンダをかわるがわる睨みつけた。「なあ、邪行師さんたちよ、正直言って腹に爆薬を仕込んだ死体を歩かせるくらいの芸当はできるんだろ？」

兵士たちの視線がひとつ残らずこちらに向けられた。

できるか、できないかで答えろというのなら、それはできるだろう。むかしは冥客の腹に麻薬や金塊を隠して密輸していた者もいたのだから。しかし、そうするには邪行師がそばにいなければならない――と、なにかがカチリと音を立ててつながった。そのあまりの正しさに、ビビウはしばし息をするのも忘れてしまうほどだった。

ワンダ大叔父さんは本当に叫魂鈴をなくしたのだろうか？　なんといっても、ワンダ大叔父さんはレフ・ラロウの本を世に送り出したのだ。そこに記されたテロリズムの理念に共感して。カイエお祖母ちゃんもホクロに殺されている。つまり、ワンダ大叔父さんには国を憎む正当な理由がある。そしてベラシアじゅうを捜したって、ワンダ・ニエほどのコミカルなロマンチストはいない。ビビウにしてみれば、それらはすべてテロリストの資質に適っているような気がした。

横目で盗み見た大叔父は、まるで別人のようだった。その得体の知れなさに、ビビウはおののいた。一瞬、長い舌で人間を捕食するガマガエルの化け物に見えた。それはいまだかつてないことだった。

ワンダ大叔父さん、本当はわざと叫魂鈴を烈士站に置いてきたんじゃ……

まず爆薬を仕込んだ冥客に暫停術をかけて眠らせる、つぎに叫魂鈴をわざと置いてくる――頭のなかのチャート図をビビウはひたむきになぞっていった――そのあいだに自分は烈士站から逃げ出す、誰かが叫魂鈴を拾って面白半分に鳴らしてみる（鈴を拾ったのに鳴らさないことなんてあるだろうか？）、暫停術の解けた冥客が目を覚まし、鈴の音を求めてさまよいはじめる。

兵士たちの視線が頭のなかにまで刺しこんでくるようで、ビビウは思わず目を伏せてしまった。流れ落ちる冷たい汗を気取られまいと、背中をサイドゲートに押しつけた。

「そんなことをするはずがないだろう」ワンダがぼそりとつぶやいた。「そんな冥客を冒瀆するような……」

ビビウは大叔父の苦しげな横顔を凝視した。そこからなにか読み取ろうとしたが、猜疑心が邪魔をした。ただのロープを蛇と見誤りたくなかったたし、その逆はもっといやだった。アイク・リンのときがそうだった。ただの本だと思っていたのに、ぜんぜんただの本じゃなかった。

「あんたの言いたいことはわかるよ。おれだって死人を侮辱するようなまねはしたくねえ。でも、おれが聞きてえのはそんなことじゃねえんだ」

大叔父のふっくらした頰は、食いしばった奥歯のせいで強張っていた。それはあらぬ疑いをかけられて憤慨しているようにも、嘘がバレないように自制しているようにも見えた。

「これは倫理の話じゃねえ」最初の兵士が言った。「おれは技術的なことを訊いてんだ。ようするに、腹に爆弾を仕込んだ死体を歩かせることが技術的にできるのかってことさ」

「もうやめろよ」見かねたのか、べつの兵士が口を差し挟んだ。「技術的にはできても、このおっさんは倫理的にそんなことはやらねえって言ってんだ。それでいいじゃねえか」

「おれはいいさ」

「じゃあ、さっきからなに絡んでんだよ？」

「技術的にできることなら、誰がやったっておかしくねえって言ってんだ」

「つまり、どういうこったい？」

「つまりな、このマヌケ、誰がやってもおかしくねえんなら、このおっさんがやったことにしたってなんも問題はねえってわけよ」そう言って、ワンダに顔をふり向けた。「おれの言ってること、わかるだろ？」

この人の言うとおりだ。ビビウは表情を隠すように手で口元をおおった。ワンダ大叔父さんが真犯人かどうかは問題じゃない。問題は真犯人に見えるかどうかなのだ。それがホクロのいつものやり口じゃないか。

「そこまでわかってるのに、わたしたちを捕まえたの？」無性に腹が立ってきて、気がつけば嚙みついていた。「良心なんか犬にでも食わせちまえってわけ？」

全員の視線がいっせいにこちらを向く。ワンダでさえ、目を皿のように見開いていた。その顔を見て、ビビウは確信した。やっぱりこの大叔父にあんなひどいことができるはずがない。

もしワンダ大叔父さんがやったんなら、なくした叫魂鈴のためにあんなふうに大騒ぎをするはずがない。ワンダ大叔父さんは本当に叫魂鈴をなくしただけなのだ。そうじゃなかったら、マンガ禁止令を甘んじて受け入れるはずがない。

「そりゃあお嬢ちゃん、おれらはただの兵隊だからな」誰かが言った。「命令されりゃ、いますぐおまえらを撃つことだってできるぜ」

「命令されたら自分のお母さんのことも撃つの？」

「なんだと、このガキ……」

怒気含みで膝立ちになったその兵士を、ほかの兵士たちが乱暴に引き戻した。やめとけ、ぶっ飛ばされたいのか、レイ曹長は元プロ格闘家だって話だぞ。

「それが哀しき兵隊暮らしってやつさ。明けても暮れても悪行三昧、みんなのまえでは罵ってくれ、だけど家のもんにゃ黙っておくれってなもんだ！」

誰かがおどけてそう言うと、兵士たちがどっと笑った。その機に乗じて、ワンダが素早くささやいた。

「ビビウ、なくした叫魂鈴のことだけど――」

「信じてるよ」ビビウはそれをさえぎり、にっこり笑ってワンダの震える手を握りしめた。「ワンダ大叔父さんが冥客を粗末にするはずがないもん」

見ていて切なくなるほどに大叔父の顔がゆがみ、そのがちゃがちゃした目から涙があふれた。


日付が変わるころになってようやく連れこまれたのは、オソ市のはずれにある労働党ルガレ自治州支部の建物だった。

トラックの荷台から降ろされたビビウは腰を伸ばし、あたりを見まわした。

党支部はちょうどY字路の股の部分に建っており、左の道を行けば市街地へ、右へ行けば鉄道の駅に出る。まずは駅のほうをうかがったが、破壊された教会のほかには、暗夜の彼方に小さな灯りがぽつぽつと望めるだけだった。市街地までもまだ距離があるので、そちらも似たり寄ったりの眺めである。目に入るものといえば、夜空に屹立(きつりつ)する電波塔の赤い航空障害灯だけだった。

三階建ての党支部は、たしかアール・デコ様式だと聞いたことがある。直線的で冷たくて、内部ではあらゆる服従が大量生産されている。正面入口の脇に吐水口があり、邪行の途中でとおりかかればいつも冷たい水で喉を潤したものだが、干上がってだいぶ経つようだった。

「泣きおじさんを憶えてる、ワンダ大叔父さん?」

男が顔をゆがめて泣いていている彫像の口から水が出てくるので、ふたりのあいだではその吐水口のことをそう呼んでいた。

子供のころ、なんでこの人は泣いているのかとビビウが尋ねたら、ワンダ大叔父さんがこう教えてくれた。ぼくたちに美味しい水を飲まれるのがくやしいんだよ、だからここをとおりかかるたびにぜったい飲んでやるんだ。そして、こう言い添えた。だから学校でイジメられても気にするんじゃないよ、さもないとみんなが面白がって、きみはこの泣きおじさんみたいになっちゃうからね。けれど、いまはもう知っている。泣きおじさんの彫像はこの建物へ連行された者たちへの予言、ここから先に待ち受ける運命を暗示しているのだということを。

「学校でいやなことがあっても、わたし一生懸命へっちゃらなふりをしてたんだよ」ビビウは悪戯っぽく笑った。「だって、泣きおじさんになんかなりたくないもん」

「もちろんきみは泣きおじさんにならなかった」ワンダが目を潤ませた。「ぼくはそのことを心から誇りに思ってるよ」

兵士たちに自動小銃でつつかれながら建物のなかへ足を踏み入れると、そのまま無人の廊下をとおり、中庭をぬけ、つぎの棟の奥へ奥へと進んだ。中庭には大きな柳の樹があり、風もないのにさわさわと葉をゆらめかせていた。

自分たちの足音のほかは物音ひとつしないけれど、そこかしこに漂う気配は馴染み深いものだった。死者の息遣いに満ちていた。となりを見やると、ワンダも顔を伏せて粛々と歩いている。だからビビウは、大叔父も自分と同じように感じているのだとわかった。

まばたきひとつする間に、等間隔にならんだドアのまえに黒い影が湧き出た。先導する曹長も、しんがりを守る兵士たちも、歩調を乱すことなく淡々と歩いていく。亡霊たちは壁から、天井から、床から冷気のように染み出て、そこらじゅうをふわふわ漂っていた。

そのなかにアイク・リンの顔を見つけて、足が止まった。後続の兵士が舌打ちをし、ワンダがおびえたように顔をふり向けてくる。それでもビビウの足は根が生えたように動かなかった。レフ・ラロウの本は彼をこんなところまで連れてきてしまったのだ。

アイク・リンの亡霊はドアのまえにたたずんでいた。おそらくは長く苦しい時間を過ごした部屋のまえに。その青白い表情から赦しを見てとることはできなかったけれど、そうかといって非難や悲しみのせいでゆがんでもいなかった。ただ、いまだ散りきらぬ残り香のように、その場所に染みついているだけだった。

不意に、いつかアイク・リンに聞いた夢の話を思い出した。ふたつのドアの夢を見たんだ。自転車を押して歩きながら、彼はおもむろにそう語りだしたのだった。おれは迷子で、出口のない暗闇のなかをひたすら歩いていた。そのとき、目のまえにふたつのドアが現われた。その世界から抜け出すには、どっちかのドアを開けるしかない。でも、いったいどっちのドアを開けりゃいいんだ？　いくら考えてもわからないから、おれはまず右のドアの把手に手をかけた。すると、頭のなかで声がした。このドアを選んだらおまえはたすかるが、すべての記憶を失う。おれはびっくりして手をひっこめた。つぎに左の把手に触れてみた。また声がした。このドアを選んだらおまえは土に還るが、いちばん幸せな記憶を最後に思い出すことができる。

それで？　アイク兄さんはどっちを選んだの？

どっちも選ばなかった、とアイク・リンは言った。鶏がコケコッコーって鳴いて、目が醒めちまったのさ。でも、とアイク兄さんはにっこり笑って言った。どうしてもってことなら、おれはたぶん左のほうを選んだと思うよ。

「見えるやつに言わせると、ここにはたくさんいるみたいだな」先導の曹長が、目に涙を溜めているビビウを見て冷笑した。「おまえもそうなりたくなけりゃ素直になったほうがいいぞ」

まるで朝の到来を告げる雄鶏の声のように、そのひと言で亡霊たちが雲散霧消した。あとには空っぽの廊下がしんと延びているだけだった。アイク・リンが立っていたドアは、後悔について書かれた一冊の本のように閉じていた。それからまた廊下を歩き、角を曲がり、階段にさしかかったところでワンダ大叔父さんと引き離された。

「娘のほうは階上だ」

ワンダが泣きそうになった。

「わたしは魔法少女ビビウ」ビビウは芝居めかして片目をつぶってみせた。「世界を救うためにこの惑星へやってきた」

顔をくしゃくしゃにしたワンダが何度も何度もうなずいた。

「わたしたちはマンガのなかにいるんだよ。マンガのことを考えて、ワンダ大叔父さん。これしきのピンチで魔法少女ビビウがへこたれたりする？　ほら、日本語でなんて言ったっけ？　ぜんぜん重要じゃない登場人物……見るからに弱そうで、出てきたと思ったらすぐに死んじゃうようなやつ」

「……ザコキャラ？」

「そう、それ！」銃口で背中を押されて階段に足をかけながら、ビビウはふり返って叫んだ。「こいつらみんなザコキャラなんだから、なんの心配もないからね」

ワンダ大叔父さんのほうについている曹長は冷めた目でこちらを見上げるだけで、なにも言わなかった。

追い立てられるようにして踊り場をまわりこむと、ワンダの姿が視界からこぼれ落ちた。とたんに奥歯がガチガチ鳴りだし、涙が止まらなくなった。足が地に着かず、まるで雲の上を歩いているように覚束ない。血が滲むほど下唇を噛み、拳を握りしめて何度も太腿を叩かなければ、もう二度とワンダ大叔父さんに会えないかもしれないという不吉な予感を追い払えなかった。

「あの……よかったら、これを」

肩越しに差し出されたハンカチにびっくりしてふり向くと、自分とさして変わらない年齢に見えるその若い兵士が申し訳なさそうに目を伏せた。肩の階級章はいちばん下っ端の二等兵のくせに、まるで国家を代表しているかのように恥じ入っている。

本当に魔法が使えるようにならないかぎり、こんなザコキャラにすら歯が立たない。だけど、それは最悪じゃない。最悪なのは、こんなことくらいで彼がもうザコキャラではなくなってしまったことだった。

「あなたが信じている神様のご加護がありますように」若い兵士は絞り出すようにそれだけ言った。

その手から受け取った若草色のハンカチは申し分なく清潔で、うっとりしてしまうほどやわらかく、頰を流れ落ちる涙をぬぐうと、石鹸（せっけん）のとてもいいにおいがした。もし魔法使いがいるのなら、とビビウは思った。それはきっとこういう人のことを言うんだろうな。

夏を待ちながら

国土の北方に位置する首都サンソルジェークにおいては、春の気配はいまだ遠く、おぼろげだった。

水面を吹き渡る風に目を細めながら、クエイ・リーは外套の襟を立て、カシミアのマフラーに顎をうずめてゆっくりと歩を進めた。

〈指定されたのは革命公園の蓮池のほとりのベンチでしたが、けっきょく誰も現われませんでした〉

元妻の調書にはそうあった。いまでも一言一句思い出すことができる。

〈家に帰ると玄関先に伝書鳩の入った鳥籠が置いてありました〉

ベンチの数を数えながら池のほとりをひとまわりすると、ざっと十七台ほどあった。年寄りがひとりで新聞を読んでいたり、虚ろな目をした恋人たちがぼんやりとすわっていたり、兵役前とおぼしき若者たちが険しい顔つきでふんぞり返っていたり、女が大声でひとり言を言ったりしているが、どれがそのベンチなのか……あの日、シャリンが待ちぼうけを食わされたベンチなのかは知るよしもなかった。

あれから三十年近く経つというのに、心から信じていた妻の裏切りはいまも小さなしこりとなって胸にわだかまっている。

失意の日々を乗り越えることができたのは抗不安剤と一日十六時間の激務と、そしてジロン・ジャンのおかげだった。当時の軍務大臣の補佐官として会議に出席した折りに、なんと将軍様おんみずから声をかけてくれたのである。

「きみがクエイ・リーくんだね？　話は聞いたよ。きみのような優秀な官僚の細君が反動分子にたぶらかされてしまったのは非常に残念だ。しかし、きみの赫々たる活躍ぶりは各方面から聞いているよ。いいか、こんなことくらいできみの輝かしい未来を捨ててはいけない。党のため、国家のため、人民のためにやるべきことをやるんだ。わかるね？」

もちろん、わかる。だからこそクエイ・リーは元妻を陸軍病院に入れ、彼女の密夫を強制労働収容所送りにしたのである。

「つらいだろうが、それでいいんだ」とジロン・ジャンが言った。「ナイフはパンも切るが指も切る。しかし、ぜったいに切れないものもある。なんだかわかるかね?」

「閣下に対する忠誠心です」

若き日のクエイ・リーが即答すると、ジロン・ジャンが力強い手で頬を撫でてくれた。

一度だけ、ようすを見に第十五陸軍病院を訪れたことがある。向精神薬を大量に投与されたシャリンは、ゆがんだ口の端から涎を垂らしながら隔離病棟をふらふらとさまよい歩いていた。元夫とすれちがっても、その目に理性の光が戻ることはなかった。クエイ・リーは天真爛漫(らんまん)だったかつての妻の面影をなんとか探そうとしたが、徒労に終わった。キーロウ・バイとのあいだにできた幼い息子の写真を見せると、シャリンはそれをひったくってむしゃむしゃと食べてしまった。

「如何ですか?」初老の主治医が揉み手をしながら尋ねた。「もっと薬の量を増やすこともできますよ」

クエイ・リーは相手を冷たく一瞥し、平板な声でこう言った。「とにかく苦しまないようにしてやってください」

「ご安心を。ここ以上に苦しみと無縁の場所なんて、ベラシア連邦のどこを探したってありませんよ」

そのようにして反体制派にころんだ女は人生最後の二年間を夢うつつのうちに過ごし、ぽっくり逝ったあとは「重度の鬱病」ということであっさりとかたがついたのだった。

そのあいだにクエイ・リーが元妻のためにしたことといえば、薬のせいで前後不覚となった彼女を夜な夜なもてあそんでいた看護師をひとり消したことくらいだった。彼は保安省の友人に電話をかけ、心配事の種を取り除いてほしいと告げたあとでこう念を押した。

「事を荒立てたくはないんだ」

翌日には、豚のように肥え太ったその看護師が病棟の屋上から身を投げていた。

キーロウ・バイの命脈もその数年後に尽きた。就寝ちゅうに喉を切り裂かれたという報告を受けたが、この件に関してはなんの心当たりもない。死があたりまえの場所で、囚人がひとりあたりまえに死んだというだけの話だ。

泥水でぬらめく池を眺めるともなしに眺めながら、ぐるぐると歩きつづけた。そして、満開の蓮華に彩られた夏の風景を空想した。陽光が燦々(さんさん)と降りそそぎ、清冽(せいれつ)な水滴をたたえた蓮の葉が風に揺れ、人世の苦しみや悲しみをあまねく押し包んだかのような薄桃色の花が咲き誇る夏を。

ベケットの戯曲に出てくる、あのふたりのマヌケにでもなってしまった気分だ。永遠にやってこない救世主を待って待って待って、魂がすり減るくらい待って、けっきょくどこへも行けやしない。たとえ作家になれなくても、ベケットならいい独裁者になれただろう。なぜなら独裁政権の要諦とは畢竟、民百姓をどれだけ待たせられるかにかかっているのだから。

人民が石ころのように待っているあいだに、独裁者は我が世の春を謳歌(おうか)する。嘘をついてもいいし、殺してもいい。なにをやってもいいが、人民が待つことよりも蜂起することを選ぶなら、それはやり過ぎだ。何事も、じっと待つほうが得策だと思ってもらえるところでやめておく。そうすれば、人民は待ってくれる。独裁者に天罰が下るのを待ちながら、配給をもらうために待ち、車にガソリンを入れるために待ち、結婚を許可してもらうために待ち、ツバメが飛んでくるのを待ち、ついに正義の夏がやってきて蓮の花が咲くのを待つ。しまいには待つことこそが人生だと悟り、あのふたりの木偶のようにこの世の終わりまで待ちつづける。

が、このときにかぎっていえば、それほど待つ必要はなかった。適当なベンチに腰を下ろし、抗不安剤を半量口に放りこんでから腕時計を見ると、間もなく午後三時になろうとしていた。そして三時五分には、羊のにおいのする男がとなりに腰かけていた。

ふたりは外套のポケットに両手を突っこみ、吹きつけてくる寒風に肩を縮めながら、しばらく無言で泥池を眺め渡した。見ようによっては、冬の波止場に留まっている二羽のカモメのようだった。口火を切ったのは、ルガレ地方ではブラウ・ヨーマの名でとおっている、羊のにおいのする男だった。

「なんでこんなところなんだ?」

「わたしの家も仕事場も盗聴されているからだ」

「ここに来るまでに三回も体をあらためられた」

「用心のためだ」

「もしおれがあんたの声を録音したいなら、もうとっくにやっている」

「もしきみにその恐れがあると思えば、もうとっくに手を打っているよ……用心のためだ。何度も言わせるな」

ブラウ・ヨーマが肩をすくめた。

「それで?」クエイ・リーは軍務大臣の仮面をつけ直した。「やはり計画が露呈したんだな?」

「ジャカランダ市でのテロ騒ぎは予定外だった」ブラウ・ヨーマがロバみたいに長い顎をひと撫でし

た。「邪行師がうっかり叫魂鈴を霊安所に置き忘れた。それを兵隊が鳴らしたもんだから、爆薬を仕込んだ屍が動きだしちまった。それさえなけりゃ、ちゃんとサンソルジェークへ送りとどけることができた」

軍務大臣の口から白く凝ったため息が漏れた。

「オソ市の烈士站に仕込んだ屍も、輸送機が飛び立つ直前にバレちまった。勘づいたのはあのバイって中尉らしい。この場合、どうなるんだ？　バイが烈士站をつくってくれたおかげで、今回の計画が持ち上がった。サンソルジェークで屍がうろついて爆発すりゃ責任問題だ。バイは最悪、銃殺だろう。けど、そのバイ自身がおれたちの計画に気づいて阻止した。つまり、やつはテロを防いだ英雄ってことになる。まあ、これが偽旗作戦だとまでは勘づいちゃいないだろうが、国としてはあいつを殺すのか、それとも勲章でもやるのか？」相手がなにも言わないので、ブラウ・ヨーマは増長した。「一度訊こうと思ってたんだが、あんたみたいな閣僚はなにを信じてホクロみたいなやつを担ぎ上げてんだい？」

軍務大臣の目がすぼまる。

「あんたらが本気になりゃホクロを殺(や)っちまうこともできるはずだ。いっそそうしてくれりゃ、おれとしてはせいせいするんだがな」

「ジャン将軍がいなくなったらベラシア連邦はどうなる？」

「国民は大喜びするさ」

「そのあとは？」

「あんたの言いたいことはわかる。よその国が腹をすかせた野良犬みたいに攻めてきて、あっというまにバラバラにされちまうって言いたいんだろ？」

「そうなるかもしれないし、ならないかもしれない」言葉を切る。「しかし、それは試してみる価値のあることかね？」

「理屈はわかるよ。病気を治そうと手術したら、それが命取りになることもあるからな」

「気に入らない政権を覆せば、あとは楽園が待っていると多くの者が思っている。しかし、現実がそう甘くないことは歴史が証明している。中国を見たまえ。革命が成功したあとも、飢饉やら粛清やらで五千万人が犬死にしている。やっと新しいシステムが機能しはじめたのは革命から三十年後だ。旧ソ連やカンボジアも似たようなものだ。ひとつのシステムが打倒されてつぎのシステムが軌道に乗るまでには長い時間がかかるし、それ相応の犠牲がつきまとう。そのあいだに、理想に燃えて旧体制を打倒した連中は腐っていく」

「歴史は繰り返されるってわけか。まあ、保身が悪いなんておれは思っちゃいないよ」

「保身か、そうかもしれんな……ジャン将軍は優れた独裁者だ。優れた独裁者にはかならずふたつの資質がある。ひとつは命をただの数字として扱えること、もうひとつは愛国心と個人崇拝が同じものだと国民に錯覚させられること」

「なるほど」とブラウ・ヨーマ。「あんたは愛国者だが、ホクロのことは崇拝してないと言いたいわけだ」

「わたしが言いたいのは、愛国者だろうがテロリストだろうが、わたしたちがただの数字でしかないということだよ」遠い目をしたまま、軍務大臣は言葉を重ねた。「そして二度も失敗したら、誰も気づかないうちにその数字は帳簿から消されてしまう」

「おれにどうしろと？　ルガレではあんたの部下が邪行師狩りをはじめたってのに」

「報酬に見合った仕事をしてくれ。それとも、また貧しい羊飼いに戻るかね？」

「それも悪くないかもな」鼻で笑う。「あんたがそう言うなら、それぞれの道を行くまでだ」

「政府の庇護を離れると？」

「おれたちが金のためにこんなことをやっているとでも？」

軍務大臣は口をつぐんだ。

「おれたちヴォルクはもう何世紀も時の権力者と持ちつ持たれつでやってきた。平和なときは目の仇にされ、国が乱れればいいように利用される。ちょうどいまのあんたたちがやっているようにな」ブラウ・ヨーマは事もなげに言った。「あんたたちと決別したところで、痛くもかゆくもない。おれたちにとって、殺しは死の女神カーリーに捧げる祈りだ。あんたらの金がもらえなくなりゃ、またむかしのように細々と殺して奪うまでだ」

「あまりわたしを見くびらないほうがいい。いまではきみを含め、きみたちの仲間の多くが我々の監視下にある」

「ヴォルクの尻尾を摑まえることは誰にもできない」

「ほう、そうかね？」

束の間、ふたりの視線が交錯した。

ブラウ・ヨーマがぷいっとそっぽを向き、話はこれまで、と立ち上がる。軍務大臣はまた蓮池に目を戻した。

そのまま羊のにおいを残して立ち去りかけたブラウ・ヨーマの足を止めたのは、どこからともなく現われた灰色の背広の男たちだった。殺戮をためらわないヴォルクがさっと腰を落とし、両手を鉤爪のように曲げる。

　軍務大臣は心配していなかった。敵が体のどこに武器を仕込んでいようとも、秘密警察の護衛官には太刀打ちできないだろう。なんといっても多勢に無勢だし、護衛官たちは戦闘のエリートだ。人体の構造を隅々まで熟知している彼らは、もっとも効率的な方法で死と取り引きができる。加えて、薬がじわりと効いてくるあたたかな感覚があった。だから、努めて鷹揚に声をかけることができた。気を引き締めなければ、大声で笑いだしそうだった。

「わたしひとりなら殺せるかもしれんよ」

　まなじりを決したブラウ・ヨーマに、やんわりと着席を促す。その顔には生殺与奪の権利を持つ者特有の、人を試すような薄笑いが浮かんでいた。なんの手綱もつけられていないかのような、そんな晴れやかな顔だった。

「さあ、もうすこしいっしょに考えてみようじゃないか」声まで一オクターブ高くなったような気がする。「それとも、今日はきみが死の女神への供物になるかね？」

　そのひと言で、すべてが正された。ブラウ・ヨーマはしばらくあちこちに目を走らせていたが、やがて打ちしおれたようすでベンチに腰を戻した。ヴォルクにとっての殺しが信仰ならば、秘密警察にとってのそれは科学だ。信仰で科学を否定することはできないが、逆はいつだって可能なのだ。

「状況を整理してみよう」軍務大臣は笑顔で仕切り直した。「まず、ヴォルクの役割はなんだ？　つまり、宗教的な意味ではなく」

　三人の護衛官に囲まれたブラウ・ヨーマがもごもごと「反乱軍の評判を落とすことだ」と答えた。

「そのとおり。反乱軍のなかにもヴォルクのような残忍な連中がいることを内外に知らしめる。それがきみたちの役割だ。そのおかげで西側は迂闊に反乱軍を支援できなくなる。政府軍が非人道的なら、反乱軍も非人道的だというわけだ。きみたちはよくやってくれている。ジャン将軍も今回の計画にはしきりに感心しておられた。これで反乱軍の連中は死者さえも冒瀆する追剝だと内外に印象づけられるとね」

軍務大臣が腕をひとふりすると、護衛官たちがすっといなくなった。

まるで首を絞めつけていた手が取り払われたかのように、ブラウ・ヨーマが小さな吐息を漏らした。

「つぎに、烈士站が取りつぶされ、おまけに邪行師が逮捕されている。そうだね？　だから、当初予定していたサンソルジェークでのテロができなくなった」

「万事休すだ」

「もっと柔軟に対処したまえ」

「だが、あんたが言ったように、もう死人をサンソルジェークへ送る手立てが――」

「なにも首都にこだわることはないだろう」と軍務大臣はかぶせた。「ベラシアのことを知らん外国人にとっては、サンソルジェークもルガレも同じだ。それに国営放送のほうはもう仕込みがすんでいるんだろう？」

「それはそうだが……」

「だったら国じゅうどこでも死者を歩かせることができる」それがどれほど単純明快な事実かを示すように、軍務大臣は両手を広げた。「テロというものはメッセージを伝える手段だ。テロリズムとは劇場だと言った専門家もいる。うまく演じることだ。舞台にこだわる必要はない。ようするにその演し物に世界が反感を持てばいいんだよ」

オオカミが羊のように目をすぼめた。羊のように口をもごもご動かし、羊のようになにがいちばん合理的かを考えている。なにか考えつければいいが、たとえなにも考えつかなくても問題はない。そのときは羊のように愚鈍なオオカミが一匹葬られるまでの話だ。

いまはまだただの泥水でしかない蓮池を、軍務大臣はくつろいだ気分で見渡した。そして、夏が来て、まるで天国のように咲き乱れる蓮の花をうっとりと思い浮かべた。さあ、夏まで待とうじゃないか、と気を引き締めた。それでだめなら秋まで待って、必要なら冬まで待ったっていい。今年がだめでも来年がある。

生きているかぎり、いくらでも待つことはできる。そうこうするうちに奇跡が起こって、独裁者の怯懦も、おべっか使いの正義も、反逆者の変節ですら報われる日がやってこないともかぎらない。そう、激しく降りつづいた雨があがり、雲間から清浄な光が射してくるように。

明日のことなど、誰にわかる?

鳩が飛んだ日

水も食べ物もあたえられずに捨て置かれ、ようやく留置所から出されたのは二日後の朝だった。鉄格子の扉を開けた兵士が横柄に顎をしゃくったので、牢屋の隅で膝を抱え、伸びすぎた前髪をもてあそんでいたビビウ・ニエはのろのろと立ち上がった。

身をかがめて腰高の扉をくぐると、乱暴に背中を押された。よろめくビビウに、兵士はただ「歩け」と手短に命じた。どこへ行けばいいのか見当もつかないけれど、とにかく言われたとおりにするしかない。

拳銃を持った人間にぴたりと張りつかれるのは、喩えるなら、叫魂鈴も持たずに夜行列車を牽いているような感じだった。魂が丸裸にされ、踏み出す一歩一歩が床に沈みこんでいくようだ。廊下に響き渡る足音が、死者たちの眠りを妨げるほど大きく感じられた。まっすぐな廊下をただ歩いているだけなのに、本当にこの道でいいのかと不安に駆られる。曲がり角や階段に差しかかるたびに、うしろから熱のこもらない声で進行方向を指示された。

追い立てられてたどり着いたのは、スチール製のデスクとパイプチェアが数脚あるだけの、窓もない殺風景な小部屋だった。白い壁には心を和ませる絵のひとつもかかっておらず、だから心を和ませるための部屋ではないということがうかがい知れた。

「奥の椅子にすわれ」

それだけを言い残して兵士はいなくなったが、椅子に腰かけてひと息つく間もなく、また扉が引き開けられた。

現われたのは、軍服の肩に中尉の階級章をつけた男だった。短く刈りこんだ金色の髪は淡く、ほとんど銀髪に近い。そのせいで老けこんで見えるが、おそらく三十歳前後だろうとビビウはあたりをつけた。背はさほど高くない。目元は黒ずみ、頬もうっすらと無精髭におおわれているが、不潔な印象は受けなかった。

護衛の兵士に廊下で待機するように命じてから、中尉はパイプチェアを引き寄せて腰を下ろした。これ見よがしにデスクに置いたのは、ビビウの邪行道具一式が入った雑嚢である。すぐには用件を切り出さず、そのまましばらく無言でこちらを観察していた。

この冷笑的な薄い唇には見覚えがある。そんな気がしたけれど、すぐに打ち消した。邪行師を長くやっていると、過去に遭遇した死者たちの顔がいたずらをする。生きている人間の面影と重なって、そこにありもしない凶兆を書きこんでいくのだ。

「ひさしぶりだな、邪行少女」

ビビウはびっくりして相手をまじまじと見つめてしまった。今度ばかりはただの気のせいではないようだ。

「憶えてないか？」こちらの記憶をくすぐるように、中尉が口の端を吊り上げた。「まあ、あのときは夜中だったから無理もない。でも、おれはきみのことをよく憶えているよ。女の邪行師に会ったのは、後にも先にもあのときだけだからな。名前はビがふたつのビビウ・ニエだろ？」

「どこで……」唾を呑み下し、声のとおり道を確保する。「わたしたちはどこで会ったんですか？」

どこでもないと中尉が言った。「おれたちと反乱軍のあいだを、きみの夜行列車がとおり過ぎていったただけだ。たしか反乱軍の兵隊がヘルメットに小銭を集めてきて、きみに邪行をたのんだ」

水面に跳ね上がる魚のように、記憶が中空で激しく身をよじった。

「ケーリン・バイ中尉だ」あっ、という顔をしたビビウを見て、中尉がにんまりとした。「ずいぶん髪が伸びたな、ビビウ・ニエ。こんなかたちでの再会は不本意だが、きみに訊きたいことがある」

心当たりがあるはずだと言わんばかりの視線を、ビビウはどうにか受け止めた。相手は沈黙を味方につけて、こちらの出方をうかがっている。ビビウは大きく息を吸い、自分をしっかり束ねてから口を開いた。

「ジャカランダ市のテロの件ですか?」

「今回の一連のテロの件だ」

ビビウは居住まいを正した。

「はじめおれたちはジャカランダ市のテロを反乱軍による自爆テロだと考えた」バイ中尉は脚を組み、慎重につづけた。「だけど、なにかしっくりこなかった。兵隊たちの証言をつなぎ合わせると、爆発したのは死体だとしか思えない。政府軍の戦死者に何者かが細工をして、歩く爆弾につくりかえた。誰の仕業かはこれから突き止めるが、邪行師が関わってなきゃできない芸当だ」

「一連って……ほかのところでもテロがあったんですか?」

「きみならどうする?」

「……え?」

「どこかでテロをやるなら、きみならどこでやる?」

ビビウが口をつぐむと、バイ中尉は沈黙が長引くにまかせた。

わたしなら、もちろん首都を狙う。五臓六腑(ごぞうろっぷ)を掻き出してダイナマイトを詰めても、冥客を歩かせることはできる。だけど、オソ市からサンソルジェークまでは約千二百キロの距離がある。そんなことは小学生でも知っている。夜行列車をそんなに長く連れ歩いたら、ぜったい人目に立つ。いや、そのまえに冥客が腐乱して土に還ってしまう。かといって、飛行機や列車を使うのは論外だ——と、ここまで考えて、ぎょっとした。

「オソ市の烈士站でも腹に爆薬を詰めこまれたのが十一体見つかった」こちらの動揺を見透かすようにバイ中尉が言った。「輸送機でサンソルジェークへ運ばれる寸前だった」

たしかに政府軍の烈士站を使えば、冥客をどこへでも難なく運べる。

「テロの直前、ワンダ・ニエは南方面軍の烈士站に死体を送りとどけている。それは間違いない。写真が残っている」

「……ワンダ大叔父さんがやったんじゃない」

「だが、誰かがやった。誰かが死体を送りとどけ、叫魂鈴を残してきた。それをおれの部下が拾った。あとはニュースで見てのとおりだ」バイ中尉の目が鈍い光をおびる。「サンソルジェークまで連れていった死人をどうやって歩かせるつもりだった？」

「わたしたちじゃない！」

思わずデスクを叩いて立ち上がると、ドアが勢いよく開き、拳銃を手にした兵士が顔をのぞかせた。

「わたしもワンダ大叔父さんもぜったいにそんなことしない！」

「きみたちがやったとは言ってない。もしきみたちが関わっているなら、いまごろは死体を歩かせるためにサンソルジェークで待機しているはずだ」バイ中尉は手をふって部下を下がらせた。「もしくは、鈴を預けた仲間がすでにサンソルジェークに潜伏しているとか。死体なんかどこでても手に入るから、いっそのこと首都に邪行師を送りこんで現地で死体爆弾をつくるという手もある」

ビビウは相手を睨みつけた。

バイ中尉はため息をつき、手で着席を促した。しかしビビウが従わないので、肩をすくめてこう言うしかなかった。

「いまは国家非常事態宣言発動下で、おれにはきみが思うより大きな権限があたえられている」

その言外の意味をビビウが理解するまで、バイ中尉はじっと待った。まるで数学の教師のように。

ちゃんと計算をすれば正答はひとつだけだぞという顔で。折れたのは、ビビウのほうだった。真実なんて、どうせ拳銃を持っているほうが決めるものだ。それに、すくなくとも取り調べを受けているあいだは誰も死ななくていい。

ビビウが椅子に腰を下ろすと、バイ中尉は満足げにうなずいた。それから邪行師の雑嚢を取り上げ、なかのものをひとつひとつ取り出してデスクにならべていった。雄鶏の血が入った容器、呪紋を描くための筆、叫魂鈴――

「きみたちがテロと無関係だというなら、それを証明しなければならない」そう言いながら雑嚢のなかからふたつめの叫魂鈴を取り出してチリーンと鳴らした。「これはきみのだろう?」

「わたしは誰にも自分の叫魂鈴を預けたりしません」

「鈴をふたつ持ってるんだな」

「万一のときの予備です」

「なるほど。つまり、邪行師ってのは何個も鈴を持てるということだな?」

話の向かう先が見えて、声を失う。

「鈴を何個も持てるんなら、どうやってこれで全部だと証明できる? 三個目がどこかにあるかもしれない……もしかしたら、サンソルジェークにあるのかな? きみの大叔父さんに関して言えば、鈴をひとつも持っていなかった」

「それは! な、なくしたって言ってた……」

「へぇえ」バイ中尉が大げさに驚いてみせた。「そりゃたいへんだ」

「でも、大叔父さんは本当に――」

「きみの大叔父さんは、きみ以上に難しい立場にある」

「……ワンダ大叔父さんは？」ビビウは目を見開き、震える声を懸命に押し出した。「ワンダ大叔父さんはどこにいるの？」


ケーリン・バイは椅子の背もたれに体をあずけ、蒼ざめた邪行少女の顔をさりげなく見やった。ビビウ・ニエは自分よりも、あのガマガエルみたいなワンダ・ニエの身を案じている。もうそれだけで、このふたりの善良さが証明されたように思えた。テロリストかもしれない？　それを言うなら、ルガレ人の半分がそうだ。善良であることとテロリストであることは矛盾しない。人民の父であることと人殺しであることがまったく矛盾しないのと同じだ。

はじめて会ったときは短く刈りこんでいた赤毛が、いまは肩につくくらいまで伸びている。邪行師の黒装束をまとっていないビビウ・ニエは、垢ぬけないジャンパーに擦り切れたジーンズを穿いた、どこにでもいる田舎娘だった。

いきなりこんなところへ連行されて、狼狽もしているし憤慨もしているだろう。もちろん、おびえてもいるはずだ。それでも彼女の翡翠色の瞳の奥には、まだへし折られていないものがちゃんと宿っている。気まぐれであてにならない言葉にたぶらかされることなく、しっかりと自分のちっぽけな領土に君臨しようとするその単純さが好ましかった。死者が大手をふって歩ける王国に。やるせないのは、そんな少女が全身全霊を懸けて守ろうとしている領土を、これから焼き尽くさねばならないことだ。

「なにも食ってないんだろ？」話題を変えたのは、どうしたって避けられない瞬間をほんのすこしだけ先延ばしにしたかったからかもしれない。「なにか用意させるから、先に腹ごしらえをするといい」

「ワンダ大叔父さんはどこですか？」

「なにか飲むか？」

「大叔父さんはどこ？」

寸土たりとも譲るつもりのないそのまっすぐな目を見て、ケーリンは思わずため息を漏らしてしまった。

「まだ生きている」

「ほかにも邪行師を捕まえてるんですか？」

正直にうなずいた。

「みんな殺すんですか？」

「それは、なんと言ったらいいのか……」返答に詰まったが、この小娘相手にのらりくらりと言を左右にするのはひどく不誠実だという気がした。「そうなるかもしれない」

が、意外にもビビウ・ニエはさほど取り乱すこともなく、逆にすっと冷めていくように見えた。呼吸が静まり、ささくれ立った感情が凪いでいく。必死に打開策を模索しているのか、事態の重みにじっと耐えているのか、はたまた破れかぶれになって放心しているだけなのか。

いずれにせよ、それがケーリンを落ち着かなくさせた。長引く沈黙のなかに、まだ伏せられているカードの気配を感じ取った。そして気がつけば、どうでもいいことをぺらぺらとまくしたてていた。

「烈士站はおれの発案だ。それを反乱軍に利用された。たとえテロを未然に防いだとしても、ホクロはこんな失敗をぜったいに許さない。だとしたら、きみならどうする？　どうすれば失敗を挽回できる？」

　くそ、おれはいったいなんの言い訳をしてるんだ？　ビビウ・ニエはなんの反応も示さない。ただ眉をひそめて自分の殻のなかに閉じこもっている。ケーリンは心中で毒づいた。どうせすぐに殺さなきゃならないのに、こんな話をしてどうしようってんだ？

　だからビビウ・ニエが不意に顔を上げたとき、どんな命乞いにもけっして応じまいと気を引き締めた。交渉はなし、値引きもなしだ。ビビウ・ニエが思い詰めたように口を開いたときも、先回りをして「残念だがそれはできない」とか「悪く思わないでくれ」とか口走りそうになった。しかし、彼女の口から実際に飛び出したのは、いかなる意味においてもまったく予想だにしないものだった。

「キーロウ・バイという人を知ってますか？」

　ケーリンは瞠目（どうもく）した。

「ルガレの強制労働収容所にいた人です」とたたみかけてくる。「そのまえはたしかサンソルジェークで……高校の先生をしていたと思う」

　こめかみがドクドクと脈打ち、視界が狭まる。キーロウ・バイ？　いまそう言ったのか？　自分の耳が信じられなかった。なぜこの小娘が親父の名前を知ってるんだ？　口のなかが粘つき、何度も唾を呑み下した。

「わたしはキーロウ・バイのことを知っている」ビビウ・ニエが言った。「これはあなたとの交渉材料になる？」

　いっしょに暮らした日々どころか、顔すら憶えていない。「父親」と言われて思い出せるのは、嘘偽りなく、愛国児童施設の壁にかかっていたジロン・ジャンの肖像画だけだ。それでも、まるで澄んだ鈴の音のようなビビウ・ニエの声は、ケーリンのなかでとっくのむかしに死に絶えたものを呼び覚ました。

――鳩。

顔のない男が、鳩に触らせてくれた。真っ白で、翼の先端に黒い斑点のある鳩だった。顔のない女がそばにいて、やさしく微笑んでいる。きれいな子でしょ？　女が鳩を撫でながらそう言った。この子がわたしをあなたのお父さんのところへ連れてってくれたのよ。さあ、ケーリン、と男が誇らしげに言った。その鳩を放してごらん。

それでおれは両手をチャンピオンみたいに持ち上げて、なにひとつ欠けたところのない青空にあの鳩を解き放ったんだっけ……

ディレクター

セメント会社の副社長の誕生日パーティーに招待されたのは映像作家、詩人、画家、大学教授、国営放送のディレクター、および彼らの細君であった。

場所は首都サンソルジェークの一等地に建つ二十三階建てマンションの最上階、ワンフロアがまるまる副社長の舅、つまり奥方の父親の持ち物である。当の舅は姑を連れて、スペインのマヨルカ島に住む息子夫婦を訪ねていて留守だった。

夜も更けたいま、優に十二人はかけられるダイニングテーブルに残されているのは、宴の痕跡だけである。今日の主役がかぶっていたパーティーハット、紙吹雪、料理がほんのひと口だけ上品に残された皿、縁に口紅のついたワイングラス、バスケットのなかの冷たいパン、客人の賛辞をほしいままにしたソースの記憶を留めるナイフやフォーク、優雅で甘いシガリロの残り香……まるで堅信礼のときに使うような七本の蠟燭(ろうそく)だけが、人々のいなくなったテーブルを淡く照らし出していた。

リビングルームのソファを独占した女性陣は、まるで電線に止まった鳥のように肩を寄せ合ってひそひそ話をしたり、かと思えば突然爆(は)ぜたように笑ったりしている。きらびやかなマニキュアを塗った指でワイングラスの脚をつまみ、前歯をメルローのタンニンに染めて、どこそこのなになにが美味しいだの、どこそこのなになにが安いだの、今度どこそこへごいっしょしましょうよだのといった話でおおいに盛り上がっていた。

軽蔑の眼差しをそちらへ投げかけた画家と詩人は、天井まである大窓からネオンきらめく下界を見下ろした。彼らは芸術家らしく美について語りあっているさいちゅうだった。

「ザミャーチンも言っているように、美の本質は形式への服従だよ」詩人が言った。「つまり、美とは本来不自由なものなのさ。音楽にせよ絵画にせよ詩にせよ、美はその形式のうちにしか宿らない。交響曲には交響曲の形式があり、バレエにはバレエの形式がある。その形式から逸脱したら交響曲は交響曲ではなくなり、バレエはバレエではなくなる」

「その伝でいくと、この世でもっとも美しいものは機械だということになるな」と画家。

「きみは機械の美しさを疑うのかい？」

「それなら全体主義はどうだ？　人間を機械みたいに貶(おと)しめる全体主義も美しいのかい？」

「もし独裁者も機械の一部ならね」

「面白くなってきた。お説を拝聴しよう」

「もし独裁者もぼくらと同じように不自由なら、全体主義は完璧に幾何学的な美しさを獲得する。たとえばアリやミツバチのコロニーのようなね。でも人間界では、そんなことは金輪際ありえない。全体主義が醜いのは、ひと握りの人間が自由でいるために残りの全員に不自由を強いる、そのいびつさのせいなのさ」

画家と詩人は手にコニャックのグラスを持ち、しばらく丁々発止のやりとりをつづけた。いかにも感に堪えぬという風情で相手の芸術論に相槌を打っているが、そのじつふたりの胸には抜き差しならない軽蔑が巣食っていた。その理由といっては、どちらも寸分たがわぬものである。ちぇっ、きいたふうなことをぬかしてら、こんな国で逮捕もされずにのうのうと生きてるやつが芸術家なわけあるもんか。

「このまえのデモには行ったかい？　あのときはぼくの友人がごっそりしょっぴかれちまってね。ぼくも、ほらここ……頭に警棒をガツンと喰らったよ」

詩人がそう言えば、画家もそれより大きなことを言わねば腹の虫が治まらない。しかしいくら考えてもそんな武勇伝は思いつかなかったので、変化球で行くことにした。

「そんなデモがなんの役に立つ？　本気でベラシアを変えたいなら、なぜきみも南部へ行って反乱に身を投じない？」

「人にはそれぞれ役割ってものがある」こんな会話はこれまで何度もしてきたというふうに、詩人は余裕しゃくしゃくで肩をすくめた。「ジャーナリストは筆で戦っている。分離独立派をこっそり支援している金持ちもいる。それともきみは、戦場で機関銃を撃つのだけが戦争だとでも言いたいのか？」

画家が言葉に詰まる。

「海外の調査機関によれば、内戦がはじまってからホクロの支持率はぐんぐん下がってるんだ」詩人が嵩（かさ）にかかる。「もちろん、この国での報道は正反対だけど。このまま下がりつづければ、政権を維持するのもむずかしくなるだろうね」

海外の調査機関だと？　大学教授はひとり掛けの椅子に深くすわり、葉巻をくゆらせながら詩人と画家のやりとりを苦々しい思いで聞いていた。いやはや、こいつらみたいなお人好しを騙くらかすのはわけもないな。

歴史に学べば、偽旗作戦の例などいくらでもある。柳条湖（りゅうじょうこ）事件（一九三一年、中国東北部の柳条湖で中国兵が南満洲鉄道の線路を爆破したとされる事件。これにより関東軍は満洲各地の占領を開始したが、じつは関東軍による自作自演だった）、トンキン湾事件（一九六四年、ベトナムのトンキン湾で北ベトナム軍がアメリカの駆逐艦に魚雷を発射したとされる事件。これによりアメリカは本格的にベトナム戦争に介入し、北爆を開始したが、のちに事件の一部はアメリカによる自作自演だと判明した）、ロシアの高層アパート連続爆破事件（一九九九年、モスクワなどで高層アパート連続爆破事件が発生し、三百人近い死者が出た。当時の首相ウラジーミル・プーチンはそれをチェチェンの独立派武装勢力のテロリズムと断定してチェチェンへ侵攻したが、ロシア連邦保安庁による自作自演ではないかという疑いが持たれている。この爆破事件によりロシア国内で反チェチェン感情が高まり、対チェチェン強硬派だったプーチンが大統領の座に就くきっかけとなった）など、枚挙にいとまがない。

海外の調査機関の評価など一夜で覆る。もしわたしがジロン・ジャンなら、と大学教授は内心思った。小学校とか病院とかを適当に爆破して反乱軍に罪をなすりつける。それを海外のメディアに報道させりゃ、こいつらみたいな阿呆はつぎの日から小さな国旗をふりまわしてジロン・ジャンの名前を熱狂的に叫ぶに決まってるんだ。

北欧製の音響システムからは、軽快なキューバ音楽が流れていた。

セメント会社の副社長と映像作家と国営放送のディレクターはすわるところがないので、やっぱりダイニングテーブルに戻ることにした。そこからはリビングルームが一望できるし、話を聞かれる恐れもない。

映像作家とディレクターはコニャックを飲みながら、最近受けた痔の手術についてセメント会社の副社長が面白おかしく語るのを拝聴していた。手術のときの体位なんだがね、ジャックナイフ位という姿勢になるんだよ、そう、ジャックナイフ、こう……山なりの施術台にうつ伏せになるんだが、そうそう、尻を突き出したかっこうでね、名は体を表すと言うが、不良少年と肛門科医ではジャックナイフに対するイメージがおおいにちがうだろうね。

「イメージといえば」彼は言葉を継いだ。「個人的にはホクロに対する悪いイメージが広がりすぎているように思うよ」

映像作家とディレクターはちらりと顔を見合わせた。

「見たまえ」副社長は酒で喉を潤してからつづけた。「わたしたちは必要な医療を受けられるし、街だってむかしよりずいぶんきれいになった。わたしの子供の時分には、そこらじゅうに汚らしい物乞いがいたもんだよ。いまでは誰も餓えたり、凍えたりしない。才覚があれば、いい暮らしだって夢じゃない。公共交通機関だって時間どおりにやってくる。これ以上、なにを望む？」

「そりゃおたくの会社は政府の注文を一手に受けているからいいさ」副社長のことを大学時代から知っている映像作家が鼻で笑った。「だけど、芸術はどうなる？　自由にものも言えない社会では、真の芸術家なんかひとりもいなくなっちまう」

「すべての国に偉大な芸術家がいなきゃならんのか？　そもそも芸術とはなんだ？」

「芸術とは美だ。芸術家がいなければおれたちは人生の美しさを疑ってしまう……これはおれが言ったんじゃない。たしかアナトール・フランスの言葉だ」

「美の解釈は人それぞれだろう」

「つまり人生の解釈も人それぞれってことさ。この国の問題はその解釈が許されないことだ。美の解釈がひとつしかないなら、幸福の解釈もひとつしかない。美にせよ幸福にせよ、新しい解釈は政府に無理矢理堕胎させられる。ベラシア人はいまだかつて自由のなんたるかを知ったことなどないんだ」

ふむ、と副社長が思案顔でうなり、国営放送のディレクターに水を向けた。「きみはどう思う？」

「よくわかりませんが……ただ、いまのベラシアの状況は、ぼくたちが自由を信奉しすぎているせいだとも言えます」

今度は副社長と映像作家が顔を見合わせる番だった。

「芸術家が芸術家になるための自由を求めているように、独裁者も独裁者になるための自由を求めています」ディレクターは控えめに自説を披瀝（ひれき）した。「もともと個人の自由は厳しい制限なくしてはありえません。誰かの自由がほかの誰かの自由を侵害することがあるからです。ベラシアの問題は、上はホクロから下は物乞いに至るまで、みんなが自由を愛しすぎているせいだとは考えられませんか？そして自由をめぐる戦いで勝利したのがホクロだったというわけです」

「それなら、きみはこのままでいいと思っているのか？」映像作家が憤慨して腕をふりまわした。

「沈黙は同意と同じだぞ」

「沈黙するも自由、叫ぶも自由ですよ。でも、それを弾圧するのも自由なんです。ひとつの自由がもうひとつの自由より尊いということがありえますか？」

映像作家が言葉に詰まり、我が意を得たりとばかりに副社長がはたと膝を打つ。

「まさしく！　ホクロはまさにその問いに対して否と言って人心を束ねた。沈黙は卑怯者のすることで、まったき者は武器を取って戦えと人民を煽って革命を成就させたんだ」

「問題は革命が成就したあとで、今度は掌返しで人民に沈黙を強いたことだ。そんな政府が信じられるか？　おれたちはまんまとホクロに一杯食わされたんだ！」映像作家は人差し指をディレクターの鼻先に突きつけた。「きみも同罪だ。きみは一日に二回、一年三百六十五日ホクロの嘘を垂れ流しているんだからな……おっと、仕事だから、なんて言うなよ。おれはいま良心の話をしてるんだからな」

　国営放送のディレクターは曖昧に微笑むばかりで、あえて反論はしなかった。

「それを言うなら、ルガレ自治州の反乱軍も同じかもしれんぞ」と副社長。「沈黙は卑怯だ、いまこそベラシア連邦と手を切れとやつらは煽りたてる。しかし、たとえ独立できたところで、小さなベラシアが誕生するだけかもしれないよ。言ってしまえば、わたしたちは同じ民族なんだからね」

「だったら、ほかにどんなやり方がある？　どうすればホクロの目を覚ますことができる？　まともなやり方じゃ密告と銃殺に対抗できないぞ」

「目を覚まさせる必要なんてないさ。ベラシア人はホクロみたいな男が大好きなんだからね。政権に楯突くのは、いわば知識人の流行のようなもんさ。なにより、頭がよさそうに見える。頭がよさそうに見えるやつにはいろんな利得がある。すくなくとも、誰も馬鹿だとは思われたくない」

「ルガレはベラシアのようにはならない」

「なぜそう言い切れる？」

「それは……そのう、信じてる……おれはそう信じてるんだ！」

「だったらヴォルクのことはどう説明する？　まさかヴォルクと反乱軍がつながってないなんて言い

出すんじゃないだろうな」

「うっ」

「たしかに、ルガレがベラシアのようになるかどうかは誰にもわからない」副社長は辛抱強く諭した。

「だけど同じ土地に同じ種を蒔けば、けっきょく同じ実しかならないんだよ」

映像作家はなおも反論しようとしたが、ちょうどこのとき詩人が朗読をはじめた。

腐食する大地に　皆殺しの風が吹く
レフ・ラロウの旗印のもと　英雄は死者に
死者は英雄につくりかえられる
大地はふたたび芽吹き　そしてまた
腐食する

女たちが拍手し、やんややんやの喝采を浴びせた。

「やめたまえ」ひとり掛けの椅子にふんぞり返った大学教授が欝陶しそうに手をふった。「きみひとりが銃殺になるぶんにはかまわんが、我々を巻きこまんでくれ」

「ぼかぁ怖くないぞ！」かなりきこしめしている詩人は、殉教者のように両手を大きく広げて叫んだ。

「もし明日ぼくが逮捕されたら、このなかに密告者がいるということだ！」

「きみはレフ・ラロウの本を読んだことがあるのかね？」

「手に入るなら読むさ……ああ、読んでやるとも！」

相手がとうとう切り札を出してきたのを見て、画家は地団駄のひとつも踏みたい気分になった。レフ・ラロウの本は一冊で逮捕、二冊で流刑、三冊持っていれば銃殺というのが相場だ。その伝説的な名前を入れたことで、とんでもなくつまらない詩が、にわかに銃弾のような凄味（すごみ）を放った。

　これは分が悪い、と画家は察した。録音でもされないかぎり言葉はあとに残らないが、もし自分がレフ・ラロウを絵に描いたりしたら——あるいはほのめかしただけでも——秘密警察がドアを蹴破って入ってくる。命を擲つ覚悟は技巧をしのぐ。作品の出来栄えは関係ない。流刑や銃殺は芸術家の勲章なのだ。その覚悟のない者には、せいぜいグラスに残ったコニャックをあおることしかできなかった。

「言い得て妙だな」セメント会社の副社長は映像作家と国営放送のディレクターを交互に見やり、嬉々として眉をくいっと吊り上げた。「大地はふたたび芽吹き、そしてまた腐食する……詩人殿はどうやらわたしと同意見のようだぞ」

　最終バスに間に合うように、国営放送のディレクターは暇乞いをした。

　バス停に向かってとぼとぼ歩きながら、彼の耳には帰り際に映像作家に投げつけられた言葉がしつこくこびりついていた。もう帰るのか、夜はまだこれからだぞ、ああ、帰ればいいさ、きみは明日の朝もホクロの声を全国民にとどけなきゃならんのだからな。

　じつのところ、政府放送のほかにもやらなければならない仕事があった。ルガレ自治州のテロの続報を、明朝までに編集してしまわなければならない。血塗（ちまみ）れの体育館、野戦病院と化した校庭、半壊した校舎。強力な爆発物が使用されたことは、軍務大臣のコメントを待つまでもなく明らかだ（「反乱軍のテロリストどもが使用したのはおそらくプラスチック爆弾でしょう。同時多発的に複数箇所が攻撃されています。もしこれが自爆テロだとしたら、ゆゆしき問題です。我がほうの軍営に複数のテロリストの侵入を許したわけですから」)。

第一報が飛びこんできたとき、放送スタジオの副調整室（サブ）のなかでは誰もが声を失った。タイムキーパーは時間を計り忘れ、スイッチャーは編集機材にコーヒーをこぼし、テクニカル・ディレクターである自分としては彼らをどやしつけなければならなかった。政府軍に徴用された地元高校の運動場は、月面クレーターのようなありさまになっていた。いったいなぜこんなことになったのか、誰にもわからなかった。真相を知るのは、焼け跡を取り巻いているジャカランダの花だけだった。

ルガレ地方はもう春の訪れを感じさせる陽気だが、ここサンソルジェークにはまだ陰鬱で湿っぽい冬がぐずぐずと居残っていた。国営放送のディレクターはコートの襟を立て、正面から吹きつけてくる寒風に身を縮めた。彼はポケットに手をつっこみ、背中を丸め、ジロン・ジャン大通りと人民通りの交差点にあるバス停まで歩いていった。

誰もバスを待っておらず、腕時計に目を落とすと午後十一時をだいぶまわっていた。ベンチに腰掛け、煙草に火をつけて一服した。寒さのせいで耳が痛み、頭が痺れていた。バス停に貼られた古い広告の残骸を眺めやる。〈第二十五回国際コミック・フェスティバル〉。煙草を吸いながら、破れて色褪せたそのポスターに目を這わせた。かろうじて去年のものだと判別できる。ほとんど消えかけている女の子と男の子が、世界各国の話題作が一堂に会し、日本からも著名なマンガ家がやってくるのでこのチャンスを逃すなと可愛らしく謳（うた）っていた。もちろん、ふたりとも腕に労働党の腕章を巻いている。

内戦のせいで中止にならなければ今年で二十六回目か。国営放送のディレクターは頭のなかで勘定した。あれはたしか第二十一回だったから、彼らが接触してきたのはもう五年もまえになるんだな。

五年前、国営放送のディレクターは息子にせがまれて、コミック・フェスティバルへ連れていった。息子は幸せな蝶々みたいにブースからブースへと飛びまわり、マンガをどっさり買いこんだ。ほとんどが日本のマンガを翻訳したものだった。日本からやってきたという声優のやかましい歌にあわせて、髪を奇抜な色に染めた少女や、兵役に行ったらさぞ苦労するだろう少年たちがもう明日などないかのように大合唱していた。辟易しながら帰宅し、妻にコミック・フェスティバルのようすを話して聞かせているときに、息子が一冊の本を差し出してこう言った。これ、ぼくが買った本じゃない。それは粗悪な私家版で、ざらざらした安っぽい水色の表紙に『テロリズムの理論と実践』というタイトルが印字されていた。

どれほどもしないうちに最終バスがやってきたので、彼は煙草を落として踏み消した。バスは空いていた。最後部に肥った女性がいて、あとは前方に鳥打帽をかぶった年寄りがひとり乗っているだけだった。どちらも虚ろな青白い顔をしていた。ドアが閉まりかけたとき、男がひとり、手をぶんぶんふりながら走ってきた。

「そのバス、待ってくれ！」

このようなとき、たいていの運転士は舌打ちをし、おれの時間を無駄にする気かと言わんばかりにドアをピシャリと閉め、乗り遅れたのろまには目もくれずにバスを発車させる。しかし、この夜の運転士は人格者だった。彼は手間を惜しまずにドアを開けてやっただけでなく、息せき切って乗りこんできた四十がらみの男に軽く会釈までしたのである。

この世も捨てたもんじゃないな。国営放送のディレクターは満ち足りた気分で、ふたり掛け席に体を滑りこませた。

　バスは色彩の乏しい夜景のなかを走りだし、ディレクターは窓外に顔を向けた。誰がレフ・ラロウの本を息子のショッピングバッグに忍びこませたのかは、けっきょくわからずじまいだった。流れゆくナトリウム灯の黄色い光を眺めながら、そんなことを思い返していた。もしかすると、なにかの手違いだったのかもしれない。だけど、まさにあの本がおれをまったく別の人間につくりかえてくれたんだ。その後のことは聖書にあるとおりだ。求めよ、さらば与えられん。尋ねよ、さらば見出(みいだ)さん。門を叩け、さらば開かれん（「マタイによる福音書」七章七節）。

　つぎのバス停で肥った女性が降り、新たに乗車する者はいなかった。前方のひとり席に収まっていた男がおもむろに立ち上がり、ふらつきながら近づいてくる。めったにお目にかかれないほど顔の長い男で、横をとおりすぎるときに羊のにおいがぷぅんと鼻先をかすめた。

　その男が真後ろの席に腰かけたとき、国営放送のディレクターは驚きはしたものの、来(きた)るべきものが来たのだと承知してもいた。だから顔は断固として窓の外に向けたまま、迂闊にふり返ったりはしなかった。しばらくして、羊のにおいのする風がふっと頬にかかった。

「予定どおりにたのむ」

　国営放送のディレクターは白い息をひとつ吐いてから応じた。「もう仕込みはすませた」

　やかましいエンジン音と倦怠(けんたい)が充満したバスは、夜の街をひた走った。五月三日広場を半周まわり、スポットライトを浴びたジロン・ジャンの銅像をやりすごし、右折して忠誠通りに入っていった。

「ジャカランダ市の襲撃も計画の一部なのか？」

　返事はない。

「ここでもああいうふうにやるのか？」

「だとしたら？」羊のにおいが押し寄せてきたので、男が身を乗り出したのだとわかった。「怖じ気づいたか？」

「まさか。ホクロは火の手が喉元まで迫っていることを思い知るべきだ」

「そのとおりだよ、兄弟」

「なんだか申し訳なくてね」ディレクターが言った。「ルガレの兄弟たちが命を懸けて戦っているのに、おれの役割がこんなに楽でいいのかな」

「あんたの役割は楽じゃない」席を立つまえに、揺るぎなく羊のにおいのする声が言った。「核爆弾の発射ボタンを押すことが楽じゃないのと同じだ」

バスが停まり、男は金を払って降りていった。国営放送のディレクターは、歩道を折れて暗い路地へと消えていく男の後ろ姿を見送った。

大きな車体を揺すりながら、バスが走りだす。

彼は白く凝ったため息をつき、シートに深くすわり直した。国営放送局で働きだしてからの自分のふるまいをざっと点検してみたが、愛国者ではないと指弾されるようなヘマはしなかったはずだ。毎朝夕の政府放送を担当するようになってからは、なおのこと言動に気をつけた。毎週末に行われる地域の労働党要綱勉強会にも欠かさず参加したし、ジロン・ジャン語録もほとんど空で言えるほど読みこんだ。それもこれも敵を知り、おのれを目に見えないウイルスと化し、ジロン・ジャン政権を内部から毒するためである。

それでも、曰く言い難い悪寒に苛まれていた。

組織は計画の全体像をけっして明かさない。各々がふり分けられた役割をきちんとこなせば、それらが自ずと正しいアルゴリズムを生成し最終目的を完遂する。このやり方なら途中で想定外の事態に見舞われても、小さなパーツを取り換えるだけで計画を守ることができる。切り捨てられたパーツはほかのパーツのことをなにも知らないのだから、たとえ拷問にかけられても仲間を売る心配はない。核爆弾の発射ボタンを押すことが楽じゃないのと同じだ。夜の街をひっそりと走りぬけるバスのなかはひどく寒く、思わず知らずコートのまえを掻き合わせていた。甚大な被害を出した南方面軍本部の映像が眼前にちらつく。放送にはのせられなかった酸鼻な光景が、ガラス片のように彼を切り裂いた。つまり、と胸の裡でつぶやいた。おれが政府放送にまぎれこませるちっぽけな音は、それほどの威力があるということか。

はじまりの音

物事はあらかじめ決められたとおりに、もしくは誰にも思いもよらないかたちではじまった。

ベラシア連邦の津々浦々に鈴の音がいっせいに響き渡ったのは、二月最後の水曜日、よく晴れた朝のことだった。

毎朝恒例の政府放送をつつがなく流し終えたあと、大街小巷のそこここに設置されているスピーカーがいつもどおりに沈黙した。

およそ十五分ものあいだジロン・ジャンの声にがんじがらめになっていた全国民がため息をつき、中断を余儀なくされていたそれぞれの人生へと戻っていく。都会ではいいかっこうをした人々が横断歩道を渡ったり、車のクラクションを鳴らしたり、ジョギングを再開したりした。

市場では肉や魚や野菜がならべられた。

学校では子供たちがガヤガヤと着席し、先生が今朝のジャン将軍のお言葉について解説をした。つまり卑劣なテロリズムはわたしたちを分断することなどできず、むしろこれまで以上に結束を固めさせるんです。

農民は煙管(キセル)の火をつけ直し、一服してからトラクターを発進させた。

夜っぴて魚を獲っていた漁師は海を眺めやり、午前九時の陽光に目を細めた。

製鉄所では真っ赤に溶けたドロドロの鉄が溶鉱炉から流れ出ていたが、こうした作業は政府放送にも妨げられない例外ちゅうの例外である。

病院では、せめて放送が終わるまでは、と最後の息を詰めていた者たちがつぎつぎにあの世へ旅立っていった。

空港の税関職員たちは、なんだかむしゃくしゃして旅行者に難癖をつけはじめた。横柄な態度でスーツケースを開けさせ、なかのものを適当にひっかきまわしてから、また横柄に顎をしゃくって旅行者を通過させた。

朝からやっている酒場にしけこんでいた夜勤明けの労働者たちは、コップに残った蒸留酒をあおった。

ありていに言えば、全国民が朝のお勤めが終わったささやかな解放感にひたっていた。

が、この日にかぎっては、まだつづきがあった。いったん沈黙したスピーカーが軽い咳払いとともに息を吹き返し、チリーン、チリーン、という涼しげな音を散じたのである。

田舎の一軒家では、しなびたばあさんが四季をつうじて軒下に吊るしてある風鈴を見上げた。風鈴の短冊はそよとも動かないが、きっと風が吹いたのだろうと思って気に留めなかった。

首都サンソルジェークの五つ星ホテルでは、受付嬢が愛想笑いを浮かべてフロントデスクへ出てきた。しかし客はおらず、白銀色のコールベルを鳴らした者の姿はどこにも見当たらなかった。

塀の上でひなたぼっこをしていた肥った猫は、電信柱にしつらえてあるスピーカーをじっと見上げていた。

テレビをつけている家庭ではその、チリーン、チリーン、という音がテレビから聞こえてきたのか、それとも現実の音なのか区別がつかなかった。いずれにせよ、たいしたことではない。善男善女はまた読みかけの新聞に目を落としたり、掃除機をかけたり、髭を剃ったり、歯を磨いたりした。

労働党ルガレ自治州支部に勤務する心優しい兵士は、鈴の音を聞かなかった。彼は洗濯室にいて、若草色のハンカチにアイロンをかけていた。心に余裕がないときほどハンカチをきれいにしておくのよ。そう言って、母親が同じ色のハンカチを十枚も持たせてくれたのである。

放送スタジオの副調整室には、国営放送のディレクター以外誰もいなかった。

もともとミキサーの青年とふたりで朝夕の政府放送を担当しているのだが、この日は朝の放送が終わるや「あとはおれが片づけとくよ」と言って、ミキサーの青年を早々に追い払った。

じつのところ、ディレクターは自分がなにをやったのか、まるでわかっていなかった。ただ、以前預かったメモリーカードの音声をこの日の放送にのせてくれと、羊のにおいのする男に言われただけである。それでも、彼はおおいに満足だった。おれはほかのやつらとはちがう。ただぼさっとすわって国に文句を垂れるかわりに、おれは行動したんだ。そうさ、おれは核爆弾の発射ボタンを押すことにも匹敵する大仕事をやってのけたんだ。

五つのモニターが、無音で映像を流している。

そのうちのひとつは、ルガレ地方の山岳部に潜伏している反乱軍からとどいたメッセージ映像だった。垢じみた反乱軍の兵士がカメラに向かってなにかしゃべっている。〈ぜったいにあきらめません。沈黙は加担と同じです。わたしたちはどんな手を使ってでもルガレの独立をはたします〉というテロップを、ディレクターは身震いするほどの充足感とともに眺めた。

そのとき、羊のにおいのするブラウ・ヨーマはサンソルジェーク中央駅にいた。

彼はすでに九時半発のオソ往き急行列車に乗りこみ、窓辺の席に収まっていた。見るかぎり、ホームのスピーカーが吐き出した鈴の音に気を留める者はいない。旅人も商人もただの逃避者も、自分の人生で手一杯のようだった。ブラウ・ヨーマはくつろいだ気分で煙草に火をつけて一服した。事態はもうおれの手を離れた。仕上げに犯行声明さえ出してしまえば、あとはあの蛭(ひる)みたいな軍務大臣からたっぷりせしめたカネでしばらくのんびりやらせてもらうとしよう。

肥った中年女が子供を三人連れて、ドタドタと客車に入ってきた。赤ら顔で眉が太く、いかにも一生土にまみれて生きてきたような女だ。見ているだけで、堆肥のにおいがしてきそうだった。

女と子供たちは席を探しながら通路をうろうろしていたが、ブラウ・ヨーマの横をとおりすぎるときに、小さな男の子がこう叫んだ。

「おじいちゃんちの羊小屋のにおいがする！」

ほかの乗客が声をたてて笑ったので、ブラウ・ヨーマもそうしようと思った。邪気のない子供の言うことだ、目くじらを立てることもあるまい。しかし、できなかった。笑うに笑えず、泣くに泣けなかった。もっと言えば、顔を窓ガラスに叩きつける羽目になった。

肥った女がおもむろに拳銃を持ち上げ、彼の頭を二度撃ったからである。


騒然とする中央駅から西へ十五キロばかり離れた軍務省では、軍務大臣がすでに自室の執務机で待機していた。

政府放送が終わってきっかり一分後に聞こえてきた鈴の音に、クエイ・リーは心臓をぎゅっと摑まれたような気がした。いよいよだ。細工は流々(りゅうりゅう)だが、想定外のことはいつだって起こりうる。まるで砂糖に群がるアリのように、破滅のシナリオが軍務大臣にびっしりとたかっていた。こんなときは薬だ。脳みその深いところで渦を巻くこの昏(くら)い光を鎮めなければならない。なのに抗不安剤を求めて抽斗(ひきだし)を開けたとたん、待っていた電話がかかってきた。ため息をつき、三回鳴ったところで受話器を取ると、聞き覚えのあるまろやかな声が耳朶を打った。

「今度は大丈夫だろうね、クエイ」

「万事つつがなく」

「そのヴォルクの男は……」

「ご安心を、閣下」軍務大臣は受話器を持ち直した。「ぬかりはありません」

「殺し屋はもちろん逮捕される」

「軍務省の威信にかけて」

「中央駅での殺人は看過できん」

「もちろんです」

「そして、消される」自分で言ったことがよっぽど可笑しかったのか、クックックッという忍び笑いが受話器から漏れた。「そうだな?」

「従前どおりすべての記録が抹消され、新しい殺し屋として生まれ変わって、また閣下のために働いてもらいます」

短い通話を切り上げると、軍務大臣は革張りの執務椅子に体を沈めた。

ひどく疲れていた。磨り減った靴底にでもなってしまったような気分だ。磨り減った靴底のほうがまだましだ。磨り減った靴底なら、靴屋にたのんで張り替えてもらえばいい。しかしそのようなわけにはいかないので、改竄だらけの現実にふり落とされないように、なにより自分自身が改竄されてしまわぬようにしがみついているしかない。幸いにして、やり方は心得ている。クエイ・リーは抽斗のなかの錠剤に手を伸ばした。


たしかにその鈴の音は誰にとってもはじまりの、もしくは終わりの合図だった。国じゅうのハリエンジュの樹でさえ、ここぞとばかりにいっせいに白い花を咲かせたほどである。

「聞こえたか?」

「は?」

「いま鈴のような音がしなかったか?」

ケーリン・バイが窓の外に疑いの眼差しをめぐらせると、レイ曹長もカリフラワーみたいにつぶれた耳を澄ました。

　面格子のはまった窓からは、雲ひとつない青空を突き上げている電波塔が望めた。革命政権を打ち立てたとき、ジロン・ジャンは放送網の整備を国家の急務とした。そのおかげで国民はテレビやラジオを楽しむことができるようになり、誰もが親指を立ててジロン・ジャンを褒めそやしたが、全国にあるこのような電波塔が朝な夕なにサンソルジェークからとどくホクロの声を街じゅうにばらまいてもいるのだった。

「いいえ、わたしにはなにも」

「本当か？」

　レイ曹長が顎を引き、じっと見つめてくる。その言わんとするところはあきらかだった。南方面軍本部の襲撃で鈴の音に過敏になっているんじゃありませんか、さしあたりここにはいかなる死体もありませんし、邪行師どもは牢にぶちこんであります。

「そうか……」ケーリンはため息をつき、執務椅子を回転させてレイ曹長と向き合った。「どこまで話した？」

「そろそろ邪行師をどうするか決めなければ、というところまでです」レイ曹長が休めの姿勢で答えた。「現在、留置所には七名の邪行師が入っております。男六、女一です。この五日間で近隣にどれだけ邪行師がいるのかを聞き出そうとしましたが、どうやらこの者たちは本当になにも知らないようです。夜行列車を率いるのは基本的に徒歩圏内……といっても我々の徒歩圏よりはずっと広範なのですが、ともあれ歩ける範囲にかぎられるそうです。それが邪行師の行動範囲で、ほかの邪行師とは基本的に没交渉だからです」

「反乱軍、もしくはヴォルクとつながりのある者のことも、もちろん知らんのだろうな？」

「いいえ、それがワンダ・ニエから気になる証言が」

　ケーリンは目顔でつづきを促した。

「ワンダ・ニエが南方面軍本部に死体をとどけたのは間違いありません。邪行を依頼したのはブラウ・ヨーマという男ですが、データベースには該当する名前がありませんでした」

「偽名か……」

「ワンダ・ニエの証言に従ってブラウ・ヨーマの棲み家を見つけましたが、もぬけの殻でした。しかし納屋の窓枠に先ほどお見せしたそれが……」レイ曹長が執務机に置かれたガラス片に目を走らせる。「おそらくなんらかのかたちでブラウ・ヨーマがテロに関わっていると見て間違いないかと」

　ケーリンは低くうなり、まっぷたつに割れたガラス管の片割れを取り上げてためつすがめつした。ふたつを組み合わせると、たしかに死体の腹から見つかったヒューズとよく似ている。執務室の窓から射しこむ陽光がガラス片にあたって屈折し、青く分散した光を机の上に落としていた。

「やはり邪行師の処刑はやむをえないかと」レイ曹長が進言した。「毒蟲（どくむし）はたとえ人を刺したことがなくても叩きつぶすべきです」

　ケーリンはほかの可能性を考えようとした。いっときかなり真剣に考えたが、すぐにそんなことはいくら考えても無意味だと悟った。邪行師たちが実際にテロに加担したかどうかは問題ではない。問題はその可能性を排除できないことだ。可能性がほんのすこしでも残っている以上、いつ何時それが真実に化けるかわかったもんじゃない。そうなったが最後、後手にまわって出し抜かれたやつは身の破滅だ。認めよう。おれはビビウ・ニエをまだ殺したくないだけだ、あの娘がなぜ親父を知っているのかを突き止めたいだけなんだ。
でも、いまさらそんなことをしてなんになる？　親父はホクロに殺された。愛国児童施設にいたガキどもの半数は、みんな同じような目に遭っていた。さっさと現実と折り合いをつけなければ、いずれは反体制派だった親たちと同じ轍（てつ）を踏むことになる。

　両親の正体を知ったのは、陸軍士官学校に入ってからだった。図書館で当時の新聞の縮刷版から両親の名前を探し当てた。記事によればキーロウ・バイとシャリン・バイはどちらとも当時二十七歳で、自宅で反体制的な詩集や小説を発行する地下出版社を営んでいた。この国で誰かが不幸になるときのつねで、このときも密告があった。自宅兼オフィスが秘密警察に踏みこまれ、「徹底的な捜索のあと」バイ夫妻は連行されてしまった。連れていかれたのは第十五陸軍病院で、そこでシャリン・バイだけが看護師に引き渡された。看護師たちは彼女を丸裸にし、診察台に寝かせ、そして秘所から「反体制的なメモリースティック」をほじくり出した。キーロウ・バイはおざなりの裁判を経て、ルガレ自治州の強制労働収容所へ送られた。反体制的な出版物の発行に加え、勤務先の高校に隠し持っていた信管が決め手になったと新聞は伝えていた。

　ビビウ・ニエが親父の名を切り札みたいに出したとき、おれはとっさにとぼけることしかできなかった。交渉材料？　いったいなんの話だ？　つまりはそれがおれの答えなんだ。あのとき、おれはキーロウ・バイとシャリン・バイを切り捨てた。本当の意味であのふたりを殺してしまった。ビビウ・ニエは口をつぐみ、まるで船底に穴の開いたボートでも見るような目でおれを見つめていた……

　痺れを切らしたレイ曹長が、わずかに身じろぎをした。

「処刑しろ」ケーリンは厳かに命じた。それが国家に疑われた者の末路だ。「ただし、きちんと朝食をとらせろ。最期まで人間らしく扱ってやれ」

レイ曹長は軍靴のかかとをカチッと鳴らし、敬礼の見本のような敬礼をしてから回れ右をした。

とたん、後悔が怒濤のように押し寄せてきた。ケーリンは執務室を出ていこうとするレイ曹長を呼び止め、しばし躊躇したあとでこう言った。

「おれは物事を単純に考えすぎているのかもしれないな」

もの問いたげな顔をふり向けてくるレイ曹長に対して、ケーリンはなんと応じたらいいかわからなかった。どんな反応を相手に求めているのかさえわからなかった。

国家非常事態宣言発動下で尉官以上が自己裁量で罪人を処断できるという法律は、必要ならば処刑してもいいという意味ではない。必要がなくても大事をとって処刑しろ、という命令なのだ。これだけ状況証拠がそろっていれば、いくら裁判をやったところで邪行師たちは銃殺をまぬがれない。もしおれがやらなければ、あの気色の悪い軍務大臣は死刑執行命令書にサインをしながらこうぼやくだろう。あのバイ中尉はこれしきのことも自分で決められんのか、あきらかに党に対する忠誠心が欠如しているな。

「正しいご判断だと思います」退室するまえに、レイ曹長がそう言った。「中尉殿はしばしば物事を必要以上に複雑に考えておられるのだと思います」

扉の閉まる音は、まるでギロチンが落ちてくる音のようだった。

おれはとっくのむかしに折り合いをつけた。ケーリンは執務椅子の背にもたれ、窓の外に目を向けた。三階にある執務室から見えるのは電線と電波塔だけだった。ホクロを父親と敬い、労働党を母親と慕ってきた。わたしはキーロウ・バイのことを知っている、これはあなたとの交渉材料になる？

いいや、ならないな、と胸の裡で答える。過ぎたことをいまさらほじくり返したところでなんになる？　百害あって一利なしだ。レイ曹長の言うとおりだ。考えたってしかたがない。たしかなのは、おれがこれから先も両親を殺したやつに仕えていかなければならないことだけだ。

　壁の時計を見やる。

　午前九時四十五分――一日はまだはじまったばかりで、空は明るく澄み渡り、勤勉な労働党員にちがいないミツバチは花から花へ飛びまわり、反体制派のヴォルク（オオカミ）は野を駆ける。灰は灰に、塵（ちり）は塵に、死ぬにはそれほど悪くない時間だ。

　ビビウ・ニエはたしかに叫魂鈴の音を聞いたと思った。

　瞬間、逆巻く火炎の幻影がどっと押し寄せ、すさまじい爆風に顔を殴られたような気がした。肝を冷やして看守の顔色をうかがったが、食事はまだよ、まるで餓えた犬ね、と蔑まれただけだった。看守は肉切り包丁一本で牛でも丸ごと解体できそうな肥え太った若い女で、四六時中汗をかいていて、意地が悪く、鼻の下にうっすらと髭が生えていた。

　だからビビウはまた膝を抱えて、牢屋の隅にすわり直した。

　とりとめもなく頭をよぎるのは、キーロウ・バイのことを持ち出したときのケーリン・バイの反応である。あの取り澄ました顔が、まるで信号機みたいに見る見る赤くなったり青くなったりした。見開いたその目からは、いまにも眼球がぽろりとこぼれ落ちそうだった。なのに、彼の口から出たのはこれだけだった。

「交渉材料？　いったいなんの話だ？」

それで確信した。たしかにバイという名字だけで、ケーリン・バイとキーロウ・バイを結びつけるのは無理があった。ルガレでは珍しくても、サンソルジェークのほうではありふれた名字なのかもしれない。でも、ケーリン・バイは間違いなくキーロウ・バイを知っている。さもなければ、あんなに動揺するはずがない。すぐさまこう叫びたかった。キーロウ・バイとレフ・ラロウは同一人物だ、彼が書いた本が今回のテロの引き金になってるんだ、いますぐわたしたちを解放しなきゃ洗いざらいぶちまけてやる！

が、すんでのところで、ぐっと言葉を呑んで目をそらした。もしケーリン・バイが本当にキーロウ・バイと関係があるなら、彼はその事実を揉み消そうとするだろう。ベラシアでもっとも危険な本を書いた人物とつながりがあると知られれば、ただではすまない。そしてこの国で不都合な事実を闇に葬るのにいちばん人気がある方法は、そう、口封じなのだ。

ドアが叩かれる音に思索を断ち切られる。

机の上に両足を投げ出して新聞を読んでいた看守が大儀そうに立ち上がり、大きな尻をゆすりながらドアの小窓を開けて相手を確認した。ひと言、ふた言あって、鉄扉を解錠する重々しい音が響いた。看守が戻ってきて、牢の格子扉を開ける。

「出なさい」外に向かって顎をしゃくりながら、ぞんざいに命じた。「お待ちかねの朝めしだよ」

ビビウは眉をひそめた。ここへ連れこまれて五日、二日目からやっと出るようになった食事は、いつもこの看守が犬にやるみたいに投げて寄こすパンと薄いスープだけだった。早くしろと怒鳴られて、腰高の扉をくぐる。留置所のドアが大きく開け放たれており、薄暗い廊下で自動小銃を肩にかけた兵士がひとり待機していた。

あっ、と思わず声が漏れた。「このまえは……ハンカチをありがとう」

口ごもりながらそう言うと、兵士のほうも目尻を下げ、人の好さそうな笑顔でうなずきかけてきた。

「食堂へお連れします」

毒蟲が首筋を這い上がってくるような嫌な予感に、ぶるっと悪寒が走った。

「せいぜい味わって食べなさい」その予感を裏書きするかのように、看守が冷笑交じりに声を張り上げた。「今日という日は今日だけなんだからね」

ハンカチの兵士は目をそらさなかったが、やっとのことでそうしているみたいだった。さあ、と硬い声で促す。

背後で留置所のドアが閉まり、ふたりは前後して歩いた。たちまち沈黙がのしかかってくる。自分以外のすべての人間がこそこそと目配せをしているかのような、そんな不誠実な沈黙だった。階段を下り、中庭を抜け、廊下を渡り、曲がり角にさしかかったあたりでビビウは思いきって口火を切った。

「あのハンカチはお母さんが持たせてくれたの？」

あまりにも突飛な質問だということはわかっていたが、とにかくこの状況に風穴を開けたかった。答えが返ってくるまで、長い廊下にはふたつの足音だけが虚ろに谺していた。

「はい」

「わたしは殺されるんだね？」

返事はなかった。

ビビウは足を止めずに歩き、兵士の指示に従って角を左に折れた。食堂とおぼしきドアが正面に見えてくる。近づくにつれて、肉を焼く香ばしいにおいが強くなった。

一歩足を踏み出すごとに、死に近づいていく。なにか考えなければならない。が、あせればあせるほど、頭のなかがたったひとつのことに凝り固まっていく。それは怒りに後押しされて膨張し、耐え難いほどに胸を圧迫し、抑えつけようとすればするほどいっそう暴れ、そして気がつけば異物を吐き出すように口からほとばしっていた。

「レフ・ラロウという作家を知ってる？」

兵士の歩調がわずかに乱れた。

「レフ・ラロウの本当の名前はキーロウ・バイっていうんだ」

言い終わるまえからもう後悔していた。わたしは自分の復讐のために、やさしい彼を密告者に仕立てようとしている。一度堕ちてしまえば、もう二度と這い出せないかもしれない井戸に突き落とそうとしている。美しいハンカチを血で汚そうとしている。

すぐに取り消そうと思ったが、言葉がもつれて出てこない。舌が石にでもなってしまったみたいだった。だめだ、だめだ！　いくら自分にそう言い聞かせても、復讐の黒い翼は力強く、しなやかで、どんなものよりも甘美だった。自分はもうとっくに死んでいて、誰かの邪行術によって歩かされている屍にすぎないのではないか。もしそうなら、とビビウは思った。この呪いにあらがえるはずもない。

「キーロウ・バイはケーリン・バイ中尉となにか関係がある」

親戚かもしれないし親子かもしれない、というひと言はぐっと呑みこんだ。鉛の塊を喉の奥に詰めこまれたみたいだった。空っぽの廊下に薄氷を踏むような足音だけが響いていた。一歩一歩が死への秒読みだった。互いの肚（はら）の裡を探るような沈黙のあとで、訝しむようなつぶやきが背中にこつんと当たった。

「どうして、ぼくに……」

口のなかに広がる密告の苦味に、ビビウは声をあげて泣きたくなった。もうなにを言ったところで嘘っぱちだ。悪意は矢のように放たれてしまった。わたしのせいで彼はもう二度と美しいハンカチを美しいとは思えなくなるかもしれない。

「ごめん」ぐっと奥歯を嚙みしめ、こみ上げてくる吐き気をこらえながら、素早くささやき返した。

「やっぱり忘れて」

なんとか言えたのは、それだけだった。

だだっ広い食堂には長テーブルがずらりとならび、思い思いの場所に散らばった邪行師たちがすでに食事をはじめていた。

ワンダ・ニエは窓辺の席についていた。ふたりぶんの食事をまえにして、ひとりぽつねんとすわっていた。

中国の肉屋

ふたりは言葉もなく、長テーブルをはさんで向き合っていた。

ワンダ・ニエは憔悴していた。たったの五日で、ふっくらしていた頰は見る影もなくこけ、無精髭が口元を縁取っている。濃い隈のせいで、充血した目がいっそう濁って見えた。ビビウを見つめては悲しげな微笑を浮かべ、首をふり、朝食のトレイに目を落とす。スモモのソースがかかった分厚いハムステーキに目玉焼きと付け合わせのニンジン、タマネギのスープ、バターを塗ったトーストが二枚にオレンジジュース、ミルクをたっぷり入れた紅茶。窓から射しこむ朝陽が、手つかずの朝食を白っぽく照らしていた。光のなかを紅茶の湯気がゆらゆらと立ちのぼり、時折り小鳥の影がよぎった。

これほど見事な朝ごはんは見たことがない。まぶしいくらいだ。ビビウはそっとため息をついた。それはまるでショーウィンドウのなかに飾られた美しいドレスのように、ここはちがう世界の存在をほのめかしていた。

「食べないのかい？」

ビビウは顔を伏せたまま、身じろぎひとつしなかった。どんな密告でも、密告は密告だ。その本質は、我が身可愛さに他人を陥れること。この豪勢な朝食に手をつけることは、密告の報酬を受け取ることと同じだ。そんなふうに思った。図らずも美味しいと感じた瞬間、今度こそ自分が自分ではなくなってしまう。

「ナタを恨まないでほしい」ワンダがかすれた声で言った。「ぼくは心のどこかでは知っていたんだと思う。ナタにジャカランダへ行けと言われて、そこで仲介人に会って、冥客を烈士站へお連れした……たぶん、なにかあるんだろうと思っていた」

「じゃあ、なんで？」

ビビウは顔を上げた。

「ナタはヴォルクの一族なんだ」

「反乱軍に加担する組織としてのヴォルクじゃなくて、ナタは正真正銘のヴォルクの血統なんだよ」

大きく息をつく。そこには決意のような、あきらめのようなものが滲んでいた。「若いころのナタは、自分の殺人者の血を嫌って邪行師になろうとした。彼なりに殺すことと生きることの折り合いをつけようとしたんだと思う」

「でも、だめだった？」

ワンダがかぶりをふった。それが質問に対する答えなのか、それともそんなことはもはや重要じゃないと言っているのか、ビビウにはなんとも言えなかった。

食べ物でも、雄鶏でも、どんな状況になってもナタ・ヘイは必要なものを手に入れてくれた。いったいどうやって？　いくら尋ねても、ぜったいに口を割らなかった。でも、ナタ小父さんがヴォルクなら話はわかる。食べ物や雄鶏のために、おびただしい血が流されたのだろうか。

「むかし、きみのお母さんがいなくなったことがあった」

大叔父に目を戻す。

「それをナタが連れ戻した。彼が右目をなくしたのはそのときなんだ。いくら訊いても、なにも教えてくれなかった。いったいなにがあったのかも、イフがどこにいたのかも。でも、それから何年も経って……イフが旅立って、きみが生まれたあとで、ナタといっしょにこの建物のまえをとおった」

「この建物って……ここ？　この党支部のこと？」

「そしたらナタが門のところにある吐水口で水を飲んで、あのときイフ・ユイをさらったのはヴォルクだったとぶっきらぼうに教えてくれた。ナタが人殺しをやめると言ったから、ちょっと懲らしめるつもりだったそうだ」

「ワンダ大叔父さんはナタ小父さんがヴォルクだとずっと知ってたの？」

大叔父がうなずき、ビビウはごくりと固唾を呑む。

「イフをたすけるために、ナタは自分の目を彼らの神様に捧げたんだよ。自分でえぐり出したと言っていた。なんでそんなことを？　ぼくがそう訊いたら、泣きおじさんの影像に向かって顎をしゃくってこう言ったんだ。そうしなきゃ、おれはあの男みたいに一生泣いて暮らすことになるよ」

「だから、ワンダ大叔父さんは――」

兵士がやってきて「行くぞ」と短く告げた。ハンカチの兵士ではなかった。あのやさしい彼でなくて、本当によかった。言葉は最後まで語られず、真相はけっきょく思いこみのなかにしかない。だけど、ほかにどうすることができる？　ワンダ大叔父さんはナタ小父さんを信じた。体に爆薬の詰まった冥客を運んだ。そのせいでおおぜいが死んだ。

ワンダ大叔父さん、と呼びかけた。「もしやり直せるなら、もう一度ナタ小父さんを信じる？」

「うん」ワンダが少年みたいに微笑った。「きみだってそうだろ？」

わたしなら？　ビビウはそのことについて考えてみた。いくら考えても、よくわからなかった。天秤の片方に誰かを載せ、もう片方に百人もの人間を載せても、そのたったひとりのほうが重いことはありうる。しかも、かなりありうる。それでも百人のほうを優先しなければならないとしたら、わたしたちはみんな泣きおじさんになってしまう。

無情な銃口に促されて、大叔父とともに邪行師たちの列に加わる。勘定するまでもなく、自分たち以外に五人の邪行師がいた。まるで夜行列車に乗りこんだような気分だ。全員が全員、もう死んでいるかのような土気色の顔をしていた。

わたしならどうする？　わからない。たったひとりのためだけに生きる強さと、百人のために心を押し殺す強さと、いったいどちらが本当の強さなのだろう？　ひとつだけたしかなのは、とビビウは思った。そんなことを迷っている時点で、たぶんわたしも地獄へ堕ちるしかないんだろうな。

前後左右を兵士に固められて一列縦隊で中庭に入ると、すでに柳の下で銃殺隊が待機していた。驚いたことに、邪行師たちは誰ひとりとして取り乱しもせず、運命にあらがうこともなかった。泣き言はなし、恨み節もなし。ただ口をつぐみ、顔を伏せ、まるで処理場へ連れていかれる牛のように粛々と歩を進めた。たった七人ではあるが、そこには集団の意思とでも呼ぶべきものが存在していた。そこはかとない気品のようなものが。なあに、ただの魂の引っ越しだよ。誰かが小声でつぶやいた。ただそれだけのことさ。その高貴な諦観に、ビビウは邪行師としての誇らしさを感じないわけにいかなかった。ああ、わたしの死はこんなにもありのままだ。死に際し、これ以上の調和は望むべくもない。銃殺隊のなかには断固として目を合わせようとしない者もいれば、断固として目をそらさない者もいた。ケーリン・バイの姿は見当たらなかった。

ビビウは大叔父の手を握りしめた。

「ここに来てから、魔法少女ビビウのことを考えていたんだ」ワンダはその手を力強く握り返した。「お話を聞きたいかい?」

ビビウは目を丸くし、まるで大叔父の膝の上であやされていた子供のころのようにうなずいた。

「中国には鬼債(きさい)というものがあるそうだ。鬼債というのは、あの世の鬼から借りる借金みたいなものさ。わかるかい? つまり鬼に願いをかなえてもらうかわりに、約束したお礼をしなきゃならないんだ」

ワンダはおだやかにつづけた。まるでこれから赴くのはあの世などではなく、黄金色に波打つ麦畑であるかのように。

むかしむかし中国に肉屋がいた。その肉屋は何十年も豚や羊をつぶしてきたけど、ぜんぜん儲からない。毎日せっせと豚や羊をつぶしてまじめに肉を売ってきたのに、まったくお金が貯まらないんだ。これはおかしい、肉屋はそう思って占い師のところへ行ってみた。すると、占い師にこう言われた。あんたの眉間には豚や羊の尻尾が見える、この世では金と無縁だろうね。

　時間が巻き戻っていくような感覚に、ビビウは頭がくらくらした。銃殺隊の指揮官がなにか言ったが、耳に入らなかった。

　肉屋は思い悩み、占い師にどうすればいいかと尋ねた。はじめのうち、占い師はどうにもならないの一点張りだった。だけど肉屋が銀を一両やるからと言うと、やっと運命を変える方法を教えてくれたんだ。どこそこの山へ行って鬼債を借りなさい、そうすればきっと金儲けができるってね。肉屋は言われたとおりにした。鬼債というのは借金と同じだから、借りたら返さなきゃならない。肉屋は鬼に約束した。もし残りの人生で一万両儲けることができたら、この山の菩薩像の全身に金箔(きんぱく)を貼らせていただきます。おみくじを引いたら、上上吉が出た。そこにはこう書いてあった。人は悪銭がなければ富まず、心が凶悪でなければ儲けがたし。わかるかい？　お金を儲けるには悪いことをするしかないって意味さ。

　ビビウは口をぽかんと開けて聞き惚(ほ)れていた。中国の肉屋のことを話すワンダ大叔父さんはうんと若く、頰は薔薇色で、ヒマワリみたいにしゃんと背筋を伸ばし、まるでマンガに出てくる王子様みたいに目をきらきらさせていた。その声を聞いているだけで心が落ち着いてきて、なんだか眠たくなった。

　肉屋は悪いやつになって、どんどんお金を儲けた。十年も経つころには、田んぼやら質屋やら賭博場やらをいっぱい持つようになっていた。外へ出るときは輿に乗り、きれいなお妾さんを何人も囲っていた。でも、あまりにも儲かったものだから、鬼との約束をころっと忘れてしまった。肉屋がいつまでも菩薩像に金箔を貼らないので、鬼がやってきてやいのやいのせっついた。すると、肉屋がしれっとこう言ったんだ。たしかにわしは鬼債を借りたが、菩薩様は心を鬼にして残忍にならなきゃ金儲けはできないとおっしゃった。なのにどうしてお礼参りをしなきゃならんのかね？　鬼がそのことを菩薩様に報告すると、菩薩様は不気味な声で笑った。肉屋め、凶悪にも我が頭上にあがりおったな。すると一夜のうちに肉屋の全財産が火事で焼けてしまった。それだけじゃなく、無一文になった肉屋は梅毒にかかってお陀仏になってしまったとさ。

　あまりにも大叔父の話にのめりこんでいたので、壁のまえに追い立てられたときも、銃殺隊がずらりと目のまえに立ったときも、すこしも怖いと思わなかった。最期のときに、つなぐべき手がある。こんなときでさえ、守ってくれようとする人がいる。大きくて、あたたかな繭にくるまれているみたいだった。指揮官の号令でさえ、その繭にさえぎられてふわふわしている。

「魔法少女ビビウはね、鬼債を取り立てる借金取りにしようと思うんだ」聞きたい声だけが、聞こえてくる。「一見冷酷そうに見えるけど、じつは悪党たちに最後のチャンスをあたえてるんだよ」

「雨は降るの？」

「え？」

「魔法少女ビビウが出てくるときに雨は降るの？」ビビウの口元に微笑が浮かんだ。「だって、わたしの名前はとっても美しい雨という意味なんだよね？」

「あっ、そうか！」

指揮官が右腕を高々とふり上げ、銃殺隊の銃口が持ち上がり、ビビウは大叔父の手をぎゅっと握りしめる。

指先に吸いさしをぶら下げたケーリン・バイは、三階の執務室から中庭を見下ろしていた。壁のまえにならばされた七人の邪行師、その右から二番目にビビウ・ニエの赤い頭があった。右端のワンダ・ニエと手をつないでいる。ワンダ・ニエは身ぶり手ぶりを交えてなにかをしきりにしゃべっているみたいだが、さすがに話の内容までは聞き取れない。レイ曹長はふたりを引き離そうとはしなかったし、ケーリンもそれでいいと思った。

死を侮ることはたやすい。とりわけ、死がまだ遠くにいるうちは。しかし、もう首筋に息がかかるくらいそばまで来ているのに、それでも死を侮るのは誰にでもできることじゃない。銃殺隊には目もくれず、一心不乱に大叔父の話に聞き入っているビビウ・ニエを見るにつけ、ケーリンは胸に押し寄せる驚嘆とも畏怖ともつかない情念をどうすることもできなかった。よしんばそれが処刑を命じた張本人のくだらない感傷だとしても。

レイ曹長の号令が響き渡り、兵隊たちが自動小銃を構える。

ケーリンは最後にひと吸いして、窓から煙草を投げ捨てた。これで父親のことを知る機会は永遠に失われてしまった。あらゆる意味で、これでいい。過去に囚われて未来を捨てるなど、愚の骨頂だ。この国で生きていくかぎり、流刑になってくたばった男のことをいくらつついたところで、我が身を危うくするだけだ。ならば、いっそのこと――そして、放り投げた煙草がまだ空中にあるうちに、建物が揺さぶられるほどの爆発が起こったのである。

床に投げ出されたケーリンは、執務机の角に頭をしたたかぶつけてしまった。金属質な耳鳴りが眼球の奥を突き刺し、そのせいで視界がぐにゃりとゆがんだ。

シャンデリアが狂ったように回転している。それが赤く染まっているのは目に血が入ったせいだが、まるで世界に赤い警告灯がともったかのようだった。被弾した男のように書架がぐらつき、労働党要綱やジロン・ジャン語録や党史が床一面に降りそそぐ。台座に載ったジロン・ジャンの胸像がどっと倒れ、危うくその下敷きになるところだった。

けたたましく鳴りだした警報ベルが、ケーリンの頭のなかで炎上する疑問符に油をそそぐ。にわかには状況を理解できなかったが、それは労働党ルガレ自治州支部にいる者すべてに共通して言えることだった。

厨房(ちゅうぼう)で皿洗いをしていた当番兵たちは爆音に肝をつぶし、洗い場の脇に積み上げていた皿を払い落としてみんな割ってしまった。壁にかけてある鍋釜什器(じゅうき)がぶつかり合って凶暴な音を響かせる。調理台の上にならべた刃物がまるで魚のように跳ねまわった。せっかく焼いたクッキーも床に落ちて割れた。鍋に残った熱い油がそこらじゅうにぶちまけられたので、兵士たちはつるつる滑って七転八倒した。

顔馴染みの猫に餌をやっていた者は、猫が急に首をもたげたことを不審に思った。耳をピンッと立て、目を皿のようにして、あらぬほうを見つめている。大丈夫、と彼はやさしく猫に話しかけた。なにもいないよ。背中を撫でようとすると、猫がその手をするりとかわして窓から外へ飛び出していった。

直後、耳を聾（ろう）する爆音とともに意識を失った。

洗濯当番は、揺れが収まってから恐る恐る立ち上がった。彼は右往左往し、いったいなにが起こったのかを突き止めようとしたが、それで判明したのは、自分が上官のジャケットをアイロンで焦がしてしまったことだけだった。


それぞれの執務室で事務作業をしていた党員は、いっせいに机の下に身を隠した。

事務机の上のお茶がこぼれ、書類が紙吹雪のように舞い上がり、天井の蛍光灯がパチパチと明滅した。どの部屋でもいちばん目立つところにジロン・ジャンの写真がかかっていたが、落ちて額縁が割れたものもあれば、ベラシア連邦は不滅とばかりに微動だにしないものもあった。

愛国心を発揮しようとした男が、揺れる足下にもめげず、落下するジャン将軍の写真に果敢にも飛びついた。首尾よく額縁を受け止めることはできたものの、着地のときに鋭い針に胸を刺し貫かれてしまった。運悪く、伝票差しがそこに落ちていたのである。


トイレで口紅を塗っていた女性党員は、まるで国境のような赤い線をほっぺたまで引いてしまった。

中庭でいままさに邪行師たちを撃とうとしていた銃殺隊の面々は、ボウリングのピンみたいになぎ倒されてしまった。そのときひとりがうっかり引き金を引いてしまい、その弾（たま）がレイ曹長の左頬から右のこめかみに抜けていった。

しかし、レイ曹長の早すぎる死に気づく者はいなかった。爆音の残響がまだ散りきらぬうちに、今度は大型トラックが壁を突き破って飛びこんできたためである。

魔法少女にはなりたくない

「ワンダ、どこだ⁉」トラックから飛び降りたナタ・ヘイが、軽機関銃を乱射しながら吼えた。「ビビウ、どこにいる⁉」

トラックは鼻先を中庭に突っこみ、尻を建物の外に残していた。フロントガラスは粉々に砕け、ボンネットからは盛大に白い蒸気が噴き上がっている。瓦礫に乗り上げた前輪のせいで、車体が大きく傾いていた。

「ナタ小父さん！」地面から体を引き剝がすと、ビビウの背中に降り積もった石礫がバラバラと落ちた。「ナタ小父さん、こっち！」

「ビビウ！」

「ワンダ大叔父さんが怪我した！」ビビウは四つん這いになって、煉瓦やコンクリートの破片を素手で掻き分けた。「この下にいる！」

邪行師たちは顔を見合わせ、それからトラックが開けた穴に突進した。生と死が表裏一体だということを、このときほど実感したことはない。ほんの数秒前まで風前の灯（ともしび）だった命が、にわかに激しく燃えあがった。それもこれも虚心坦懐に死を受け入れたればこそ、彼らにしてみればこの千載一遇の好機はまさに天声だった。生きなさい、邪行師たちよ、お逃げなさい。

脱兎の如く逃げ出そうとする邪行師たちを払い除けながら、ナタ・ヘイが駆けつけてくる。が、あと数歩でビビウの肩に手がかかるというところで、一発の銃弾がふたりのあいだをかすめていった。

立てつづけに銃声が轟き、被弾したナタ・ヘイが体をよじって倒れこむ。

ビビウは中庭を取り囲む建物をさっと見上げた。ぐるぐる回転する視界のなかで、西棟の三階部分に人影を認めた。その男が窓から腕を突き出して、倒れ伏したナタ・ヘイを狙って撃っている。

「ナタ小父さん！」

「大丈夫だ！」

怒鳴り返しながら、ナタ・ヘイは頭上の敵をなぎ払うように掃射した。窓ガラスが砕け散り、人影が消える。

くそったれ！　息つく暇もなく、銃殺隊が罵声をあげて撃ってくる。ぶっ殺してやる！　ぶっ殺してやる！　ナタ・ヘイは身を翻して仰向けになり、兵士たちに銃弾をばらまいた。

「ナタ小父さん！」

起き上がったナタ・ヘイがビビウのとなりへ滑りこんでくる。「肩をかすっただけだ」

ふたりは煉瓦片を掘り、鉄骨を払い、砂塵まみれのワンダをコンクリート塊の下からひっぱり出した。

「ワンダ大叔父さん！」ナタ・ヘイが敵を牽制（けんせい）するかたわらで、ビビウはぐったりしている大叔父にすがりついた。「ワンダ大叔父さん！」

ワンダが背を反らせながら息を吹き返し、目を剝いて激しく咳きこむ。

生きていた。安堵で全身から力が抜けたのも束の間、新たな恐怖がビビウをがんじがらめにした。ワンダの脇腹に鉄の棒が突き刺さっている。どす黒い血が傷口のまわりに広がりはじめていた。コンクリート片をおもりのようにつけた鉄筋が腹を貫通している。

「ああ、どうしよう……どうしたら……」ビビウにできることは大叔父の頭を膝に抱き、涙と鼻水で顔をぐしゃぐしゃにして泣き叫ぶことだけだった。「ナタ小父さん、たすけて！　ワンダ大叔父さんが……ワンダ大叔父さんが死んじゃう！　ナタ小父さん、たすけ――」

ふり向いた先で、ナタ・ヘイがまた一発食らって倒れる。仰向けに吹き飛んだその手から軽機関銃が逃げ出した。

「ナタ小父さん！」

ビビウの悲鳴は、しかし、頭上から降ってくる怒声に掻き消された。

「ビビウ・ニエ！」

反射的に仰ぎ見ると、顔の半分を血で染めた男と目が合った。

「そこを動くな、ビビウ・ニエ！」ケーリン・バイだ。こちらに拳銃を突き出している。「ワンダ・ニエが夜行列車に乗ることになるぞ！」

その声を合図に、自動小銃を構えた兵士たちが建物のなかからあふれ出てくる。動くな！　動くな！　とわめきながら周囲に展開した。逃げた邪行師たちを追うために、数人が瓦礫を乗り越えて壁の穴から外へ飛び出していく。

ナタ・ヘイは血染めの脚を引きずって手を伸ばしたが、頼みの綱の軽機関銃は兵士に蹴られて地面を滑っていった。四方八方から銃口を向けられると、ひとつしかない目を剝き、手負いのオオカミのように威嚇した。

「さっさと殺せ！　こっちは端から死ぬつもりだ！」

「撃たないで！」ビビウはナタ・ヘイに突きつけられた銃口を払い除けた。「ナタ小父さん、抵抗しないで！」

「撃つな！」三階の窓からケーリン・バイが命じた。「いまそっちに行く！」

兵士たちは命令を守った。自動小銃の床尾で殴られたナタ・ヘイが、意識を失って地面に突っ伏した。


じりじりしながら拳銃のマガジン・キャッチを押し、空になった弾倉をグリップから引き抜く。そこでやっと予備の弾薬を持っていないことに思い至った。

あたりを見回すと、執務室はまるで嵐に見舞われたかのようなありさまである。

「こんちくしょうめ！」

ケーリンは地団駄を踏み、床にころがっているジロン・ジャンの頭を一発蹴飛ばしてから部屋を飛び出した。廊下を大股でのし歩き、階段を二階まで下りたところで、血相を変えた事務員に呼び止められた。

「バイ中尉！　バイ中尉！」

大わらわで駆けつけてくるのは、髪をふんわりとカールさせた中年女性だった。党員である証拠に、ツイードのジャケットの襟に労働党の赤いバッジをつけている。なかなかの器量良しだが、赤いミミズのように頬でのたくっているのはどうやら口紅のようだった。

「い、いま本部から連絡があって……」女性は舌をもつれさせながら言葉を吐き出した。「オソ市のいたるところでテロが発生しているようです！」

状況がまったく見えず、ケーリンは口をぱくぱくさせた。

「すぐ本部へ戻れとのことです」

「なにがあったんですか？」思わず彼女の肩を掴まえて揺さぶってしまった。「いったい……いったいなにがどうなってるんですか？」

「詳細はわかりません。でも――」

すぐ近くで、止まれ！　動くな！　というただならぬ声があがり、ふたりは窓にすがりついた。

党支部の建物の外で、三人の兵士がひとりの女に自動小銃を向けていた。女は兵士たちなど眼中にないかのように、足を引きずりながらよろよろと通りを歩いている。二階からでは顔まではわからないが、靴を片方しか履いていないことは見て取れた。しかもまだ二月なのに、ノースリーヴのワンピースを着ている。剝き出しの両腕は緑色だった。ケーリンはぞっとして、窓から身を乗り出して手をぶんぶんふった。

「撃つな！　その女を撃つんじゃない！」

後の祭りだった。

銃声が響き、ケーリンはとっさに事務員の女性を引き倒す。血も凍るような爆音が轟き、道路側の窓ガラスが一枚残らず吹き飛んだ。

ショットガンみたいに飛んでくるガラス片が、反対側の壁に当たって砕ける。建物が地鳴りのような音を立てて揺れ、まるで遊園地の回転部屋（マジックハウス）にでも入っているかのように三半規管がたぶらかされた。

もうもうと立ちこめる塵芥(じんかい)のなかで、事務員が顔をゆがめて泣きわめいている。彼女は頭からも血を流していたが、まるで無声映画のようになにも聞こえない。

「大丈夫だ！」ケーリンは彼女の耳元でがなった。「しばらくここで休んでいてください！」

それから濡れた犬のように頭をふって方向感覚を束ね、一足飛びに階段を駆け下りて中庭へと飛び出していった。


二度の爆発ですっかり度を失っていた兵士たちは、建物から出てきたケーリン・バイを見て幾分持ち直した。

顔にべっとりと血をつけたケーリン・バイは、脇目もふらずにまっすぐこちらへやってくる。地面に片膝をつき、ビビウの胸倉をねじ上げた。

「聞いたか？」

なにを問われているのか、わからなかった。

ビビウの目をのぞきこんだまま、ケーリン・バイが命じる。「拳銃をよこせ」

彼の背後にいた兵士がおろおろと命令に従った。

「鈴の音だ」そう言って、銃口をビビウの額に向けた。「おまえたちが使う叫魂鈴の音だ」

瀕死のワンダを膝に抱いたまま、ビビウは拳銃越しに相手を睨み返した。

ケーリン・バイがやにわに遊底(スライド)を引いて給弾し、銃口をワンダにふり向ける。その一連の動作があまりにもなめらかだったので、彼にとってはすでにルーティンと化している駆け引きなのだとわかった。この男はこれまでに何度もこんな局面を経験している。まばたきひとつしないケーリン・バイの顔を見てしまっては、こちらが折れるしかなかった。

「聞きました」嗚咽に先を越されないように、口早に言った。

ケーリン・バイの目がすぼまる。「つまり？」

「つまり誰かが邪行術を使ってる」

「二度目の爆発は間違いなく死人だった。いまあちこちで爆発が起きている。どういうことか、わかるか？」

ビビウは息を呑んだ。

「鈴の音はスピーカーから聞こえてきた」射貫くような目でケーリン・バイが言葉を重ねた。「それで死人を操ることができるのか？」

「そんなの、やったことない。でも、もしあなたの言うとおりなら……」

「できるんだな？」

「そう考えるしかない」

彼方から小さな爆音が聞こえ、ふたり同時に顔をふり向ける。ほかの兵士たちもそわそわと首を伸ばしたが、目に入るのは半壊した煉瓦壁だけだった。

緊急車輌のサイレンが近づき、また遠ざかっていく。建物のなかでも警報ベルが鳴りつづけていたが、あまり気にならなかった。事態が切迫しすぎていた。もしこの人の言ってることが本当なら、お腹に爆弾を詰めこまれた冥客がいまもあちこちでうろつきまわっている。

「すぐ本部に連絡しろ」ケーリン・バイが部下たちに命じた。「死人の腹に爆弾が仕込まれている。見かけてもぜったいに近寄るなと緊急放送を流すんだ」

兵士がひとり、建物のなかへ駆けこんでいった。

ワンダが苦しげに呻く。大叔父の魂をこの世につなぎ止めるために、ビビウは恥も外聞もなくその名を呼びつづけた。傷口から流れ出た血が、地面に黒いシミをつけていた。

「立て」

消えゆく命を腕のなかに抱えたまま、ビビウはケーリン・バイを睨め上げた。

「おれと来い」

「邪行術を解くには、かけたときと同じ叫魂鈴がいる」先回りをして相手の意図を挫く。「それに冥客たちは方々に散らばってる……もうどうしようもない」

「それでもだ」ケーリン・バイが言った。「こっちの持ち札はきみだけだ」

開祖蚩尤(シユウ)は叫魂鈴もなしに、七人の弟子の反乱を鎮めた。紙のように白くなったワンダの顔を見下ろす。呼吸も浅くなってきている。施解同鈴を破った者は鈴のかわりに自分の魂を使って冥客たちをあの世へ帰す。子供のころから幾度となく聞かされてきたお伽噺(とぎばなし)が、まるで波のように繰り返し押し寄せてくる。にわかに現実味を増す。蚩尤様はそうやってルガレをお救いになったんだよ。

「立て、ビビウ・ニエ」ケーリン・バイが拳銃をワンダに向け直す。「いっしょに来るんだ」

「ふたりをたすけて」

「交渉はしない」

「それなら――」

ケーリン・バイの腕が躍り上がり、残りの言葉は銃声に吹き飛ばされた。

ビビウは身を強張らせた。大叔父の体から三センチ先の地面に小さな穴が穿(うが)たれていた。

「きみが協力しなければ、きみたちを生かしておく理由がない」白煙を立ちのぼらせている銃口を、ケーリン・バイはピタリとビビウの顔に向けた。「それにきみたちの仲間のせいで、罪もない人間がおおぜい死ぬことになる」

「それをあなたが言うの？」

ビビウは銃口の先にあるふたつの冷めた目をぐっと睨みつけた。

「きみと善悪について水掛け論をやるつもりはない」撃鉄がカチリと起こされる音は、まるで地獄の門が解錠される音みたいだった。あとは指一本で簡単に開く。「協力しないならここで死ね」

「たった一枚の持ち札を捨てるの？」

「使えなきゃ持っててもしかたがない」

どちらも目をそらさないまま、視線だけで斬りあうような間があいた。

不思議なことに、この期におよんでもビビウが相手の目の奥に見ていたのは、八方ふさがりのこの状況にあらがおうとする良心の残光だった。ケーリン・バイはこの光を消し去りたいと思っているのだが、同じくらい消し去りたくないとも思っている。そう直感した。この光に身を委ねるのは尊いけれど、この国では長生きできない。そんなのは馬鹿げているし、この男は馬鹿じゃない。だとしたら、とビビウは思った。わたしはやっぱりここまでかもしれない。

兵士たちは固唾を呑んでつぎに起こることを待ち受けていた。

ワンダが苦しげに呻き、ビビウは大叔父の上にかがみこむ。「ワンダ大叔父さん！　しっかりして、ワンダ大叔父さん！」

「立て、ビビウ・ニエ」

「殺せばいい！」相手を丸呑みする勢いで吼えた。「わたしはぜったいに大叔父さんから離れない！」

ケーリンはビビウ・ニエの目の奥に揺るぎない悲愴を見ていた。魂を支えている柱が折れれば、どうせ自分も折れてしまうことを正しく理解している。そんな目だ。たとえここで死ななくても、死ぬよりつらい時間がこれから死ぬまでつづくことになる。だからこそ、ここまで頑なになれる。ひょっとしたら、と思った。この小娘は過去にもここまで追い詰められた経験があるのかもしれない。ケーリンは気圧され、実力行使と妥協のあいだで揺れ動き、けっきょくは舌打ちをして命令を下した。

「衛生兵！　このふたりを手当てしろ！」

「いや、しかし……」兵士たちがおずおずと進言する。「こいつらのせいで――」

「囚人に対する生殺与奪の権はこのおれにある」ケーリンの怒声があたりを圧した。「全責任はおれが取る。できるだけのことをしてやれ」

衛生兵！　衛生兵！　と呼ばわりながら真っ先に建物のなかへ駆けこんでいったのは、くだんのハンカチの兵士だった。

ケーリンはビビウを見下ろし、さあ、こっちは全部のポケットをひっくり返して見せてやったぞ、とでも言いたげに両手を広げた。

「ビビウ・ニエ、おれはできるだけのことをやったぞ」

声を失ったビビウは、ただ黙ってケーリンを見上げていることしかできなかった。

「きみの力を貸してくれ。おれにはお手上げだ。それとも、ひざまずいてきみの靴にキスをしなきゃならないのか？」

「でも、わたしにもどうしたらいいのか……」

「ビビウ……」

消え入りそうなその声に、ふたりの視線がさっとワンダに飛ぶ。口を開くまえに、ワンダは喉仏を何度か苦しげに上下させた。

「し、蚩尤様の話を、憶えてるかい？」

「ワンダ大叔父さん！」張りつめていたものがビビウの目からあふれた。「死なないで、ワンダ大叔父さん！」

「スピーカー……」血の気の失せた大叔父の唇が動く。「ほ、放送を使って冥客を動かせるなら、同じようにすればいい」

ビビウとケーリンは顔を見合わせた。相手の顔に書いてあることを、互いに瞬時に読み取った。

電波塔。

「車をまわせ！」ケーリンは即座に動いた。「放送局へ向かう。沿道の安全を確保しろ！」

命を受けた兵士たちが大わらわで散っていく。それと入れちがいに、赤十字の腕章を巻いた衛生兵が担架を担いでやってきた。先導しているのはハンカチの兵士で、ナタ・ヘイとワンダ・ニエを交互に指差して状況を説明していた。

「ナタ小父さん……」担架で運ばれていくナタ・ヘイはぐったりしていたが、ビビウがしつこく名前を呼ぶと、うるさそうに片手を持ち上げて親指を立てた。「がんばって、ナタ小父さん！」

「この世界はぼくたちに親切じゃなかった」担架に乗せられたワンダがビビウの頬を撫でる。「でも、ぼくたちは邪行師だ……魂には還っていく場所があることを知っている」

「ワンダ大叔父さん……」

「誰のためでもなく、自分のために……魂に恥じないために行きなさい」ワンダの目から涙がひとしずく流れ落ちた。「きみはイフ・ユイの娘で、ぼくたちの魔法少女だ」

泣きじゃくるビビウの口から言いたいこと、言わなくてはならないこと、けっして言ってはならないこと、弱気や強がりがいっぺんにあふれ出し、結果としてなにひとつ意味をなさなかった。ワンダ大叔父さん、わたしをひとりにしないで、ワンダ大叔父さん……魔法少女になんかなりたくないよ……ごめんね、邪行師なんかになって、ごめんなさい……わたしは大丈夫、大丈夫だからね、だって魔法少女だもんね……見ててね、ワンダ大叔父さん……ただの支離滅裂なうわ言だった。

だからこそ、伝わった。

今生の別れとなるかもしれないふたりを、ケーリンは神妙な面持ちで見守っていた。本当に伝わっていくものに、意味など邪魔なだけだ。ビビウ・ニエは胸をひくつかせてこの理不尽にあらがっている。目を閉じたワンダ・ニエは安らかな顔をしている。おれも今際の際にこんなふうだったら、と思った。もうなにも言うことはないな。

崩れた塀の外でクラクションが鳴らされる。兵士が飛びこんできて、出発の準備が整った旨を報告した。

ケーリンはビビウに目を移したが、急かしたりはしなかった。そんな必要はなかった。ワンダ・ニエを乗せた担架が建物のなかへ運びこまれると、邪行少女は腕で目をごしごしこすり、すっくと立ち上がった。

まだ胸を波打たせてはいるが、もう泣いてはいなかった。左手首に巻いたブレスレットに触れ、目を閉じていた。彼女の瞳と同じ色の石がついたブレスレットだった。まるで瘴気の霧があの世へ吸いこまれていくように、ビビウの顔から表情が引いていく。ケーリンはぶるっと身震いした。彼女の半分はこの現世(うつしよ)にいて、残りの半分はもう黄泉路(よみじ)を漂っているように見えた。

犬たちの災難

オソ市では、まるでシベリウスの交響曲に鼓舞されたフィンランド人のように死者たちが歩いていた。

なにかにつまずいたりしてバタリと倒れれば、腹のなかに仕込まれた圧力感知式信管が割れてドカンと爆発した。

路地からよたよたとさまよい出たところを車に撥ね飛ばされても、やはり爆発した。

街じゅうのスピーカーが狂ったように同じことをがなりたてている。死者にはけっして近づかないでください、爆発物が仕込まれています、死者を見かけたらすみやかに警察か軍に通報し、けっして近づかないでください——

人々は呼びかけに従って、死者を見かけても近づかなかった。不要不急の外出を避け、窓や門扉をぴしゃりと閉ざし、鎧戸(よろいど)をしっかりと下ろした。しかし、ぜったいに従わないものもいた。

そう、犬たちである。

人語を解さない犬たちにしてみれば、軍の呼びかけなどガーガーピーピーとやかましいだけで、スピーカーが設置されている電信柱におしっこをひっかけて反抗せずにはいられなかった。そもそも犬というのは死者が大嫌いなのである。見かければかならず吠えかかるし、咬みつくことも珍しくない。そんなときルガレ地方の邪行師は、もし啞狗術(あくじゅつ)の心得があれば犬に術をかけて黙らせるし、心得がなければ棒で殴って追っ払った。

そんなわけで、死者のにおいを嗅ぎつけた犬たちが腹を立てて街じゅうを駆けまわった。よろよろと歩く死者を見つけては牙を剝き、怒り心頭で飛びかかっていった。そのせいで何匹も木っ端微塵に吹き飛んでしまった。

とはいえ、人間のやることに完全無欠はない。不発弾もあった。ある死者は病院の階段を十五段もころげ落ちたが、うんともすんとも言わずに立ち上がり、踊り場を曲がり、また階段をごろごろところがり落ちていった。両脚の骨が折れるまでそれを繰り返したのに爆発もせず、とうとう大きなぬいぐるみのようにおとなしくなってしまった。

腹の爆薬が重すぎて、腐乱した脚では支えきれない華奢(きゃしゃ)な死者もいた。そんな個体はやっと蕾(つぼ)みはじめたクレマチスの花壇にうずくまり、それきり立ち上がれなくなった。テントウムシが飛んできて、死者の鼻孔に出たり入ったりした。

死者の腹に仕込まれた爆薬の量はまちまちだったので、いっぺんにおおぜいを殺してしまう大きな爆発もあれば、せいぜい不良が乗る改造車のアフターファイヤー程度の小さな爆発もあった。そんなときは、樹や電線に止まっている鳥たちが驚いて逃げていくくらいですんだ。

また、大きな爆発でも、そばに誰もいないことがあった。死者たちはそれぞれ叫魂鈴が聞こえてきいた。

たほうへ引き寄せられる。しかしスピーカーは街じゅういたるところにあって、死者たちの足取りを正しく予測することは不可能だった。死者たちは思索をする人のように思い思いの方向に散っていった。ある死者などは四方八方にスピーカーがいくつもあったせいで、どこへも行けずに立ち往生していた。

対岸のスピーカーに引き寄せられて、じゃぶじゃぶと湖に入っていく死者もいた。ぷかぷか浮かんでいるところを魚たちが腐肉をつついて食べてしまったので、そもそもそこに死者がいたことなど誰も気づかなかった。誰にも知られることなく生き、死んだあとも顧みられないのは、悲しいけれどよくあることだ。死者の腹からこぼれ出たプラスチック爆弾はぶくぶくと湖底へ沈み、鏡のような湖面には白い雲が映るばかりだった。

スピーカーから流れ出した鈴の音が山間に反響し、死者を森の奥へと誘いこむ。鹿や野ウサギに見送られながら黒い森の懐深くへと入っていき、樹の根っこにつまずくこともなく、誰かに迷惑をかけることもなく、ひとりぼっちで朝露のように消えてしまうものもいた。

カゲロウの言い分

露払いがすんだ沿道には青灰色の兵士たちが、猛スピードで駆けぬける三台の軍車輌を守るべく展開していた。

それさえなければ、地の果てまで広がる麦畑はあきれるほど平生どおりだった。畑を歩きまわっているのは、死者でなければ、茎立ちまえの最後の麦踏みをしている人たちだろう。自分の畑が爆発しないかぎり、農民たちはやらねばならないことを粛々とやるだけなのだ。

　空は晴れ渡り、行き交う車もなく、行く手を阻むものはなにもなかった。

「こんなのどかなところにも反乱軍はいる」アメリカ製の高機動多用途装輪車輌（ハンヴィー）の後部席にならんですわるケーリン・バイがおもむろに口を開いた。「あの百姓たちがそうかもしれない。戦争がなければ、一生畑を耕して終われたのにな。それでこっちが攻撃すれば、政府軍が民間人を殺したと騒ぎ立てるんだ。反乱軍はちゃんと考えてるのさ。だから病院とか学校に隠れるんだ」

　ビビウはなにも言わず、ドアの上部にあるアシストグリップをしっかりと摑んでいた。

「むかし読んだ本に、人を殺したやつはカゲロウに生まれ変わると書かれていた。カゲロウは朝生まれて夕べには死ぬだろ？　つまり、来世はそれくらい短命ってことさ」

「なんて言ってほしいんですか？」ビビウは相手を冷たく一瞥した。「おれの来世はどうせカゲロウだから、多少のことは目をつぶってくれ？」

「おれの来世がカゲロウなら、反乱軍だって同じだって話さ」

「朝生まれて夕べに死ねるなんて素敵だと思うけど。人間に生まれ変わらなければならないなんて、わたしたちは前世でいったいどんな悪いことをやったんだろう」

　道路のくぼみにタイヤが取られると、ふたり同時にぴょんぴょん跳ねた。

　市街地が迫るにつれて交通量が増え、爆発の痕跡がそこここに散見できた。バスが燃えていた。横転したトラックも見た。歩道の縁石にへたりこんでいる人たちがいた。その背後の壁に、真っ赤な「Ｂ（ヴェ）」の文字が書かれていた。ケーリン・バイが「ヴォルクか」とつぶやいた。倒れた信号機が道路をふさいでいたので、対向車線に大きくはみ出してまわりこまねばならなかった。

先導の軍用ジープがけたたましくサイレンをふり撒き、交差点に進入しようとする全車輛に即時停止を命じる。立ちのぼる黒煙やくすぶる焼け跡、消火活動をする消防隊や飛び散った体の一部などが、時速六十キロで流れていった。

後部窓をふり返ると、車上ハッチを開け放ったしんがりの装輪装甲車が、重機関銃であたりを警戒しながらぴたりとついてくる。タイヤが軋み、遠心力のせいで体をドアに押しつけられたまま交差点を抜けた。

フロントガラスの先に赤い電波塔が立ち現われてくる。

片側三車線の道路を、三台の軍車輛は連なって疾走した。中央分離帯のトウカエデのあいだから反対車線をふらふら歩く男の姿が一瞬見えたが、それはただそれだけのことだった。

国営放送局の正面入口には短い石段があった。

車回しに滑りこんだジープが停まり切るまえに銃声が轟き、運転手が凶弾に斃れた。屋根のないジープはそのまま惰性で走り、守衛小屋をなぎ倒して停まった。助手席から投げ出された兵士が、電波塔に銃弾を見舞う。敵襲！　敵襲！　とサイレンのようにわめき散らした。しかしこちらからは敵を視認できず、逆にあちらからはこちらがよく見えているようだった。思慮深い銃声が響き渡り、右往左往していた兵士が被弾して倒れる。アスファルトの上でもがくその背に次弾が撃ちこまれた。

「電波塔に狙撃兵！」ケーリン・バイが叫んだ。

装輪装甲車の重機関銃が火を噴き、兵員室から飛び出した兵士たちが散開する。

「停まるな！」ハンヴィーの屋根でカンカンカンと銃弾が躍った。「そのまま階段を上がれ！」

ステアリングを抱えこんだ運転手が、アクセルペダルをぐっと踏みこむ。ハンヴィーのエンジンが吼え、前輪を浮かせながら石段を駆け上がっていった。ビビウはアシストグリップにしがみついていたが、それでも何度も天井に頭をぶつけてしまった。

「停まるな、そのまま突っこめ！」

まるであの世との結界を突き破ってしまったかのように、ガラス張りのメインゲートが粉々に砕け散った。

放送局のロビーに飛びこんだハンヴィーがタイヤを滑らせながら停まる。エントランスホールにいた善男善女があわてふためいて逃げていった。

助手席の兵士が飛び降りたと思ったら、吹き抜けになっているホールに銃声が反響した。銃弾が防弾ガラスをえぐり、ビビウは小さな悲鳴をあげて体を丸めた。バタバタと走りまわる足音と罵声が何倍にも増幅されてとどいてくる。

「ヴォルクだ！」ハンヴィーから躍り出たケーリン・バイが、ホールへ雪崩れこんでくる部下たちに活を入れた。「怪しいと思ったら撃て。ためらうな。ビビウ・ニエ、降りろ！」

車尾をまわってこちらへやってくると、腕を摑まえてなかば引きずるようにしてビビウを車から降ろした。反対側の手には拳銃があった。

「全員つづけ！」

ケーリン・バイに手首を摑まれたまま、ビビウは床に散乱したガラス片を蹴散らして走った。

どこへ向かえばいいのか、ケーリン・バイはちゃんと心得ているようだった。が、たのもしく思ったのも束の間、脇目もふらずエントランスホールから放射線状に延びる通路へ突進したのに、直前でたたらを踏み、ほとんど勘頼りでひとつ横の通路へ入っていった。行く手にドア枠のような機械が見える。とおりぬけるとビービーとやかましい音を立てたので、金属探知機なのだとわかった。

つまり、この先に放送局の中枢がある。ケーリン・バイの勘が冴えていたというわけだ。物事を心得た兵士が、ふたりを追い越して先頭に立つ。いつでも発砲できるように自動小銃を構えた兵士に導かれて、一行は廊下をずんずん進んだ。

ケーリン・バイの歩調に合わせようと思ったら、ビビウは小走りになるしかなかった。ふり向くと、しんがりの兵士が背後から襲われないように後ろ歩きをしていた。

と、廊下の壁とほとんど同化している横手の扉が開き、灰色の背広を着た若い男が飛び出してくる。

動くな！　動くな！　いきり立った兵士たちがいっせいに銃口を持ち上げたので、男は腰を抜かして両手をピンッと突き上げた。

「撃つな！　撃たないでくれ！」

ケーリン・バイがビビウの手を放し、男に詰め寄る。「なんの扉だ？」

「ひ、非常階段です」

兵士たちが扉のなかへ消え、すぐに「安全確保！」という声が聞こえてきた。残った兵士たちは背広の男に銃口を向けていた。

「局の人間か？」

「……はい」

「放送室はどこだ？」

男の目が泳ぐ。

三秒待って、ケーリン・バイは男の眉間を撃ちぬいた。

銃声が谺し、ビビウは文字どおり跳び上がってしまった。体をねじって吹き飛んだ男の背広がめくれ、腰に挿していた拳銃があらわになる。うつ伏せに倒れた顔の下で黒い血溜まりが広がっていった。

「くそ」ケーリン・バイが忌々しげに吐き捨てた。「来世はカゲロウ確定だな」

非常階段を使って二階へ上がると、白々と明るいフロアには人っ子ひとりいなかった。オフィスのようで、パーティションで仕切られた作業スペースがあり、奥の壁にジロン・ジャンの肖像画とベラシア連邦の国旗がかかっている。床に食べかけのドーナツが落ちていた。兵士たちが作業スペースをひとつひとつのぞいてまわり、トイレのドアをひとつひとつ開け、隠れている者がいないことを確認した。

三階もオフィスだったが、二階とちがうのは、ガラス張りの小さなブースがいくつも連なっていることだった。

それぞれのブースの鉄製ドアの上には〈ON AIR〉と書かれたサインランプがあったので、ビビウにもそこが放送スタジオなのだとわかった。赤く点灯しているサインランプもあったが、兵士たちがつぎつぎに無人の報告をあげた。もぬけの殻のスタジオのなかで、音楽が風にそよめくカーテンのように流れている。ルガレ地方に古くから伝わる、可愛いあの娘が心変わりしてしまったと嘆く兵隊の歌だった。

おいらの心は穴だらけ
戦場(いくさば)じゃ鉄の心臓と呼ばれたもんさ
鉄砲の弾だってとおさなかったんだ

複雑なつまみがたくさんついた操作パネルやテーブルや椅子には、まだ人のぬくもりが残っていた。飲みかけのコーヒーまであった。

それもそのはずで、いちばん奥のスタジオで四人の女性が身を寄せ合って縮こまっていた。突然現われた兵士たちに、八つの瞳が恐怖の色に塗りつぶされた。その部屋だけココナッツのにおいがしていたので、女性たちの恐怖にはほのかな南国の風味があった。

「ご安心ください」ケーリン・バイが腫れ物に触るように話しかけた。「わたしたちは政府軍の兵士です」

女性たちをがんじがらめにしていた緊張がほどけた。安堵の吐息を吐きながら、抱き合っておいおい泣きだす者もいた。背の高い、トウモロコシを彷彿とさせる女性が、なにも訊かれもしないうちから早口でまくしたてた。

「あいつらヴォルクよ！　わたしは見たのよ、やつらが局長の頭を撃つところを……この目で見たのよ！」

一刻を争う事態なんです、その話はあとでゆっくりうかがいますからとケーリン・バイがいくらなだめても、極度の緊張から解放された反動で、トウモロコシを彷彿とさせる女性は決壊したダムのようにわめきつづけた。

「あとでなんてだめよ！　あとでなんて、この国では来世と言ってるようなものだわ。わたしはいま、いい、あなたに話しているのよ！」

ビビウは、ケーリン・バイのこめかみに青筋が立ち、固めた拳がぶるぶる震えているのを見逃さなかった。しかしトウモロコシを彷彿とさせる女性を黙らせたのは、動きつづける口への容赦ない一発ではなく、藪から棒に轟き渡った発砲音だった。

スタジオのガラス壁に穴が空き、白く曇り、そして爆発した。機関銃の連射音が鼓膜を縫いつける。兵士たちは即座に応射したが、全員無事というわけにはいかず、数人が銃弾に身を躍らせた。女性たちは床に身を伏せ、機関銃よりもけたたましい金切り声をあげた。

とっさにビビウを柱の陰に突き飛ばし、自分も防音ドアの陰に身を投げ、発砲しながら部下に手榴弾の投擲を命じる——それだけのことを、ケーリン・バイはいっぺんにやってのけた。

空中に舞い上がる二個の手榴弾が、ビビウの目にはスローモーションのように映った。間延びした銃声と怒声と悲鳴が渦巻くなか、とにかく耳をふさいでうずくまる。つぎの瞬間、ぎゅっと閉じた瞼の裏を閃光が走り、炸裂音が体じゅうの細胞をビリビリと震わせた。耳を解放すると、爆音の残響がどっと押し寄せてきた。

「ビビウ・ニエ！」目を血走らせたケーリン・バイが手を差し出していた。その声がひどく遠い。

「来い！」

茫然と手を伸ばすと、まるで針にかかった魚みたいにぐっと引き上げられた。足が地に着かず、腰から下がゼリーになってしまったみたいだ。ふたたびくずおれそうになる体を、ケーリン・バイが支えてくれた。

手榴弾がオフィスを完膚なきまでに蹂躙していた。事務机や椅子が飛び散り、書類キャビネットは倒れ、充満した硝煙が割れた窓から外部へ漏れ出していく。天井から垂れ下がった蛍光灯がバチバチと火花を散らしていた。火薬のにおいで喉がピリピリする。静寂のなかに呻き声がひとつ、ふたつ残っている。兵士たちがさっと飛び出していき、銃声が何度か聞こえると、本当に物音ひとつしなくなった。

ビビウを腕に抱いたまま、ケーリン・バイが部下たちに指示を飛ばす。階段とエレベーターの守りを固めろ、このフロアに誰も近づけるな。

「オソ市全域に放送したい。機械の操作ができる者はいるか?」

床に伏せている女性たちが顔を見合わせる。

「時間がない。政府放送のチャンネルを使って全域に声をとどけたい」

水を打ったような静寂のなか、そろりそろりと体を起こしたのは、くだんのトウモロコシを彷彿とさせる女性だった。

凶煞の刻

冥客の歩みを止めること自体は、けっして難しくはない。問題は叫魂鈴もなく、目のとどくところにいもしない冥客に向かって、マイクで語りかけなければならないことだった。

それでも、やるしかない。

手際よく放送の準備を整えていくトウモロコシを彷彿とさせる女性を眺めながら、ビビウは心を落ち着けるために口のなかでぶつぶつと「正気歌」を唱えていた。あたりまえじゃない死に方のことを「凶死」というんだよ。頭のなかでは、幼い日々に聞かされたワンダ・ニエの講釈がとりとめもなく去来していた。ルガレでも溺れたり、落っこちたり、殺されたりした冥客は嫌がられるだろ? ビビウはなぜだと思う？

んーと、そういうふうに死んだ人は、生きてる人に悪さをするから。

そのとおり！　ものの本によれば、死人が悪さすることを「凶煞（きょうせつ）」という。これには「三煞」、「五煞」、「七煞」と「絶煞」があって、三煞というのは凶死した人が三人の家族を殺してしまうこと、五煞は五人、七煞なら七人、絶煞というのは家族だけじゃなく家畜までみーんな殺しちゃうんだ。

それを聞いて、わたしはピーピー泣きだしてしまったんだっけ。そしたらワンダ大叔父さんがいつものようにわたしを膝に抱き上げて、頭をやさしく撫でてくれた。

だからね、と大叔父さんは言った。ぼくたちは冥客を家に連れ帰ってあげるんだよ。なぜって、自分の足で家を出た人が自分の足で帰って来るのはあたりまえのことだろ？　自分の足で家に帰って来れば、あたりまえじゃない死に方をしたって凶死と言われなくてすむんだ。

死者が悪さをする、というのが呼び水となり、ナタ・ヘイの広い背中を思い出す。むかしはよく肩車をしてもらった。バンダナを巻いたナタ小父さんの頭に掴まっていると、まるで世界のてっぺんにいるみたいだった。空の上の雲にだって触れそうな気がした。それなのに、羊や鶏のにおいがして可笑しかった。冥客にかじり取られた左耳は上のほうがギザギザになっていて、触れるのは怖いけれど、かといって触れずにはいられなかった。よく指先でつついては、尋ねたものである。

痛い？

すると、ナタ・ヘイはいつもこう言うのだった。おれみたいな中途半端な人間になるんじゃないぞ。

女たらしのアイク・リンのことを考えると、心が安らいだ。ひと足先に向こう側へ行ってしまったアイク兄さんに、これでやっと謝ることができる。そう思うと、気が急いた。眼間（まなかい）に揺れるのは、まるで世界そのもののようなあの笑顔だった。もしまた会えたら、とビビウは思った。投げると服にくっつくあの愉快なオナモミの実みたいに、わたしはアイク兄さんに飛びつくのだ――

「どうした？」椅子に腰かけたケーリン・バイがくたびれた声音で言った。「なにか楽しいことでも思い出してたのか？」

ビビウは顔から笑みの残滓を消し、どこでもないどこかを見つめながら応じた。「邪行師には凶煞という考え方があります」

ケーリン・バイがじっと視線をそそいでくる。

「あたりまえじゃない死に方をした人が生きている人に悪さするのを、わたしたちはそう呼んでいます。凶煞にもいろいろあって、いちばん悪いのは家族を皆殺しにしてしまう絶煞」

しばらく思案したあとで、ケーリン・バイが言った。「つまり、おれたちはいまその凶煞ってやつに祟られてるって言いたいのか？　戦争のせいであたりまえに死ねなかったやつが多すぎるから」

「冥客に爆弾を仕込むなんて……そんなことを思いつくなんて、なにかの呪いだとしか思えない」

「思いついたのは反乱軍の連中だ」

「ヴォルクの連中です」

「どんなちがいがあるんだ？　ヴォルクは反乱軍の手先だろ？」

「誰が思いついたかは重要じゃない」ビビウはきっぱりと言った。「なんの罪もないのに、絶煞では家で飼っている牛も豚も羊もみんな祟られて死んでしまう」

「まあ、呪いだからな」とケーリン・バイ。「そんなことを考えて笑ってたのか？」

ビビウはケーリン・バイを見つめた。彼の思いちがいを正そうかとも思ったが、なにをどう正せばいいのかわからなかった。そんなことはそもそもどうでもいいような気がした。ため息をついて口元を緩めると、相手もふっと目元を和ませた。それでやっと、ケーリン・バイがこちらの気持ちをほぐそうとしているだけなのだとわかった。

「で？　その呪いを解く方法はあるのか？」

「冥客を自分の足で家に帰します。自分の足で家を出たら、自分の足で帰って来るのがあたりまえだから」

「つまりそれで、その死があたりまえの死になるってことか？」

ビビウはうなずいた。

「きみとはじめて会ったときに反乱軍の兵士も同じことを言っていたな。死人が自分の足で家に帰れないのは危険なことだと……なるほど、いまやっとその意味がわかったよ」

政府軍は敵だ。どいつもこいつもホクロの犬だ。それでも、まるで肌身離さず持ち歩いている写真をこっそり見せてもらったような連帯を、ビビウはこの中尉に対して抱いた。そう思ってケーリン・バイをうかがうと、彼の冷笑的な薄い唇も、表情に乏しい目もどこかおどおどしていて、心のもろい部分を頑なに鎧(よろ)っているだけなのだとわかった。

トウモロコシを彷彿とさせる女性がスタジオに入ってきて、移動してほしいと告げた。「奥のDスタで準備が整いました」

彼女が指差したのは、すこし奥まっているせいで銃撃戦にも手榴弾の爆発にもさらされなかった小さなスタジオだった。

「ワンダ大叔父さんとナタ小父さんをたすけると約束してください」

「いま治療を受けさせている」

「そのあとも手出ししないで」

「あの片目の男はおれの部下を殺した」

「そのぶん、わたしがみんなをたすける」

「無理だと言ったら？　このまま死人をほったらかしにするのか？」

「そんなことしない」椅子から立ち上がり、トウモロコシを彷彿とさせる女性のあとについていきながら、ビビウはそう言った。「あなたにお願いしてるだけ」

四つあるスタジオのなかで、Ｄスタジオがいちばん小さいようだった。

それほど使用頻度が高くないのか、どことなくかび臭く、ほかのスタジオにはなかった段ボール箱が山と積まれていた。

放送室へとおされ、卓上マイクが載ったデスクのまえにすわらされる。そこからはガラスの間仕切り越しにコントロールルームが一望できた。腕組みをしたケーリン・バイが、まるでやり手のプロデューサーみたいにしゃちほこばった顔をこちらに向けている。トウモロコシを彷彿とさせる女性がマイクの位置を調整し、デスクにある箱型の装置を指差した。

「このレバーを押し上げたら放送開始」

ビビウはうなずいた。

「あなたのタイミングではじめて。カフボックスの緑のランプが点灯したら、マイクがオンになっているということだから」

それだけ言うと彼女はコントロールルームへ戻り、操作パネルのまえに陣取った。いつでもはじめていいことを示すために、親指を立ててみせた。

ビビウは一度、深呼吸をしてから、カフボックスのレバーをそっと押し上げた。緑色のランプがともり、狭いスタジオが息を吹き返すのを感じた。

瞑目し、叫魂鈴を手に持っていない違和感をふり払う。しきたりどおり手指を組み合わせ、呪印を結んだ。

その瞬間、はらわたがすとんと沈下した。五臓六腑が底なし沼に沈んでいくような感覚だった。

こんなことは、はじめてだった。腕が鉛にでもなったみたいに重たい。指が強張り、思うように動かない。それでも歯を食いしばり、力ずくで呪印を完成させた。大きく息を吸い、邪行術の開始を陰界に知らしめる「正気歌」を唱える。伴奏の鈴の音が欠けているので、まるで呼び鈴も押さずに他人の家へ土足で踏みこんだようなうしろめたさを覚えた。

「天地に正気あり、とりとめなきものにかたちをあたえん。下へ向かえば山河となり――」

と、いまだかつてないことがまた起こった。まるで口のなかに膠（にかわ）でも詰めこまれたみたいに呪文が出てこない。行き場を失った「正気歌」が喉元にわだかまり、呼吸もままならない。意固地になって呪文を引きずり出そうとすればするほど、喉を圧迫する力が増す。自分で自分の首を絞めているみたいだ。体じゅうに鳥肌が立ち、顔がカッと熱をおびる。なにかを警告するかのように心臓が早鐘を打ち、気が遠くなった。ビビウにできることは、ひとまず呪印を解くことだけだった。バチッと音がして、指先で青白い電光がはじける。

とたん、憑（つ）きものが落ちたみたいに呼吸が楽になった。

息をはずませながら、両手を顔のまえにかざした。なにが起こったのかはわからないけれど、間違った手順で邪行術を行ってはならないということだけはわかっていた。細胞のひとつひとつが、これから自分がやろうとしていることに異を唱えている。魂の生まれいづる場所をつかさどる圧倒的な存在が腹を立てている。冷たい汗が全身を濡らしていた。

天井の隅にあるスピーカーから声が降ってくる。ケーリン・バイが操作パネルの上に身を乗り出していた。

「どうした？」

ビビウは呼吸を整えながら、かぶりをふった。足を踏ん張って立ち上がり、まず東西南北に向かって瞑目合掌した。正しいやり方じゃないのはわかっています、でもどうか一度だけわがままをお聞きとどけください、ワンダ大叔父さんとナタ小父さんのせいで罪もない人たちがおおぜい命を奪われました、彼らがあんな本さえ世に出さなければこんなことにはなりませんでした、だからわたしに償わせてください、どうかわたしに冥客たちの魂を常世（とこよ）まで送りとどけさせてください、どうか、どうか……大きく息を吸い、気合いもろとも呪印を結ぶ。胸がポンプのように膨張し、鼓動がいっぺんに脳天を衝（つ）いたが、かまわずに「正気歌」を唱えた。

「天地に正気あり、とりとめなきものにかたちをあたえん。下へ向かえば山河となり、上へ向かえば日星となる。正気を身に宿せば浩然の気となり、天地に満ちる。皇路が清らかなるときは、公明正大な朝廷に道理が吐き出される。時代が窮まれば節義があらわれ、ひとつひとつが歴史に刻まれる――」

気道がふさがれるまえに、一気にはじまりの呪文を駆けぬけた。汗が目に流れこみ、視界がぼやける。

ケーリンは口をぽかんと開けて、ビビウ・ニエを凝視していた。

名状し難い悲しみに胸を締めつけられていた。

呪文を唱えている途中から、ビビウ・ニエの体がぶるぶると震えだした。つづいて鼻血が流れ落ち、彼女のジャンパーを点々と赤く染めた。極めつきは眼球がぐりっと反転して、瞳が瞼の裏へ隠れてしまったことだった。

それでも、ビビウ・ニエは胸のまえで組んだ手指をほどこうとせず、ひたすら呪文を唱えつづけた。その気魄（きはく）は燃え尽きるまえの蠟燭が放つ一瞬の光明のようだった。戦場で幾多の死を目にしてきたケーリンにとって、直視することすら困難なそのまばゆさが意味するものは、ひとつしかなかった。

ビビウ・ニエは取り引きをしようとしている。自分の命と引き換えに、ふたつの命を救おうとしている。ケーリンは奥歯をぐっと嚙みしめた。かつてないほど両親のことが知りたいという焦燥に駆られた。キーロウ・バイとシャリン・バイはふたつの命を使って、たったひとつの命をこの世に留めた。そのことが、いまさらながら腑に落ちた。なのにこのおれは、そんな取り引きをしてもらうほどの価値もない。

ガラス一枚隔てた向こう側の光景は、まるで宗教画のような静謐（せいひつ）さをたたえていた。神々しいと言ってもいいほどだった。聖画には、かならず聖人たちを特徴づけるものが描かれている。聖セバスティアヌスは裸体に矢が突き刺さっているし、乳房が切り取られていたらそれは聖アガタだ。もしもビビウ・ニエが絵に描かれるとしたら、白目を剝いた赤毛の少女として描かれるだろう。

ビビウ・ニエの声がちゃんと屋外スピーカーから流れていると報告を受けたことにも、トウモロコシを彷彿とさせる女性が思わず腰を浮かせたことにも、ケーリンはほとんど気がつかなかった。ただ、彼女が放送室へ飛びこもうとしたときだけ、無意識にその腕を摑まえていた。トウモロコシを彷彿とさせる女性がなにか抗弁したが、まるで耳に入らなかった。

ケーリンの目は、いましも卒倒しそうな邪行少女に釘付けになっていた。勢いを失った独楽のように、ビビウ・ニエの体が揺らめいていた。なんの前触れもなく、彼女のブレスレットがはじけ飛ぶ。バチッと大きな音がしたので、トウモロコシを彷彿とさせる女性ですら目をぱちくりさせた。白い靄のようなものがビビウ・ニエの足下から立ちのぼってくる。そのせいで彼女が雲に乗って空を飛んでいるように見えた。そのときはじめて、ケーリンは自分の目が涙でいっぱいになっていることに気づいた。

トウモロコシを彷彿とさせる女性が暴れたので、しかたなく彼女を突き倒さねばならなかった。彼女がヒステリックにわめき散らすと、ケーリンはたまらず腰の拳銃を抜いた。

「おとなしくしててくれ」硬い声でそう言った。

それでまた静けさが戻ってきた。

カゲロウのように儚い少女の一生がいま終わりかけている。ケーリンは拳銃を持った手で目をごしごしこすった。この瞬間だけは誰にも汚させてはならないと思った。

まるで長いのぼり坂が終わったみたいに、ある時点を過ぎるとすっと楽になった。

ビビウは目を閉じて、一心不乱に呪文を唱えつづけた。いつものように、体のなかを瘴気が透過していくザラザラした感覚があった。本来ならこの瘴気を冥客に送りこむために、叫魂鈴で導いてやらねばならない。それができない以上、何度でも「正気歌」を繰り返すしかなかった。

「正気が日月を貫けば、生死など論ずるに足らぬ。大地は正気のために在り、天は正気のために尊ばれる。正気は三綱（儒教における君臣、父子、夫婦の道のこと）に命を吹き込み、道義の根幹となる――」

ブレスレットがちぎれて落ちたことには気づかなかったが、そのことがビビウのなかである変化を引き起こした。まるで青空の向こうに雨の気配を嗅ぎ取ったみたいに、自分でも理解できない期待のようなものに満たされていく。陰陽の二気交感が加速し、いまや意識しなくても正しい呪文は淀みなく口から流れ出た。開祖蚩尤に想いを馳せたが、虫がいいことはなにも起きなかった。ワンダ大叔父さんもナタ小父さんも、至上の理によって退けられていた。余分なものが漉し取られ、悲しいほどに純化されていく。茫漠たる「正気歌」のままに闇から浮かび上がるのは、はじめてアイク・リンと言葉を交わした日々の記憶だった。

と、闇の先が揺らめき、ドアが現われる。真鍮製の把手のついたドアはふたつあって、どちらも麦の穂みたいにまったく同じたたずまいをしていた。

ビビウはそれがどういうドアか知っていた。自分の名前と同じくらいよく知っていた。右のドアを開ければ死なずにすむけれど、すべてを忘れてしまう。左のドアを開ければ、いちばん幸せな記憶に包まれて死んでゆける。

体がふわりと持ち上がるのを感じた。それでもう取り消しも後戻りもできないのだとわかった。あとはこの大きなうねりに乗っていくだけだ。

それはそれで、かまわなかった。

十七年の人生で得たものはたくさんあったし、ここまできたら、失ったものでさえ、はじめから手がとどかなかったものでさえ、得たものとして数えてもいい。失恋もしたし、大切な人も亡くした。後悔もしたし、ほんとうにたくさんのことを選べなかった。自分で命を育むかわりに、数えきれないくらいの死に寄り添ってきた。これ以上、なにを望めばいい？　過ぎてしまえば、歯を食いしばってやり過ごしてしまえば、たいていの記憶は味方になってくれる。

あのドアの先で、それらがみんなみんなわたしを祝福してくれる。

「死難に遭われし兄弟よ、心して聞け。そなたの三魂七魄を呼び戻した者はもうおらぬ」

言葉といっしょに鮮血を吐いたが、それすらなんの妨げにもならない。まるで青白い炎に魅入られた一匹の蛾のように、ビビウは約束のドアだけを見つめていた。

「そなたを導く鈴はなく、そなたを案ずる者もおらぬ。魂魄を開いて我が術に従いたまえ、さすればかならずや御身を常世の御国へと導いて進ぜる……」

そして死者たちに最後の命令を発した刹那、まるで月が雲間から顔をのぞかせるように、ほんの一瞬だけ、瞼の裏に隠れていたその翡翠色の瞳が現われた。

約束のドア

水辺でたわむれるトンボ、すこしだけ遠ざかった入道雲、家々の庭先に敷きつめられたトウモロコシ、その目にも鮮やかな黄色――ドアの先に広がっていたのは、そんな夏の終わりの光景だった。

コスモスがぽつぽつと咲きはじめた土手に、ビビウは立っていた。

もうすぐアイク・リンが自転車に乗ってやってくる。まるで未来の日記にそう書き記されているかのように、すべてがあらかじめ決められた予定に従って動いていた。すでに起こってしまったことなのだ。もうすぐアイク兄さんがわたしのブレスレットを持ってやってくる。

川から吹き上がる風が、彼女の赤い髪を揺らめかせた。

思えば、いつもここでアイク・リンを見ていた。暇さえあれば、ちがう女の子をとっかえひっかえ自転車に乗せて走っていくアイクを麦畑から眺めていた。春になるとシロツメクサで埋めつくされる土手の上を、アイク・リンはときに自転車を押して女の子とゆっくり歩いていくこともあった。そんなときの彼はいつもよりひかえめで、しおらしかった。ナタ・ヘイは軽蔑もあらわに鼻を鳴らしてこう言ったものだ。

「ふん、魚を捕まえるときにバシャバシャ川に入っていく馬鹿はいないからな」

となり村に暮らすアイクは当時、片道一時間半かけて町の中学へかよっていた。ビビウの村はその道すがらにあった。風が吹くと、伊達男(だておとこ)のアイクはシャツの胸ポケットに挿した櫛(くし)をさっと取り出し、油を塗ってテカテカした髪をかっこよく整えた。

一度、数人の男の子と喧嘩しているのを見かけたことがある。おれの女に手を出すなと凄まれたアイクは、にやにや笑いながら降参のポーズを取った。そして寄ってたかって殴られるまえに、事もなげにこう言った。

「けど、そんなに目くじらを立てるほどのことか?」

これでは多少痛い目を見るのも致し方がない。殴られ、蹴られ、唾を吐かれたあとで、しかし、アイクはやっぱり胸ポケットから櫛を取り出して髪をきれいに撫でつけた。それから自転車にまたがり、切れた唇で口笛を吹きながら走り去ったのである。

女の子を連れていないとき、アイク・リンはたいていひとりぼっちだった。よく土手にすわって本を読んでいたが、ときには本に書かれていることに興奮してシロツメクサを蹴散らしたり、川に向かって吼えたりしていた。

あるとき、背丈が隠れるほど伸びた麦畑からビビウがこっそり盗み見ていると、本を読んでいたアイク・リンが藪から棒にぴょんぴょん跳ねだし、土手をごろごろところげ落ちてきた。あわてて駆けつけたビビウに、顔面蒼白のアイク・リンは自分のバッグを指差して「蛇！　蛇！」とわめき散らした。まるでこちらを責めているかのような口ぶりだった。見てみると、たしかにバッグのなかに緑色の蛇が入りこんでいる。ビビウはバッグに手を突っこみ、蛇と名乗るのもおこがましいその小さな蛇をひっぱり出してやった。髪の毛をふり乱したアイク・リンが、まるで甘やかされて育ったお嬢さんみたいに金切り声をあげた。

「は、早く捨てろ！　なにやってんだ、早く早く！」

ビビウはアイク・リンを見つめ、手首に巻きついている蛇に目を落とし、この蛇には毒がないことを教えてやった。アイク・リンはすっかり気が動転していた。土手からバッグを拾い上げると自転車に飛び乗り、一度派手にころんでから、大声で毒づきながらよろよろと逃げていった。

土手の下を流れる川に、空いっぱいの茜雲が映っている。なにかいいことでもあったみたいに魚が跳ねた。

渡り鳥の群れが飛び去るのを見送ってから、ビビウは道の先に目を戻した。古い水門の上に、大きな夕陽が落ちかけている。もうすぐあの水門の陰からアイク・リンが現われるはずだ。そう、はじめて言葉を交わしたあの日のように、ご自慢の自転車に乗って。

夏の終わりだった。

ひとりで土手を歩いていると、学校の同級生たちと行き合った。女の子が五人ばかりいた。ビビウはいつものように顔を伏せ、誰とも目を合わせないようにして、足早に彼女たちのそばをとおり抜けようとした。

「へぇえ、これが死体を切り売りした金で買ったブレスレット？」

すれちがいざまに手首をぐっと摑まれてしまった。ビビウは手をひっこめようとしたが、相手は執拗だった。

「ねえ、ちょっと貸してよ」

もみあいになった。ビビウが腕をねじれば相手もねじり返し、ビビウが呻き声をあげればみんなが笑った。力ずくで手をふりほどいたとき、はずみで相手を突き倒してしまった。その女の子は道端の石で掌を切り、血を見てまず青ざめ、つぎに顔を真っ赤にした。邪行師のくせに！　目を吊り上げた女の子たちが、ハチの巣をつついたみたいに大騒ぎした。だいたい死人くせーんだよ、おまえ！

あとはお決まりのコースだった。多勢に無勢で小突きまわされ、髪をひっぱられ、ころばされ、あっというまにブレスレットを取り上げられてしまった。最初にからんできた女の子の父親が出稼ぎ先で病死したとき、悪い邪行師に眼球と腎臓を勝手に売り飛ばされてしまったという話は、ずっとあとになってから聞いた。その女の子がビビウの鼻先でブレスレットをひらひらさせ、にやつき、こんなもの！　と川に投げ捨てた。

「あんたなんかどうせ、あのガマガエルみたいなやつが死人に産ませたガキでしょ！」

女の子たちがいなくなってからビビウは土手を下り、川原に立ちつくした。数日前に降った雨のせいで、川水は茶色の濁流と化している。ゴミやら木っ端やら死んだ魚やらが流されていった。土手をふり返り、ブレスレットが落ちたあたりのおおよその見当をつけてから、靴を脱いで川へ入っていった。

思ったほど深くはなかった。せいぜい腰よりすこし上くらい。流れも見た目ほどではない。が、いかんせんコーヒーみたいに濁っていた。中腰になって、川底を手探りするしかない。顔を水面すれすれに近づけて身をかがめると、長い髪が流れに押し広げられた。

足を滑らせるたびに盛大に水をかぶった。一度などは跳ねあがった水を呑んで、激しくむせてしまった。つづけざまに飛び出す咳は目から涙を絞り出した。いったん目からあふれてしまったものは、押し止める術がなかった。すると今度は嗚咽のせいで、もっと水を吸いこんでしまうのだった。

トンボが飛んできては、尻の先をちょんと水につけ、また飛んでいった。

はじめてアイク・リンに声をかけられたのは、濡れねずみのビビウがべそをかきながら川底の石をまさぐっているときだった。腰をのばしてふり向くと、自転車にまたがったアイク・リンが、土手の上で夕陽を受けてきらきら輝いていた。

「なんか落としたのか?」

彼は櫛で髪を整えながら、こちらを見下ろしていた。ビビウは目をごしごしこすりながら、何度もうなずいた。

「なにを落とした?」

「……ブレスレット」

アイクは浅瀬に立つビビウを熱のこもらない目で見つめ、ふり向いて夕陽を眺め、それからなにも言わずに自転車を漕いで走り去ってしまった。

そのときに感じた絶望は、忘れようにも忘れられない。生者よりも死者と多くかかわるような生き方は、やっぱりまともではない。まともではないからこそ母親は死に、ワンダ大叔父さんはみんなにコケにされ、わたしは生まれてきたことを後悔している。あんなブレスレット、もうどうだっていい。あんなもの、川に捨てられて当然だ。もう知るもんか。

それでも水面に顎がつくくらい腰を折り、ざぶざぶと水をかぶりながら、ふやけて白くなった手で川底を探りつづけた。ワンダ大叔父さんの悲しむ顔を見たくない、というのもある。だけど、なによりも無心でブレスレットを探すうちに芽生えてきた空想に突き動かされていた。アイク・リンはわたしを見捨てたわけじゃない、きっとまた戻ってきてくれる。根拠も確信もなかったけれど、白馬に乗ったアイク・リンの凜々(りり)しい姿が川面に映っていた。川のなかをすこしずつ移動しながら、ビビウはほとんど恍惚(こうこつ)としていた。同時に、悟ってもいた。邪行師の家に生まれた者に、世界がそんなふうにやさしくしてくれるはずがない。ひっきりなしに顔に水がかかるので、自分が涙を流していることにすら気がつかなかった。希望は蠟燭と同じだ、と思った。消える寸前がいちばんまぶしいんだ。

しかしこのときばかりは、世界はビビウが思うほどには冷酷でも無関心でもなかった。ただならぬ水音にふり向くと、まるで魔法使いのシルクハットから出てきたウサギのようにアイク・リンが川のなかにいた。両手いっぱいに魚を捕るための投網(とあみ)を抱えている。愛車は土手の上に停めてあった。泣きじゃくるビビウに、彼は単刀直入に用件だけを言った。

「どのへんだ?」

その瞬間、世界に色彩がどっとあふれ出した。息詰まるほどの福音に、しばらくなにも言えなかった。胸のなかで白い鳩がいっせいに飛び立ち、投網を打つアイク・リンを黙って見ていることしかできなかった。腰だめに投網を打つその姿は手慣れていて、たのもしかった。もうそれだけで、彼の輝かしい将来は約束されているような気がした。

「おれんちもこの川沿いなんだ。ずーっと下流のほうさ。いまでもよく親父といっしょに魚を捕ってるよ」

投網を手繰り寄せると、アイク・リンは岸辺にしゃがみこみ、網にかかった川藻や小枝や小魚を掻き分けた。それからまた川に入り、二投目を打った。川水がやさしい雨のようにビビウに降りかかった。

「まだ水が冷たくないからな」かっこいい髪が乱れるのもおかまいなしに、アイク・リンはそう言って笑った。「もうすこしあとだったら、たのまれたってこんなことはおことわりさ」

ふたりは日が暮れるまで粘ったが、けっきょく濁った川からブレスレットを探し出すことはかなわなかった。水のしたたる網を小脇に抱えたアイクが、申し訳なさそうにこう言った。

「おまえが可愛いから、川の神様が意地悪をしてるんだ」

ビビウは落胆したが、同時に奇妙な高揚感も味わっていた。毎日歩いている道が、うんざりするほどつまらない道が、じつは種を蒔けばちゃんと芽を出してくれる豊かな土壌だったのだ。何時間も水に浸かって芯から冷えきっているのに、体の奥深いところに熾火がくすぶっていた。そんな火照りをたしかに感じていた。

ワンダ大叔父さんには嘘をつきたくなかったので、ブレスレットをなくしてしまったことは正直に打ち明けたが、自分でうっかり川に落としたことにした。アイクのことを想うと、午睡から醒めた猫みたいに開き直ることができた。

「橋の欄干にもたれて友達とおしゃべりしてたら、なにもしてないのにブレスレットが勝手に落ちちゃったんだ」

ワンダはビビウの体をタオルでくるみ、それならきっときみのかわりに厄災を引き受けてくれたんだと言って慰めてくれた。翡翠にはそういう力があるんだよ。それより、とワンダ大叔父さんが怖い顔でたしなめた。

「もうひとりで川に入っちゃだめだよ。せっかくあのブレスレットが川にいる悪いものからきみを守ってくれたんだからね」

ビビウは唇を嚙み、あふれそうになる涙をこらえなければならなかった。いったいこのやさしいワンダ大叔父さんのどこがガマガエルだというのだろう。意地悪な女の子たちに対して無性に腹が立った。ガマガエルはガマガエルでも、ワンダ大叔父さんはきっと悪い魔法使いにガマガエルに変えられてしまった王子様なんだから。どうしてもワンダ大叔父さんを励まさなければならないと思ったので、とっさにこう口走ってしまった。

「あのね、魔法少女ビビウの話を思いついたよ。悪い魔法使いに動物に変えられた人たちをたすけるんだ」

ワンダ大叔父さんはあんぐりと口を開け、それから声をたてて笑った。

その夜、大叔父さんが邪行の仕事に出かけたあとで、ビビウは熱を出した。寝ていてもひどく喉が渇き、何度もふらふらと台所へ行って水を飲んだ。まどろみのなかで、とりとめのない夢ばかり見ていた。

濁流に翻弄される銀色のブレスレットの夢を見た。岸辺でビビウが泣いていると、勇敢なガマガエルが川に飛びこんで、ブレスレットをくわえて戻ってくる。感激したビビウはそのガマガエルに口づけをする。するとガマガエルがボンッとはじけ、白煙のなかからアイク・リンが現われる……


そのことがあってから、ふたりは言葉を交わすようになった。

学校の行き帰りに行き合うと、アイクは周囲の白い目にもめげず、自転車を停めて親しげに声をかけてきた。土手の上を本当の兄妹(きょうだい)のようにならんで歩くこともあった。そんなとき、アイクは自転車を押しながらいろんな話をしてくれた。どうしていつもひとりで本を読んでいるのかとビビウが尋ねると、アイクはあっけらかんとこう言い放った。

「おれ、あんまり友達がいないからさ」彼はすこし遠い目をしてつづけた。「なにかを抱えてるやつは、その抱えてるものに押しつぶされる。なにも抱えてないやつは、なにも抱えてないってことでやっぱり押しつぶされる。本は、自分がなにを抱えてるのか、それともなんにも抱えてないのかを教えてくれるんだ」

ビビウは来る日も来る日もそのことについて考えた。なにかを抱えている人が、それに押しつぶされてしまうのはわかる。でも、なにも抱えてない人がいったいなんに押しつぶされるというのだろう？　考えぬいたあげくに得られたものといったら頭痛だけだった。それでも、アイク・リンが十三歳の子供を煙に巻いたりしない人間だということはよくわかった。生まれてはじめて大人扱いされたような気がした。

数日後、じゃあ、どうしていろんな女の子と遊ぶのかと問い詰めたところ、まったく同じ答えが返ってきたのにはあきれ返ってものも言えなかった。

「おれ、あんまり友達がいないからさ」ビビウの不審の眼差しに気づきもせず、アイクは芝居がかった遠い目をした。「女の子と付き合うのは自分がなにを抱えてるのか、それともなんにも抱えてないのかを知りたいからさ」

　じつのところ、それがアイクの殺し文句なのだった。もし誰かが彼に魚を捕る理由を尋ねたとしたら、アイクはこう答えるはずだ。魚を捕るのは自分がなにを抱えているのか、それともなにも抱えていないのかを知るためさ。そのことを指摘すると、アイクはカラカラ笑った。

「バレたか」

　アイクといっしょにいると、なにかを抱えていることも、なにも抱えていないことも、たいしたちがいはないように思えてくる。意味があろうとなかろうと、人生は人生だ。ビビウにはそれが心地よかった。いまが楽しければそれでいいという気分になれた。

　ゆるやかに季節は過ぎていった。台風がいくつかやってきて、残暑と建てつけの悪い家をごっそり吹き飛ばしていった。

　アイク・リンのような浮ついた男と親しくしているせいで、意地の悪い同級生にからかわれたり、ちょっかいを出されたり、あまつさえ見も知らぬ女にカッターナイフで脅されたりもしたが、ビビウは気にしなかった。それしきのことで、やっと摑みかけたものを手放すつもりはなかった。アイクは物知りなうえに、物腰も飄々(ひょうひょう)としていた。ナタ・ヘイにビビウには近づくなと脅されたときも、へらへら笑ってその場を丸く収め、あとで口の端を吊り上げてせせら笑った。

「人間ってのは他人の本質なんか見ちゃいないんだ」ハリエンジュの樹の下で、アイクはそう嘯いた。「たとえば、クソをしたあとぜったいに手を洗わない正直者がいたとする。こいつの本質は正直なところなのに、みんなが問題にするのはクソをしたあとに手を洗わないってことだけなんだ」

ホンシツという言葉の意味はよく理解できなかったけれど、心がすっと軽くなった。ホンシツというのは、きっとその人の本当の部分のことなんだ。そう解釈した。だとしたら、と思った。ワンダ大叔父さんの外見はワンダ大叔父さんのホンシツではないし、わたしたちを邪行師以外のホンシツの部分で見てくれる人もいるはずだ。そう、アイク兄さんみたいな人が。

「じゃあ」とビビウは訊き返した。「女にだらしないアイク兄さんのホンシツってなに？　寂しがり屋だとか言うつもり？」

「寂しがり屋は寂しがり屋でも、おれはユーモアのセンスがある寂しがり屋さ。だから女がほっとかないんだ」

「自分で言ってりゃ世話ないね」

「あと五年もしたら、おまえにもわかるさ」

すべてをこの目に焼きつけておきたい。

ゆったりと流れる川も、燃えるようなこの夕焼けも、そこはかとない花香も、彼の髪を乱す秋風もなにもかも。

ふり返ると、彼方のドアが静かに閉ざされようとしている。あとに残してきたものが、ひとつ、またひとつと抜け落ちていく。だけど悲しいのははじめのうちだけで、いったん抜け落ちてしまえば、恐れていたほどの痛みはない。

たぶん、そういうものなのだ。

たしかに世界はわたしたちに親切じゃなかった。でも、まるきり不親切だったわけでもない。その証拠に、わたしはちゃんと正しいドアを選べたのだから。

楓(かえで)の葉が色づき、麦の種蒔きが一段落ついたころ、アイクが自転車をすっ飛ばしてやってきた。

「ビビウ！　ビビウ！」

大声で呼ばわりながらふりまわすその手には、翡翠玉が二個ついた銀色のブレスレットが光っていた。

あのときわたしは、コスモスの花が咲き乱れる土手を駆けのぼりながら、びっくり仰天してこう叫んだんだっけ。

「どこで見つけたの、アイク兄さん⁉」

「親父の友達が捕った魚を分けてくれたんだ」自転車を乗り捨てたアイクは、ポンッと栓を抜いたソーダ水みたいに興奮をほとばしらせていた。「聞いて驚くなよ。おふくろがそいつをさばいたら、なんと腹んなかからこれが出てきたのさ！」

息もできなかった。

こんな奇跡が自分の身に起こるなんて、思いもしなかった。

夕陽を受けたアイク・リンが、誇らしげに笑っていた。まるでオリーブの枝をくわえた鳩みたいに。

泣き笑いをしながらアイクに飛びつくあの日の自分を、オナモミの実みたいに幸せな自分を、ビビウは目を細めて見ていた。

ハリエンジュの樹の下で

背後で鉄の扉が閉ざされると、その轟々たる残響のなかでケーリン・バイはしばし立ちすくんだ。自動小銃を肩にかけた兵士が、見張り塔からじっとこちらを見下ろしている。たとえ彼に含むところがあるとしても、それはケーリンひとりに対してではなく、ケーリンとともに釈放された全囚人に対してだろう――クズどもが命拾いをしやがった。

何台もの車が出迎えに来ており、収容所の門前で家族の再会がにぎにぎしく演じられていた。痩せ細った男に抱きつく妻や息子や兄弟たち。車椅子に乗った年寄りを涙ながらに抱擁している男もいた。

「行くぞ」囚人仲間に肩を叩かれた。「それとも誰か待ってんのか?」

天空をおおいつくす雨雲は、灰色のルガレ自治州強制労働収容所にのしかからんばかりだった。ケーリンは十一年間過ごした場所を最後にもうひと目仰ぎ見てから、バス停へと向かう囚人たちの流れに溶けこんだ。

元囚人たちは押し黙ってバスに揺られていた。

誰もが顔を伏せて自分の殻に閉じこもったり、色の薄い目で車窓を流れゆく街並みをぼんやり眺めたり、ぶつぶつと独り言を言ったりしていた。あの内戦で破壊された建物は装いも新たに建て直され、通りには外国の有名ブランドのショーウィンドウが堂々と立ちならんでいる。もちろん、どこにも「B」の落書きなど見当たらない。噴水のまわりに憩う人々には、なんの憂慮も気鬱もなさそうだった。六月のさわやかな風が窓から吹きこみ、音の悪いラジオ放送が車内スピーカーから流れていた。

偉大なるジロン・ジャン将軍が百歳の誕生日を目前に逝去されたのがひと月前、労働党はつつがなく次期指導者を選出しました。クエイ・リー元軍務大臣は第五十四回労働党大会で四分の三以上の支持を集め、ベラシア連邦の次期総統に就任することが正式に決まりました。就任式は六月二十四日に首都サンソルジェークにて執り行われる予定ですが、元号をあらためること、そして政治犯に対して恩赦を実施したことで、新総統はすでにジャン将軍の強硬路線とは一線を画すものと見られ、今後の動向が――

ケーリンは灰色の建物のそこここに掲げられた半旗を目で追った。街ゆく人たちは腕に黒い喪章をつけ、大往生のホクロを悼んでいる。首輪に喪章をつけている犬までいた。誰も悲哀を装っているが、足取りは日曜日の朝みたいに軽い。ひとりの独裁者が幸福のうちに天寿をまっとうした。この世に神も仏もないとは知っていたが、いまはそれで良しとするしかないのだろう。

つぎの独裁者がおのれの命運を試すべく立つ。その変化は決定的だけれど、人々が期待するほどには決定的ではないのかもしれない。政治犯として有罪判決を受けたら一律二十年の刑が言い渡されていた滑稽な時代も、やがてベラシアの苦渋を記憶に留める年寄りたちの懐かしい四方山話(よもやまばなし)になっていく。願わくは、ホクロのころはよかった、などと言われるような新時代にだけはなってほしくないものだ。

十一年前、ルガレ自治州での内戦末期に、反乱軍が死者を兵器利用した。あの日、州都オソ市は甚大な被害を受けた。そこらじゅうで死者が、ドッカン、ドッカン、と爆発した。あの邪行師の少女がいなければ、被害は何倍にもふくれ上がっていたはずだ。彼女が止めてくれた死者はゆうに二十体を超え、いずれも腹腔内にプラスチック爆弾がどっさり詰めこまれていた。

　裏にヴォルクがいたともささやかれているが、いまだに定かではない。犯行声明が出されることはついぞなかったからだ。いずれにせよ、あのテロのせいで反乱軍に対する世間の風当たりは一気に強まり、けっきょくひと月経たずして瓦解してしまった。銃殺刑に処されるべき者は銃殺刑に処され、逃げ出す幸運に恵まれた者たちは、まるでタンポポの綿毛のように風に吹かれて消えてしまった。いまごろは自動小銃を鍬に持ち替えて、畑でも耕していることだろう。国民の大半にしてみれば、ヴォルクも反乱軍のシンパでしかなかったというわけだ。しかし、たとえ真相があきらかになったところで、水面下ではいつだって陰謀論が小魚のように泳ぎまわる。やれ政府の自作自演だの、やれ反乱軍の裏に外国の過激派がいただの、やれじつはヴォルクと政府が結託していただの。

　この件に加担した者は、邪行師も含め、ひとりとして明るみに出ることはなかった。ただ当日、サンソルジェーク中央駅で男がひとり殺された。オソ往きの列車のなかで、子供を三人も引き連れた農婦に射殺された。農婦はその場で取り押さえられたが、暴れることもなく、素直にお縄をちょうだいした。愛国児童施設から連れ去られた三人の子供たちは、また施設に戻された。

　年寄りたちはピンッときた。このやり口はホクロ子飼いの農婦ルッカにちがいない。ここぞとばかりに若者たちに薫陶を授けた。この国ではむかしからそうじゃった、総統はみんな殺し屋を飼っとったよ。ひと仕事やったあとはおとなしく捕まって銃殺される。そういうことになっとる。じゃが、誰も銃殺されるところを見たわけじゃない。わしらは警察の発表を新聞で読んだり、ラジオで聞いたりするだけじゃ。おまえがホクロならどうする？　大金を注ぎこんで育て上げた腕っこきの殺し屋を、みすみす銃殺なんかにさせるか？　わしなら新しい身分をあたえて、そのままそばに置いとくがな。

恩赦が決まってからは新聞を読むことが許されたので、ケーリンは毎朝、眼光紙背に徹する勢いで農婦ルッカの死亡記事を探した。ホクロがくたばったのだから、クエイ・リーが前時代の殺し屋を生かしておくはずがない。俗に、ご主人様が吊るし上げられたら飼い犬だって無事ではすまないと言うではないか。

それらしき記事が見つかったのは、一週間前のことだった。記事によれば、あるよく晴れた朝、ハマオ市の漁民が底引き網を引き上げたところ、ぶくぶくに膨張した女の水死体があがった。はじめ漁民はただの土左衛門だと思ったが、女のぼんのくぼに開いた穴から小さなウツボがにょろにょろと這い出てきたのを見て、もしや誰かに殺されたのではないかと恐ろしくなって通報した。年寄りたちの話を信じるなら、サンソルジェーク中央駅で殺された男はテロについてなんらかの情報を握っていたはずだ。さもなきゃホクロがわざわざ殺し屋を差し向けるわけがない――

「その首の傷はどうしたんだい？」となりに腰かけている男が、出し抜けに尋ねてきた。

ケーリンはその男に目をやった。こいつも政治犯として流刑になった身の上だろうが、頬はこけ、目は落ちくぼみ、前歯は二本とも欠けていた。これまでの人生で、たった一冊の本も読んだことがないような人間に見えた。いったいどんな罪をでっちあげられたのだろう。悪いときに悪い場所で、近ごろは物価が高くなったねえ、とうっかりこぼしてしまったのかもしれない。政府批判で二十年。泣くに泣けず、笑うに笑えない。

「ああ、あんた！」その男が素っ頓狂な声をあげた。「レフ・ラロウの息子じゃないのか？」

その声に数人がふり返った。

政府軍の兵士がルガレ自治州の強制労働収容所へ堕ちてくれれば、まず一週間ももたない。まわりじゅう敵だらけで、いつ何時襲われるかわかったものではない。首の傷だけではない。十一年の収容所暮らしで、ケーリンは腹を一度、腰を一度刺され、右側の腎臓を失っていた。いまも生きているのが、自分でも不思議でならない。寝ているときに首を切られたが、そのあとはもう誰も襲ってこなかった。昏睡(こんすい)しているあいだに、ケーリン・バイはどうやらレフ・ラロウの息子らしいぞということが知れ渡っていた。収容所のなかでは、そのような出処の知れない噂で命を落としたり、逆に九死に一生を得たりするのがあたりまえだった。つまり、とケーリンは思った。おれを強制労働収容所送りにしたものと、おれを生き長らえさせたものが同じだったってわけだ。

十一年前、オソ市のテロ被害を最小限に食い止めたということで、ケーリンはベラシア連邦の守護聖人の名を冠した聖ミラン・メイ勲章を受勲した。ジロン・ジャンが手ずから左胸に勲章をつけ、肩を抱き、両頰に祝福の口づけをしてくれた。

「この素晴らしい若者を見よ」カメラのフラッシュを浴びながら、ケーリンの肩を抱いたホクロは高らかにほめたたえた。「バイ中尉のような若者がいるかぎりベラシア連邦は安泰だ」

もちろん大尉への昇官も決まったが、受勲から五日後にはもう勲章を剝奪され、十日後には軍事法廷に引きずり出されていた。

「保安省に通報があり、我々が精査したところ、国家の敵たるレフ・ラロウがきみの父親であるという事実が判明した」腹をすかせた虎のように証言台のまえを行ったり来たりしながら、検察官が厳かに述べた。「ルガレ自治州における内戦ちゅうに烈士站の創設を提唱したのもきみだ」

ケーリンはなにがなんだかわけがわからず、ただ証言台でぶるぶる震えていた。誰が誰の父親だって?

もしも、と検察官は人差し指を立ててくるりとふり向いた。「きみがあの本を、つまり『ルガレ地方における死者の兵器活用に関わる一考察』を読んで、レフ・ラロウ、本名キーロウ・バイを流刑に処した国家に対して復讐を企てたのだとしたら、ジャン将軍から勲章を授けてもらったときはさぞや溜飲（りゅういん）が下がる思いだったろうねえ！」

傍聴席を埋めつくす人々、裁判長と四人の裁判官、書記官やまったくやる気のない弁護士までもがさっと起立し、「ジャン将軍万歳！」と声を合わせて叫んだ。

ビビウ・ニエは知っていたのだ。あの日、彼女が取調室で言おうとしていたのはこのことだったんだ！　ケーリンはもごもごと申し開きをしたが、悪いカードがそろいすぎていた。有罪判決ありきの裁判は、それまでに何度も見てきた。保安省はアトロポスのハサミだ。目をつけられたが最後、どんな未来だろうとばっさり断ち切られてしまう。それでも一縷の望みを捨てきれず、不様にも軍事法廷のお情けにすがろうとした。

「わ、わたくしは父なるジャン将軍と、母なる党に恥じるようなことはいっさいしたことがなく、ジャン将軍と党のほかに親はなく、烈士站の創設を思いついたのも、ひとえに我が愛する軍の士気高揚のためであり――」

「わかっているのか？」尻っぺたに国粋主義的な刺青でも入れていそうな検察官が顔をぐっと寄せてきて、嬉々として囀った。「きみは全国民を、いや、ジャン将軍をペテンにかけたんだぞ！」

「ジャン将軍万歳！」

絶体絶命、極刑はまぬがれない状況だったが、裏でいったいどんな駆け引きがあったのか、蓋を開けてみれば父親と同じ強制労働収容所への流刑という処分に落着したのだった。

終点でバスを降りると、十年一日の如く、駅前広場にたむろしているバイクタクシーの運転手にわっとたかられた。

とりわけ強制労働収容所から釈放されたばかりの男たちはひと目で世間知らずのカモだとわかるので、四方八方から袖を引かれた。お客さん、どちらまで？　おれのバイクは新車だよ！　それがだんだんヒートアップし、ついにケーリンの両腕を摑まえてひっぱりあいがはじまった。バイクタクシーの運転手たちは若く、たくましく、血気盛んだった。このお客さんはおれが最初に目をつけたんだ！なに言ってやがる、早いもん勝ちだ！

右にひっぱられたと思ったら、左にひっぱり返される。仲裁に入るふりをして自分のオートバイへ誘導しようとするちゃっかり者もいた。軍をクビになってからというもの、こんなに誰かに必要とされたことはなかった。とうとうバイクタクシーの運転手たちはケーリンをうっちゃって、摑み合いの喧嘩をはじめてしまった。てめえ、今日という今日は目にもの見せてやる！　なにを！　貴様が死ぬかおれが死ぬか、ふたつにひとつだ！

「あんた、どちらまで？」漁夫の利を狙ったべつの運転手がこそこそと声をかけてくる。

どちらまで。まさにそれが問題だった。ジャケットのポケットには、収容所が配布した公共交通機関の乗車券が入っている。三日以内であれば、バスでも列車でも地下鉄でも乗り放題の切符だ。言うまでもなく強制労働収容所を経由したバスの終点はオソ駅で、ここからは列車に乗るなりべつのバスに乗り換えるなり、どうとでも好きにしろということである。

ケーリンはジロン・ジャンの銅像の先にある、ドーム状の駅舎を眺めやった。古い時計台の針が、午後一時十五分を指していた。

　いまのいままで、釈放されたらその足でサンソルジェークへ帰るものと思っていた。しかし首都に戻ったところで、家も仕事もなければ友達もいない。あまりの寄る辺なさに、収容所暮らしを懐かしく思い出してしまうほどだった。途方に暮れてぼうっと突っ立っていると、バイクタクシーの運転手がのろまなカメを見るような目つきになったので、ほとんどなにも考えずに口走ってしまった。

「邪行師のいる村に行きたいんだが」

　漁夫の利の運転手が眉をひそめ、摑み合いをしていた運転手たちも喧嘩をやめて近づいてきた。

「邪行師なんてもういねえよ」ひとりがそう言うと、べつのがあとを引き取った。「それはなんて村なんだい？」

「村の名前は知らないんだ。ここからだと、北のほうにあることはたしかなんだが……国営放送局からずっと北へ行ったところだ」

　運転手たちが顔を見合わせた。

「邪行師の名前ならわかるんだが」ケーリンは急いで言い足した。「ビビウ・ニエとワンダ・ニエというんだ」

　三人の運転手はいっせいにかぶりをふったが、それを聞いていた四人目の運転手がどこかへ駆けていき、五人目の運転手を連れて戻ってきた。五人目の運転手は、ほかの運転手たちよりずいぶん歳がいっていて、頭は禿げていて、見たところケーリンと同年輩の四十前後のようだった。四人目の運転手がケーリンを指差しながら、五人目の運転手に事情を説明した。

「おっさん、まえに邪行師の話をしてくれたろ？　むかしここで死人の爆発を食い止めた女の子のことさ」

「そりゃビビウ・ニエのことか？」

「それだ！」全員がひとつの声で叫んだ。

「もう十年……いや、もっと経つか。おれはずっとここで商売をやってるが、あの日のことはよく憶えてるよ。朝だった。ホクロの放送が終わってしばらくしたら——」そう言って、五人目の運転手が駅舎を指差した。「ほら、ちょうどあの時計台のあたりで大きな爆発があったんだ。むかしの古い時計台はそのせいで倒れちまった。あのとき、おまえたちはいくつだった？」

てんでばらばらに六歳とか七歳とか、おれは十歳だったけどここの出じゃないんだ、という答えが返ってきた。

「女の邪行師は珍しかったから、このへんじゃ有名だったな。客を乗せてるときに、赤い頭のビビウ・ニエが夜行列車を連れ歩いとるのも見たことがあるぞ。知らんだろ？　夜行列車ってのは、死人の行列のことさ」

「まあ、邪行師なんて、おれたちは歌でしか知らねえな」

誰かがそう言うと、誰かが歌いだし、けっきょく全員がうれしそうに合唱した。

仏さんを大事にな　仏さんを大事にな
犬はつないどけ　犬はつないどけ
もし鈴を見つけたら　鈴を見つけたなら
どうか兵隊さん、赤毛の娘に持ってってっておくれ

「まあ、おまえたちが知らんのも無理はない。あの一件で邪行は禁じられちまったし、けっきょく反乱軍も負けちまったしな」

「ビビウ・ニエはどうなったんだい、おっさん？」

「死んじまったよ」

「この人はそのビビウ・ニエの村に行きたいんだとよ」

五人目の運転手がケーリンに目を向けた。「あんなところになんの用だ？」

十一年間、強制労働収容所のなかでもてあそんでいた光景が目に映った。夏草のからみつく墓石、秋虫のすだく草叢、誰かが墓前に供えた白いユリの花。

「もし墓でもあれば手を合わせたいんだ」ケーリンは落ち着き払って答えた。「むかしたすけてもらったことがあってね」

全員がうなずき、なかには目を潤ませている者もいたが、それはほかでもない五人目の運転手だった。

「おれが連れていってやる」彼は洟をすすり、胸をドンッと叩いて請け合った。「五十ギウでどうだ？」

荒れ地にぽつんとたたずむ廃屋を左手に見ながら、オートバイはポプラの樹が三本立っている丘へのぼっていった。

「まえに山が見えるだろ？」エンジン音に掻き消されないように、頭の禿げた運転手が声を張り上げた。「むかしはあそこに採石場があって、内戦のときは反乱軍が潜伏してたんだ！」

あそこか。ケーリンは土塊道を走るオートバイの後部席から遠望した。たしか巡航ミサイルを撃ちこんでやったこともあったな。

丘のてっぺんを過ぎると、まるで儀仗兵のように立っているポプラの樹がたちまち後方へ飛び去っていった。眼下には一面の麦畑が広がっており、その先には鈍色の川が横たわっている。のしかかるような曇天が途切れ、西のほうは青空がのぞいていた。下り坂で速度を増したオートバイは、丘を下り切ってすこし行ったところで停まった。

「ここだ」運転手が言った。

オートバイを降りたケーリンは、あたりをきょろきょろと見まわした。目路のかぎり、黄金色の麦畑がどこまでも広がっているだけだった。人家はなく、見ていて楽しいものといえば、土塊道からすこし奥まったところに立っているハリエンジュの樹くらいだった。ハリエンジュの樹は白い花をたくさんつけていた。

「ビビウ・ニエの家がどこにあったのかはおれも知らん。だけど、ここがその村だよ。誰かに訊いてみるといい」

ケーリンはうなずき、約束の金額を運転手に支払った。

「ここで待っててやろうか？」

「もうあまり金がないんだ」

「いいさ」運転手がひょいと肩をすくめた。「どうせ街に帰らなきゃならないんだ」

ケーリンは礼を言って歩きだし、運転手はオートバイのエンジンを切って煙草に火をつけた。

どこへ行くというあてもない。とりあえず麦畑のほうへ向かい、そのまま畦道をとぼとぼ歩いた。村人どころか、犬の子一匹行き合わなかった。近くで見ると、畑の麦は幾分青みを残していた。収穫はあとひと月くらい先だろう。

畦道をぬけると、前方に土手がせり上がってきた。土手の向こうは川原で、たいして大きくも小さくもない川がさらさらと流れていた。濁った川水が木の枝やビニール袋を運んでいく。川下に古びた水門があり、その上で釣り糸を垂れている男がいた。もしこれが自然主義の絵画なら、とケーリンは思った。絵のタイトルはきっと「あくび」だろうな。

いったいおれはなんでこんなところに？　とんだ骨折り損のくたびれ儲けだ。ビビウ・ニエが死んだことは、この目で拝んだじゃないか。

あの日、ビビウ・ニエはあのちっぽけなスタジオのなかで息絶えた。

長い長い呪文のあとで、彼女の赤い髪がまるで風をはらんだかのようにふわりと持ち上がった。ケーリンにはそう見えた。彼女が最後に発した「停」という声が、いまも耳にこびりついて離れない。ビビウ・ニエは「解」ではなく、肚の底から「停」と叫んだ。それが邪行術を解除することなく一時的に停止するためのかけ声であることは、収容所に入っていたときに知った。ビビウ・ニエは死者が倒れて爆発することを危ぶんだのだ。あんな状況下でも彼女は冷静だった。すでに魂が死の黒い手の上に載っていたというのに。だから街じゅうに散らばった死者たちは倒れず、かわりにビビウ・ニエがばたりと倒れてしまった。

おれは彼女がもう息をしていないとも知らずにスタジオに飛びこみ、マイクに向かって吼えた。フロアに倒れ伏したビビウ・ニエは目を閉じ、鼻から血を流していた。前髪が頰にかかっていたが、いまにして思えば、彼女の目のまわりにわだかまっていた陰影は、前髪がつくる影とはまったく異質のものだった。まるでレモンの汁で描いた炙り出し絵のような、目に見えない悪い星が潜んでいた。おれは自分のやるべきことで頭がいっぱいだった。全市民に告ぐ、けっして死者に触れるな！　マイクに顔を近づけて声を嗄らした。全軍に告ぐ、こちら南方面軍第三旅団第七大隊のケーリン・バイ中尉だ、ただちにすべての道路を封鎖し、爆発物処理班の出動を要請しろ！

おだやかな死に顔だったろうか？　ちがうような気がする。じゃあ、苦悶にまみれていたかといえば、そうでもない。ビビウ・ニエはただ静かに死んでいた。ほかの死と、なにひとつ変わるところはなかった。砲弾に斃れた兵士たちと……たとえば、そう、カメラで満開のジャカランダの花を写した兵士の死より上等でもなければ、劣ってもいなかった。フロアの上で彼女を抱き上げたとき、うっすら開いたその唇からなにかが抜け出していった。それはほとんど透明で、よくよく目を凝らさなければ見ることとすらかなわず、よくよく目を凝らしても見えるとはかぎらないなにかだった——つまり、遺された者の感傷だった。

雲間から射してきた一条の光が、川面をきらめかせていた。アオサギが一羽飛んできて、音もなく着水する。どうやら、あまり水嵩はないようだ。

車椅子に乗ったワンダ・ニエと、その車椅子を押していたナタ・ヘイがビビウ・ニエの遺体を引き取った。三人とも同じオソ市の第三陸軍病院に担ぎこまれていた。腹を鉄筋に刺し貫かれたワンダ・ニエは集中治療室へ、致命傷ではなかったナタ・ヘイは手術室を経て監視病棟へ、ビビウ・ニエは遺体安置室へ。

脚を負傷したナタ・ヘイは車椅子を杖代わりにして、よたよたと遺体安置室に入ってきた。車椅子に乗ったワンダ・ニエは背中を丸め、顎が胸につくくらい深くうな垂れていた。あのオソ市のテロの日からちょうど十日後のことだった。

今日みたいな、空一面灰色の雲におおわれた陰鬱な午後だった。ありとあらゆるものが灰色に塗りつぶされていた。見舞客が抱えているフルーツ・バスケットさえもが灰色に見えた。

打ちのめされ、見る影もなくやつれ果てたワンダ・ニエは、ひかえめに言ってもまるでガマガエルの干物みたいだった。ナタ・ヘイも似たり寄ったりのありさまだった。かろうじて威厳を保っていたが、まるで錆びた刀のように、いつポッキリ折れてしまってもおかしくなかった。

遺体用の冷蔵庫から出されたビビウ・ニエは一糸まとわぬ姿で、ステンレスの処置台の上で静かに目を閉じていた。

ケーリンは護衛の兵士もつけず、出入口の脇にひっそりとたたずんでいた。偽善にまみれたお悔みがどうしても言えず、どうにかできたのはビビウ・ニエのブレスレットを無言で彼女の大叔父に返却することだけだった。証拠品保管用のビニールパックに入ったブレスレットは、まるで誰かがわざとそうしたかのように引きちぎれていた。ワンダ・ニエはそれを長いあいだ握りしめていた。

涙もなければ、恨み言もなかった。ワンダ・ニエ以外、誰も口を開かなかった。彼は長いことビビウ・ニエを見つめ、一度だけ彼女の頬を撫でた。それから雄鶏の血を筆にふくませ、ぶるぶる震える手で邪行少女の冷たい額に呪紋を描いた。ナタ・ヘイから叫魂鈴を受け取ると、それを鳴らしながら呪文を唱えた。唇が震え、声が詰まると、また最初からやり直した。葉擦れの音のような呪文の合間に、チリーン、チリーン、という鈴の音が遺体安置室に冷たく反響した。ワンダ・ニエはついに最後まで呪文を唱え、そして死者に起き上がるよう求めた。

風がどっと吹きぬけ、穂波がゆったりと起伏しながら天と地のあわいまでうねっていく。しかしケーリンが見ていたのは、処置台の上でゆっくりと半身を起こすビビウ・ニエの青ざめた体だった。まるで神様の操り人形みたいに、ビビウ・ニエが体を起こした。全身が夜明けまえのように青白く、半開きの瞼からは白濁した目がのぞいていた。ふたつの乳房は、ついに熟れることなく樹から落ちてしまった青い果実のようだった。

ワンダ・ニエが嗚咽しながら、ビビウ・ニエの耳元でなにかをささやきかけた。はっきりとは聞き取れなかったが、とてもやさしい言葉であることだけはわかった。ナタ・ヘイがビビウの肩に病院のガウンをかけた……

——チリーン。

心臓が跳ね、対岸に目を走らせる。川のむこう側でも、一面のシロツメクサが風にそよそよと揺れているだけだった。ケーリンは戸惑い、立ちつくし、こりゃかなりの重症だぞとひとり苦笑した。叫魂鈴の音がとうとう頭のなかからあふれ出しちまった。

ふたたび風のなかに鈴の音を見つけたときも、自分の耳を信じることができなかった。が、対岸の土手に黒装束のシルエットが現われるにいたっては、それが幻聴でもなければ空耳でもないと認めないわけにはいかなかった。

思わず息を呑んだ。

まばゆい夕陽に溶けこんだ顔立ちは、どんなに目を凝らしても判然としない。それでも黒い長衣と鈴の音、なにより風になびくその赤い髪がまるで矢印のようにひとりの少女を指していた。

ビビウ・ニエ！

本当に声に出して叫んだのか、それとも頭のなかでそう思っただけなのかはわからない。いずれにせよ土手を駆け下りようとするケーリンの足を止めたのは、少女につづいて対岸の土手をよたよたとのぼってくる赤いトラクターだった。大きな荷を引いている。排気管から黒い煙を噴き上げるトラクターのうしろには、人々がぞろぞろとつき従っていた。彼らの腕に喪章が巻かれているのを見たとき、トラクターが引いているのは棺桶だとわかった。

先導の少女が鈴をふりながらなにか叫ぶと、野辺送りの愁嘆が川を越えてこちら側まで漂ってきた。独裁者の死を悼むかたちばかりの嘆きではなく、それは泥臭く、なりふりかまわない、ありのままの哭声（こくせい）だった。葬列が近づくにつれ、まるで露払いをするようにあたりを制していた鈴の音に、どこか投げやりな少女の甲高い声が混ざりだした。

「おうちへ帰りましょう！　おうちへ帰りましょう！」

葬列を率いている少女は邪行師などではなく、赤毛ですらなかった。頭に赤い布を巻いているだけだった。よしんばそれがビビウ・ニエを偲（しの）んでのことだとしても、もはやどうでもよかった。

川上へと遠ざかる葬列を、ケーリンはうつけたように見送ることしかできなかった。トラクターのエンジン音や人々の嘆きが小さくなり、やがて鈴の音も聞こえなくなった。自分の足で家を出たら自分の足で帰ってくることをなによりも重んじる土地で、死者たちはとうとうトラクターに乗ることを覚えたわけだ。

打ち明け話のような風が吹いていた。

魂の国からやってくる黒き鳥はもうどこにもいない。ケーリンはがっくりと肩を落とし、のろのろと土手を下りていった。ビビウ・ニエは十一年前に死んだ。とっくにわかっていたことだった。

バイクタクシーが待っているはずの場所へ戻ると、運転手の姿はなく、オートバイだけが残されていた。

　そのへんを歩きまわって、空き地で運転手を見つけた。ちょうどハリエンジュの樹の下で地面を蹴っているところだった。爪先で土をえぐり、身をかがめてなにかを拾い上げ、近づいてきたケーリンにそれをかざしてみせた。

「内戦のときはこんなところでも戦闘があったんだな」その掌に載っていたのは自動小銃の空薬莢だった。「そのへんを掘ればまだまだ出てくるよ」

　風が吹き、ハリエンジュの白い花を散らせた。

「ビビウ・ニエの墓はあったかい？」

　ケーリンはかぶりをふった。はじめからわかっていたのだろう、運転手はさして同情を寄せるふうでもなく、ただ機械的にうなずいた。

　樹の根元を足先で掘り返してみると、はたして運転手の言うとおり、また空薬莢が出てきた。すると、もっと掘りたくなった。まるでイソップ寓話に出てくる農夫の息子たちのように、ケーリンはほとんど我を忘れて地面を蹴りつづけた。働き者の農夫が死ぬ間際に、怠け者の息子たちにこう言い遺す。葡萄畑に宝物を隠したから、掘り起こして探しなさい。息子たちはほくほくとその言いつけを守ったが、掘っても掘っても宝物なんて見つからない。息子たちはがっかりしたけど、畑をよく耕したおかげで、つぎの年は宝石のような葡萄がたくさん穫れましたとさ。むきになって土を蹴り上げるケーリンにたまりかね、とうとう運転手がこう尋ねた。

「なにか探してるのかい？」

そのひと言で、あの銀色のブレスレットがこのハリエンジュの樹の下に埋まっているはずだという確信が雲散霧消した。我に返ったケーリンは照れ隠しにへらへら笑い、いまさらのようにハリエンジュの樹をふり仰いだ。梢の彼方を流れゆく灰色の雲から、雨がひとしずく落ちてきて顔にかかった。

「あんた、ビビウ・ニエを知ってるのか？　むかしたすけてもらったことがあると言ってたろ？」

おれはなにも知らない、と胸の裡でつぶやいた。ワンダ・ニエがどうやってビビウ・ニエをこの村まで連れ帰ったのかも、銃殺されるまえのナタ・ヘイがどんなことを考えていたのかも、この地の邪行師たちがどこへ消えてしまったのかも。ただ、あのちっぽけなスタジオでビビウ・ニエが唱えた最後の言葉だけが耳に残っていた。そなたを導く鈴はなく、そなたを案ずる者もおらぬ。魂魄を開いて我が術に従いたまえ、さすればかならずや御身を常世の御国へと導いて進ぜる――

「あの子の魂は天国へ行けただろうか」ほとんど独り言のようにつぶやいていた。

口を開くまえに、運転手は煙草に火をつけて美味そうに一服した。「おれの甥っ子は反乱軍にいた」

ケーリンは彼を見やった。

「ある晩、ビビウ・ニエに会ったと言っていた。昼間の戦いで、仲間たちがおおぜいやられた。夜半過ぎに叫魂鈴の音が聞こえたもんだから、大急ぎでみんなから金を掻き集めて邪行師のところへ駆けつけた。それがビビウ・ニエだったんだ。あの娘が戦死した仲間たちを家まで連れ帰ってくれたと言っていたよ……邪行師が天国へ行けるかどうかは知らんが、行けていたらいいとは思う」

「あんたの甥っ子は死ななかったんだな」

「いまはオソ市の税理士事務所で働いてるよ」

「あんたは天国を信じてるのか？」

「おれたちはホクロが地獄へ堕ちると信じている。地獄だけを信じて、天国を信じないわけにはいかんからな」

ケーリンはそのことについてとっくり考えてみた。考えれば考えるほど、そのとおりだという気がした。事実は絶対的なものだが、真実は相対的なものだ。そしてホクロが炎と硫黄に焼かれるのも、ビビウ・ニエが天国へ行くのも、真実の領域の話なのだ。

「あんた、収容所にいたんだろ？」

「……どうして？」

「その首の傷跡はなかで襲われたんだろ？」

ケーリンは思わず首筋を斜めに走る刃傷に手を当てた。

「つまり、あんたは密告屋か軍人かのどっちかだ」

「おれは密告屋じゃない」

「自分のことを密告屋だと言うやつはいないよ」

口をつぐんだケーリンに、運転手は煙草を差し出した。一本取ってくわえると、マッチを擦って火をつけてくれた。

「まあ、もう過ぎたことさ」

「あの内戦のとき」煙のなかにケーリンは言葉をまぎれこませた。「おれはジャカランダ市にいた」

「じゃあ、南方面軍だったんだな」

「そうだ」

「あんたは密告屋には見えなかったよ。卑怯者のにおいがしなかった。駅前にいた連中もそう思ったはずだ。じゃなきゃ、誰もあんたに声をかけたりしない」

ケーリンは煙草を吸った。

「今日は恩赦を受けた囚人が収容所を出る日だ。恩赦を受けたのは政治犯だけで、ホクロが政治犯に仕立てるのはたいてい正しいことをしたやつだからな……あんた、故郷はどこだい？」

返事のかわりに紫煙を吐き出す。と、風のなかにワンダ・ニエの声が聞こえたような気がした。ビビウ・ニエに邪行術をかけたとき、ワンダ・ニエは彼女の耳元でこうささやいたのだ。

——さあ、ビビウ、うちへ帰ろうか。

ワンダ・ニエの口がゆっくりとひとつひとつの音をかたちづくり、もはやそれ以外の言葉ではありえない。

「まあ、自分の足で出てきた場所へ帰っていけばいいさ」運転手が言った。「それを繰り返すうちに、そこが帰る場所になっていくんだ」

これも真実の領域の話なのだろう。誰にとっても都合がよく、飴細工みたいに好き勝手ねじ曲げることができ、ときには誰かを救い、ときには誰かを取り返しようもなく傷つける。いいじゃないか。けっきょくどこまでいっても、人間はそうやって生きていくしかない。だったら、ビビウ・ニエはやっぱり天国にいて、おれはおれで帰るべき場所へ帰っていくだけだ。サンソルジェークへ帰ったっていいし、国を出たっていい。なんならここへ来る途中で見かけた、あのポプラの丘の麓にあったあばら屋に住みついたってかまわないんだ。そうだとも。先のことはそれから考えればいい。幸せな鳩みたいに帰るべき場所へ帰っていくうちに、いい風が吹いてこないともかぎらない。たとえば、そう、この命なんか取るに足らないと思えるような大きなものと出会うとか。誰にわかる？

運転手がちらちらとこちらへ視線を投げかける。急かすふうではないけれど、戯れに他人の人生に首を突っこむよりもっと大切なことを思い出したのかもしれない。月末の支払いや、奥さんが言いつけた夕飯の買い物や、交通渋滞や、どっちつかずな空模様のことなんかを。

「降ってきたな」

運転手の言うとおりだった。

あるかなきかの雨が降りだしていた。切れ切れに流れゆく雨雲から、空の青さが透けて見える。空一面、洗われたような真新しい光線をはらんでいた。白い花びらが風のなかで旋回し、かつて死者たちが踏みしめた大地の下には古い薬莢や弾丸が埋まっている。ふんわりとやわらかな雨に包まれた世界は曖昧で、とうのむかしに忘れてしまったなにかを思い出しそうなくらい美しかった。

最後にひと吸いしてから、ケーリンは短くなった煙草を、ハリエンジュの樹の根元に落とした。

本書は、「中央公論」に二〇二三年四月号から二〇二四年二月号まで連載された「邪行のビビウ」を加筆、修正したものです。

本作の執筆にあたり、梁波・李苑『赶尸　不仅仅是传说』（作家出版社　二〇〇九年）、刘路平『湘西文化掲秘』（作家出版社　二〇〇六年）、折口信夫全集刊行会『折口信夫全集4　日本文学の発生　序説（文学発生論）』（中央公論社　一九九五年）、竹田晃『中国の幽霊　怪異を語る伝統』（東京大学出版会　一九八〇年）、文彦生編・鈴木博訳『鬼の話　上下巻　新装版』（青土社　二〇二〇年）、加藤常賢監修・東京大学中国哲学研究室編『中国思想史』（東京大学出版会　一九五二年）などの文献を参照しました。

文中の引用はそれぞれ、ニーチェ著・竹山道雄訳『善悪の彼岸』（新潮文庫　一九五四年）、シェイクスピア著・福田恆存訳『ジュリアス・シーザー』（新潮文庫　一九六八年）によりました。

装画　wataboku
装幀　片岡忠彦

東山彰良

1968年台湾生まれ。2002年「タード・オン・ザ・ラン」で第1回『このミステリーがすごい！』大賞銀賞・読者賞を受賞。03年、同作を改題した『逃亡作法 TURD ON THE RUN』で作家デビュー。09年『路傍』で第11回大藪春彦賞、15年『流』で第153回直木賞、16年『罪の終わり』で第11回中央公論文芸賞を受賞し、17～18年『僕が殺した人と僕を殺した人』で第34回織田作之助賞、第69回読売文学賞、第3回渡辺淳一文学賞を受賞した。他の著書に『怪物』『どの口が愛を語るんだ』『小さな場所』『夜汐』などがある。

邪行（やこう）のビビウ

2024年7月25日　初版発行

著　者　東山彰良（ひがしやまあきら）
発行者　安部順一
発行所　中央公論新社
〒100-8152　東京都千代田区大手町1-7-1
電話　販売 03-5299-1730　編集 03-5299-1740
URL https://www.chuko.co.jp/

DTP　嵐下英治
印　刷　大日本印刷
製　本　小泉製本

Published by CHUOKORON-SHINSHA, INC.
Printed in Japan　ISBN978-4-12-005808-0 C0093